바다의 침묵

바다의 침묵
Le Silence de la mer

베르코르 소설선집 이상해 옮김

LE SILENCE DE LA MER
by VERCORS

Copyright (C) Éditions Albin Michel S. A., 1951
Korean Translation Copyright (C) The Open Books Co., 2009

이 책은 실로 꿰매어 제본하는 정통적인 사철 방식으로 만들어졌습니다.
사철 방식으로 제본된 책은 오랫동안 보관해도 손상되지 않습니다.

절망은 죽었다 머리말을 대신하여	7
바다의 침묵	23
그날	77
꿈	89
무기력	107
말과 죽음	125
베르됭인쇄소	135
별을 향한 행진	175
분노와 부끄러움, 그리고 저항의 기록	241
베르코르 연보	251

절망은 죽었다

머리말을 대신하여

나와 우리에게 어떻게 그 일이 일어났는지, 나는 아직도 잘 이해할 수가 없다. 굳이 이해하려 애쓰지도 않는다. 그것은 아주 자연스러운, 다시 말해 아주 쉽게 받아들여지는 그런 기적에 속한다. 나는 그런 기적을 기꺼이 받아들인다. 이번 일도 그런 것 중 하나다. 그 일에 대해 나는 자주 생각한다. 그러면 마음이 훈훈해지고, 나는 미소를 지으며 늘어지게 기지개를 켠다. 굳이 찾으려 든다면 거기에 분명 뭔가가 있으리라는 걸 나도 알고 있다. 하지만 찾은들 무엇하겠는가? 난 그것을 반(半) 무지 상태로 그냥 덮어 두고 싶다.

깊이를 알 수 없는 고통도 얼마나 빨리 희미해져 버리는지! 석 달 전만 해도 나는 죽음을 갈망했다.[1] 나만 그런 것이 아니었다. 당시 우리 앞에 보이는 건 악취 풍기는 심연밖에 없었으니까.

---

1 이 글은 1942년에 쓴 것이다 — 원주.

그런데 삶을 어떻게 바랐겠는가? 악취 속의 질식을 무엇하러 기다렸겠는가? 아! 혐오스러운 인간들로부터 멀리 떨어진 황량한 바위산, 망망대해의 무인도를 찾을 수만 있었다면……. 희망을 가질 이유들이 수없이 있는 지금에 와서 생각해 보면 그것이 얼마나 이상하게 여겨지는지! 하지만 희망과 절망은 이성으로 따질 수 있는 것도, 이성적인 것도 아니다. 절망은 우리를 머리끝에서 발끝까지 사로잡았다. 고백하건대 우리가 그 전에 보았던 것도 당시에 본 것도, 절망을 떨쳐 버리도록 우릴 도와주지 않았다.

왜냐하면 우리 모두가 절망에 빠진 것은 아니었으니까. 오! 정말 그랬다. 국가의 참담한 패배에 직면해 전국 각지에서 모인, 투쟁하지 않았다는 것 말고는 전혀 공통점이 없는 열두 명의 장교로 구성된 그 이질적인 집단을 지배하는 분위기는 절망이 아니었다. 그들 각자는 무엇보다 자신의 안위를 지키는 데 골몰했다. 나아갈 길이 모두 차단되어 앞이 캄캄해지지 않는 한, 그 밖의 것들은 아주 가볍게 취급했다. 그해 7월, 라발-탈레랑[2] 신화가 돌아다녔다. 워털루 전투에서 패

---

[2] Pierre Laval(1883~1945). 프랑스 정치인. 제3공화국 시절 네 차례에 걸쳐 총리를 역임했고, 페탱 원수에 이어 비시 정권의 2인자로 대독 협력의 주역이 되었다. 전후에 총살형을 당했다.

Charles-Maurice de Talleyrand(1754~1838). 프랑스 정치인이자 외교관. 나폴레옹을 정계에 등장시키고, 왕정과 공화정을 오가며 고위직에 올라 탁월한 외교력을 발휘했다. 이후 나폴레옹의 정책에 의혹을 느끼고 오스트리아, 러시아와 내통하여 나폴레옹 몰락에 앞서 연합국의 괴뢰 정권을 수립했다.

한 후, 너절한 인간들이 단 몇 년 만에 모두가 두려워하는 프랑스를 재건한 적이 있었다. 따라서 이번에도 그렇게 되리라는 것이었다. 말하자면 기다리는 것만으로도 충분했다.

그 집단에는 내가 랑두아 대위라고 부른 사람이 있었다. 나는 그를 좋아하지 않았다. 전쟁에 패하기 전부터 나는, 오만한 데다 군주제를 신봉하고 대중을 경멸하는 그에게 반감을 갖고 있었다. 그래서 아예 대화를 피했다. 그가 무심코 내뱉는 말 한마디를 통해, 공화국의 불행과 독재의 승리가 그의 내부에 피어나게 했을 만족감을 짐작하게 될까 봐 두려웠다. 나는 격하게 대응하지 않고서는 그것을 참아 낼 수 없었을 것이다. 당시 내 신경은 곤두설 대로 곤두서 있었으니까. 다행스럽게도 그 역시 거의 말을 하지 않았다. 크고 날카로운 코를 식탁보에 처박은 채 말없이 식사만 했다. 그는 식사를 하는 동안 끊임없이 이어지는 하나 마나 한 정치적 토론에 대해 경멸감을 드러냈다. 내가 그와 같은 심정이 아니었다면 큰 모욕감을 느꼈을 것이다. 무리의 우두머리 격인 가르 지방의 늙은 도의원이 생기 없는 큰 눈을 껌뻑거리며 그 토론을 주재했다. 그는 흐리멍덩한 레뮈,[3] 또는 프라텔리니 형제[4] 중 하나(지금은 유명을 달리한, 점잖은 공증인의 면모 아래 약간의 사악함을 감추고 있었던 프라텔리니)와 생김새나 말본새가 비슷했다. 그는 피둥피둥하게 살찐 자기 한 몸 건사

---

3 Raimu(1883~1946). 프랑스의 배우.
4 Fratellini. 이탈리아 출신의 서커스 가족으로, 세 형제 모두 세계적인 인기를 누렸다.

할 자리를 걱정하며 전전긍긍 미래를 점쳐 보고 있었다. 어느 날 그가 말했다.

「랑두아, 들었소? 당신의 모라스[5]가 페탱[6] 원수를 전폭적으로 지지한다고 선언했다던데.」 그가 말을 할 때면, 마치 입 안 가득 물을 머금고 있는 것처럼 금방이라도 늘어진 입술가로 물이 흘러내릴 것만 같았다. 「내 비록 늙은 급진파이긴 하지만, 나라가 풍전등화의 위기에 빠졌을 때는 자신의 신념도 버릴 줄 알아야 하지요. 당신네 모라스, 브라보! 아주 잘한 일이오. 당신 생각에는 점령군이 어떻게 할 것 같소?」

랑두아 대위가 고개를 들었다. 그리고 그의 눈, 그 푸르고 차가운 눈(내게는 잔인해 보였다)이 내게로 향했다. 그랬다, 나와 내 옆에 앉아 있던 데스페라도 대위에게로. 그는 대답했다.

「독일 놈들이오? 우리의 씨를 말리려 할 겁니다.」

그의 목소리는 한없이 슬펐다. 나는 많이 놀랐다. 그의 말보다는 눈길에. 그러니까 그도 우리 고독한 자들, 우리 말없는 자들과 한 족속이었던 것이다. 그는 나보다도 나를 더 잘 이해했다. 당시의 내가 통찰력이 부족했다는 것을 지금의 나

---

[5] Charles Maurras(1868~1952). 프랑스의 언론인이자 정치인. 극우 단체 악시옹 프랑세즈Action Française를 창설했다. 대독 협력자로 전후에 종신 금고형을 선고받았다.

[6] Philippe Pétain(1856~1951). 프랑스의 군인이자 정치인. 제1차 세계 대전에 대령으로 참전, 큰 전과를 올리고 프랑스의 주요 인물로 부상했으나, 제2차 세계 대전 당시에는 대독 협력 정책을 취하여 비시 정권을 장악, 공화정을 폐지하고 국가 주석이 되었다. 전후에 종신 금고형을 선고받았다.

는 잘 알고 있다. 왜냐하면 그 무리는, 비열한 자와 간교한 자와 사악한 자들만 계속 거드름을 피우며 말하고 대다수인 나머지 사람들은 침묵으로 항의할 수밖에 없는 프랑스와 꼭 닮아 있었으니까. 랑두아는 진작 우리를 알아보았던 것이다.

나는 말이 없었다. 하지만 데스페라도 대위는 더 말이 없었다. 그는 〈우리들의〉 전투, 가짜 전투, 두 차례의 휴전 사이에 낀 그 사흘 동안 가슴에 훈장을 주렁주렁 단 몇몇 위정자들의 파렴치에 대해 평생을 통해 체득할 수 있는 것보다 더 많은 것을 우리에게 가르쳐 준 그 불명예스러운 모의 전투에 참가했었다. 그는 그 부끄럽고 잔인한 코미디를 처음부터 끝까지 지켜보았다. 그는 악취가 풀풀 풍기는 더러운 증거들을 손에 쥐고 있었다. 뻔뻔스럽게도 그 위정자들은 자격 없는 우두머리가 국가 재난의 시기에 오로지 자신의 야망을 펼치는 일에만 골몰했다는 여러 증거를 그의 손에 쥐어 주었던 것이다. 참으로 더러운 야망. 그로 인해 그는 마치 영원히 핏기를 잃어버린 것처럼 보였다. 그의 동작은 뻣뻣했고 안색은 창백했다. 오래전에 입은 부상 때문에 어깨를 돌리지 않고서는 고개를 돌리지 못할 정도로 뻣뻣했고, 반백이 다 된 투우사를 닮은 그 잘생긴 얼굴을 둘로 갈라놓은 흉터, 외알박이 안경을 낀 것처럼 그의 오른쪽 눈을 크게 벌려 놓은 그 흉터 때문에 더 창백해 보였다. 그것은 그에게 날카롭고 위압적인 이중의 인상을 주었다. 그는 그 몇 주 동안 한 번도 웃지 않았다. 나는 그가 웃는 것을 결코 보지 못했다. 딱 한 번을 제외하고는.

그렇다. 이제 우리는 한 인간이 몇 주 동안 웃는 것이 불가능할 정도로 낙심할 수 있다는 것을, 그때 내가 그를 이해했던 것처럼 쉽게 이해하지는 못한다. 하지만 당시엔 나 자신조차 그랬다. 우리는 그들이 휴전 후에 우리의 숙영지로 지정해 준, 뙤약볕이 내리쬐는 그 마을의 단 하나밖에 없는 거리를 헐렁한 신발을 질질 끌며 무위하게 돌아다녔다. 우리는 그곳을 벗어날 수 없었다. 우리에겐 선술집 두 곳, 어느 상냥한 아주머니가 개방한 작은 정원의 벤치, 그리고 각자의 방을 제외하고는 선택의 여지가 없었다. 나는 방을 선택했다. 나는 거기서 거의 나가지 않았다. 나의 낙담은 스스로 자양을 얻었고, 그 숙명적 무위로 살쪄 갔다. 나는 랑두아와 데스페라도 역시 당시의 나와 다름없는 괴로운 시간을 보냈을 거라고 생각한다. 아마도 거기서 우리는 자신도 모르게 틀어박힌 그 지옥 같은 침묵의 이유를 찾아야 했을 것이다.

내 방은 비좁았다. 내가 그 방을 선택한 건 바로 그 때문이었다. 방에는 지붕들이 내려다보이는 작은 창문이 하나 뚫려 있었다. 어떻게 보면 그 방은 약간 감옥(청소를 해주는 젊은 아가씨가 있어서 지내기에는 훨씬 편하지만) 같기도 했다. 나는 거기, 서로 닿을 듯 가까운 벽 사이에서 긴 시간을 보냈다. 나는 그 벽 속에, 결코 떨쳐 버릴 수 없는 끔찍한 생각들 속에 갇힌 포로였다. 나는 벽에 짓눌리는 듯한 그 느낌을 좋아했다. 욱신거리는 잇몸을 손가락으로 누르면 통증이 가라앉듯, 그러고 있으면 조금이나마 마음이 편해졌다. 물론 그것은 정신 건강에 좋지 않았다. 선술집을 전전하거나 동료들의 비열한 행태를 지켜보는 것보다야 나았겠지만.

  나는 결국 식사 시간을 제외하고는 거의 두문불출하다시피 했다. 식사 시간이라고 해도 그리 멀리 갈 필요는 없었다. 우리가 이용하는 식당은 바로 내 방 맞은편, 자갈투성이 좁은 골목길 너머에 있었으니까. 식사 시간은 활기에 넘치고 떠들썩했지만, 나에게는 음산하게만 느껴졌다. 그들은 우릴 그곳에 가둬 놓고 거위처럼 살을 찌웠다. 아직 패전의 타격을 크게 입지 않은 군수처는 끼니때마다 우리에게 여러 종류의 고기를 제공했고, 요리사 자격증을 소지한 거만한 주방장이 구역질 나는 소스를 듬뿍 뿌려 변장시킨 요리 앞에서 우리는 탄성을 내지르며 서로에게 축하의 말을 건넸다. 장교들은 화기애애한 분위기 속에서 식사를 했지만, 식당 문을 나서자마자 언제 그랬냐는 듯 뿔뿔이 흩어졌다. 이런저런 이유로 그들 모두는 경쟁자였다. 패전했음에도 그들은 여전히 그들의 특권, 곧 박탈당하게 될 특권에 집착했다. 그들의 경쟁은 무엇보다 물질에 관한 것이었다. 몇몇 사람은 통제가 불가능한 총체적인 붕괴 상태에서도 뭔가 뽑아 먹을 것이 있다는 사실을 금방 알아차렸다. 가장 큰 증오의 대상은, 식사 시간만큼은 모두로부터 존경의 표현을 받았던 사람, 높은 계급 덕분에 노략질한 물품을 가장 짭짤하게 챙길 수 있었던 우리의 지휘관 〈프라텔리니〉였다. 우리는 그의 창고가 초콜릿, 치즈, 쌀로 가득하다는 것을 알고 있었다. 나 역시 그 인간을 증오해야 마땅했을 것이다. 그럼에도, 이유는 알 수 없지만, 그럴 수가 없었다. 아마 타고난 파렴치한이라고 단정해 버리고 나니 그 천박한 짓거리가 오히려 천진난만해 보였기 때문이리라. 또한 머지않아 그가 죽으리라는 것을 내가 그보다 먼저 알고 있었기 때문이었을지도. 그의 요독증(尿毒症)은 조만간 발작을 일으키지 않을 수 없는 지경에 도달해 있었다. 그는 식사 후나 요리가 나오는 사이사이뿐 아니라 식사를 하는 도중에도 포크를 든 채 몇 초씩 깜빡깜빡 잠이 들곤 했다. 나는 다른 이들이 킬킬대며 비웃는 것을 보았다. 가련하고 비극적인 광경이었다. 나는 속으로 기도했다. 〈하느님, 부디 그가 창고를 가득 채우도록 도와주시길.〉 하지만 나는 그 돼지에게 이토록 관대한 나 자신을 책망했다.

데스페라도가 곁에 있어서 그나마 다행이었다. 그가 있어 덜 외로웠다. 우리가 어떤 중요한 대화를 나누었던 것은 아니다. 하지만 가끔, 한때 프랑스가 지도자라 믿었던 자들의 태평스럽고 한심스러운 작태 앞에서 내 가슴이 혐오감으로 부풀어 오르는 것을 느낄 때, 나는 그 뻣뻣한 목이 나를 향해 도는 것을, 그 뿌연 눈길이 나에게 고정되는 것을 보았다. 그렇게 우리는 눈길을 교환했고, 그것이 우리를 위로해 주었다. 그렇다고 서로 속내를 털어놓은 것은 아니었지만.

하지만 그날 아침, 그는 무심코 단순한 눈길 교환 이상의 몸짓을 내비쳤다. 내가 커피를 마시기 위해 식당에 들어섰을 때, 그는 커피 잔을 앞에 놓고 홀로 앉아 「프티 도피누아」를 읽고 있었다. 그 참혹한 2주가 지난 후 우리에게 날아든 첫 신문 중 하나였다. 그런데 그가 불쑥, 말없이, 분노에 찬 몸짓으로 그것을 나에게 내밀고는 엄지로 사설을 가리켰다. 내가 사설을 읽는 동안, 그는 번뜩이는 눈길로 나를 뚫어져라 쳐다보았다. 그랬다. 그가 나에게 읽어 보라고 준 것은 예상할 수 있는 모든 것을 뛰어넘었다. 인간에 대한 가장 큰 혐오감조차, 아무런 증거 없이 그것을 믿게 하지는 못했을 것이다. 사설은 단순하게도 잔 다르크, 생텔렌 섬,[7] 그리고 〈경멸스러운 알비옹〉[8]을 들먹였다. (신문에서 그 이야기들을 다시 꺼낸 것은 처음이었다.) 3주 전만 해도 똑같은 필자가 가학적인 환희를 담은 필체로, 리스 강과 솜 강이 악취와 피비린내 풍기는 수천 명의 게르만족 야만인을 바다를 향해 실어 나르고 있다고 전한 바로 그 사설란에서.[9]

내가 무슨 말을 할 수 있었겠는가? 나는 아무 말도 하지 않았다. 그저 의자에 기댄 채 몸을 뒤로 젖히며 큰 소리로 웃기 시작했다. 데스페라도도 팔꿈치를 탁자에 얹은 채 몸을 약간씩 흔들어 대며 웃기 시작했다. 그 웃음은 길고도 요란스럽게 이어졌다. 빵 곰팡내가 폴폴 나는 음침한 방 안 가득 울려 퍼지는 그 웃음소리는 아무 기쁨도 담겨 있지 않은 기분 나쁜 소음이었다. 우리는 마침내 웃음을 그치고 일어났다. 전사자를 추모하기 위해 작은 성당에서 열리는 미사에 참석해야 했으니까. 미사는 감동적이고 간략할 수도 있었을

---

7 Sainte-Hélène. 나폴레옹이 유배되었던 세인트헬레나 섬의 프랑스식 발음.

8 Albion. 영국의 옛 이름.

9 독일을 적대시하던 사설의 논조가, 비시 정권 수립 후에는 친독일 정치인인 페탱을 구국 영웅으로 떠받드는 한편, 백 년 전쟁과 워털루 전투 등을 들먹이며 민족주의를 고취시키고 그 적의를 영국으로 돌렸음을 의미한다.

것이다. 하지만 가증스럽고 기괴했다. 그 미사를 갈고닦은 웅변 실력을 발휘할 절호의 기회로 삼은 한 야심만만한 젊은 군목(軍牧)이 우리에게 한바탕 연설을 늘어놓았던 것이다. 그는 화려하기만 할 뿐, 재능이 아깝다 싶을 정도로 전혀 알맹이가 없는, 게다가 서투르기까지 한 추도사를 우리에게 안겨 주었다.

나는 그 어느 때보다 참담한 심정으로 성당을 나섰다. 데스페라도, 그리고 말없이 우리와 합류한 랑두아 사이에서 고개를 숙인 채 걸었다. 높다란 두 담장 사이로 난, 잡초 무성한 골목길을 지날 즈음, 아플 정도로 가슴을 가득 채운 한숨이 새어 나오는 것을 나는 완전히 억누를 수 없었다. 랑두아가 고개를 돌려 나를 쳐다보았다. 입가에는 애정 어린 미소가 달려 있었다.

「다들 어깨가 축 처졌군요.」 이렇게 말하며 그는 우리 사이에 들어와 팔짱을 꼈다.

그렇게 식당 앞에 도착했다. 식사 시간이 되려면 아직 좀 기다려야 했다. 우리는 처음으로 흩어지지 않았다. 좁은 보도 가장자리에 앉았다. 침묵이 또다시 우리를 짓눌렀다.

우리가 뒤뚱뒤뚱 걸어오는 새끼 오리 네 마리를 본 것은 바로 그때였다.

나는 그 녀석들을 알고 있었다. 그 우스꽝스러운 노란 솜털 공 가운데 한두 녀석이, 마음을 짠하게 하는 연약한 목소리로 끊임없이 꽥꽥거리며 먹이를 찾아 길가 도랑이나 물 웅덩이를 돌아다니는 것을 물끄러미 바라보곤 했었으니까. 그런 식으로 그들 중 한 녀석이 그 끝없는 나날의 몇 분을 약간 더 빨리, 약간 덜 무겁게 보내도록 도와준 게 한두 번이 아니었다. 난 녀석들에게 고마워하고 있었다.

이번에는 네 마리가 다 큰 오리들처럼 한꺼번에 줄지어 오고 있었다. 뒤뚱거리면서도 엄숙하고 활기차게, 주의력 깊은 군인들처럼 큰길 쪽에서 왔다. 쉬지 않고 꽥꽥거리는 그들은, 오만하게 깃발을 든 채 음이 맞지 않는 목소리로 힘차게 노래를 부르며 행진하는 체조 선수들을 떠올리게 했다. 말한 것처럼 그들은 네 마리였다. 꽁무니에 따라오는 녀석이 가장 어렸다. 가장 작고, 가장 노랗고, 가장 보드라웠다. 하지만 녀석은 그렇게 취급당하지 않기로 굳게 마음먹은 듯 보였다. 다른 녀석들보다 더 큰 소리로 꽥꽥거렸고, 다리와 날개를 버둥거리며 처지지 않으려 애를 썼다. 하지만 큰 녀석들이 서툴지만 단호하게 뛰어넘는 자갈들이 녀석에겐 매번 바쁜 걸음을 붙드는, 도처에 널린 함정이나 다름없었다. 사실, 〈고꾸라져 코가 깨졌다〉라는 말 외에 녀석에게 일어난 일을 충실하게 표현할 방법은 달리 없다. 여섯 걸음을 내디딜 때마다 녀석은 그렇게 고꾸라져 코가 깨졌고, 매번 다시 일어나 불안에 찬 표정으로 꽥꽥거리며 잰걸음을 옮겨 어김없이 큰 녀석들을 따라붙었으며, 다시 부리를 먼지 속에 처박았다. 이렇게 네 녀석은 오리 열병식의 변치 않는 질서에 따라 행진했다. 나는 그만큼 우스운 장면을 목격한 적이 없었다. 그래서 껄껄대며 웃기 시작했다. 데스페라도도 마찬가지였다.

하지만 그것은 더 이상 아침의 끔찍한 웃음이 아니었다. 이번에 그의 웃음은 깊고 건강했다. 그래서 듣기에도 좋았다. 약간 메마른 랑두아의 웃음마저도 싫지 않았다. 새끼 오리들은 여전히 꽥꽥거리며 골목길 모퉁이를 돌았고, 우리는 막내가 사라지기 전에 마지막으로 고꾸라져 코가 깨지는 것을 보았다. 바로 그때 랑두아가 양손을 우리의 어깨에 올려놓았다. 그는 우리 어깨를 짚고 일어서면서 정겹게, 약간 아플 정도로 손가락에 힘을 주었다. 그러고서 말했다.

「수프나 먹으러 갑시다! 우린 여기서 벗어날 겁니다.」

그 순간, 나도 그 생각을 하고 있었다. 언젠가는 거기서 벗어나게 될 거라고. 아! 내가 정확히 그 낱말들을 생각했다고 주장한다면 그건 거짓일 것이다. 바로 그 순간, 너무나 암울하리라 예견되는 눈앞의 시기보다 훨씬 더 절망적이었던 시대들, 그 끝없는 시기들을 떠올렸다고 말하는 것도. 살인과 약탈과 광적인 무지와 잔인함이 승승장구하는 가운데 거의 천 년 동안, 금방이라도 꺼질 것 같은 햇불을 손에서 손으로 전하기 위해 몇몇 수도사에게 필요했던 필사적인 용기와 초인적인 끈기를 떠올렸다고 주장하는 것도. 물론 나는 그 모든 것을 정확하게 생각하지는 않았다. 하지만 그것은 내용을 훤히 꿰고 있는 책의 장정을 볼 때의 느낌과 흡사했다.

그 네 마리의 새끼 오리는 어떻게, 우리 정신의 어떤 비밀스러운 길을 통해 갑자기 우리의 절망이 퇴폐적이며 무익하다는 사실을 깨닫도록 이끌었을까? 그건 나도 모른다. 이 글을 쓰고 있는 지금, 어쩌면 나는 거기서 매력적이면서도 단순한 어떤 상징을 보고자 하는 유혹을 느낄지도 모른다. 어쩌면 그러는 것이 잘못은 아닐지도. 어쩌면 나는 무의식중에, 모든 것을 잃었다며 절망할 이유가 우리보다 훨씬 많았던 초기 기독교인들 눈앞을 지금 못지않게 우스꽝스러운 모습으로 행진했었을 새끼 오리들을 상상했을지도 모른다. 어쩌면 나는 허세를 부리는 그 순진한 새끼 오리 네 마리가, 인간이라는 무리가 가진 감정 가운데 최악의 것은 물론 최고의 것 역시 아주 잘 패러디하고 있다고 생각했을 수도 있다. 언젠가 최악의 것을 뿌리 뽑고 최고의 것을 활짝 피어나게 하리라 희망할 수 있기에 삶은 살 만한 가치가 있다고 생각했을지도. 아마 그랬을 것이다. 하지만 나는 어쩌면 오로지 절망을 극복하게 해줄 뭔가가 필요했기에 그 모든 것을 발견했을 수도 있다. 사실, 난 밝혀지지 않은 것을 더 좋아한다. 하지만 한 가지 확실한 것은, 더없이 암울했던 어느 날 꾀바르고 절도 있고 애처롭고 우스꽝스러운 새끼 오리들 덕분에, 문득 절망이 마치 무거운 망토처럼 내 어깨에서 흘러내리는 것을 느꼈다는 사실이다. 그것으로 충분하다. 나는 결코 그것을 잊지 않을 것이다.

바다의 침묵

살해당한 시인 생폴루를 기리며

먼저, 군사력의 대대적인 전개가 있었다. 우선 하나는 키가 크고 비쩍 마른, 또 하나는 다부진 체격에 석공의 손을 지닌, 전형적인 금발 병사 둘이 모습을 드러냈다. 그들은 집 안으로 들어오지 않고 밖에서 둘러보기만 했다. 그러고 나서 하사관이 왔다. 키가 크고 비쩍 마른 병사가 그와 동행했다. 그들은 프랑스어로 추정되는 언어로 내게 말을 걸었다. 나는 한마디도 알아듣지 못했다. 그래도 그들에게 비어 있는 방들을 보여 주었다. 그들은 아주 만족한 것 같았다.

이튿날 아침, 거대한 회색 군용차가 정원으로 들어왔다. 운전병과 금발에 웃음이 많은 홀쭉한 어린 병사가 상자 두 개와 회색 천 보따리를 차에서 내렸다. 그들은 그것들을 가장 큰 방으로 옮겼다. 군용차가 떠나고 몇 시간 후, 요란한 말발굽 소리가 들려왔다. 기병 셋이 나타났다. 그중 하나가 말에서 내려 돌로 지은 낡은 곳간을 둘러보러 갔다. 그가 돌아왔고, 기병과 말 들은 모두 내가 작업장으로 사용하는 곳간으로 들어갔다. 그들이 돌들 사이로 뚫린 구멍에 내 작업실 옷걸이를 박고, 그 옷걸이에 줄을, 그 줄에 말을 묶었다는 것을 나는 나중에 알 수 있었다.

그리고 이틀 동안은 아무 일도 일어나지 않았다. 나도 더는 아무도 보지 못했다. 기병들은 일찌감치 말을 끌고 나가 날이 저문 다음에야 돌아왔다. 그들은 곳간 고미 다락방에 볏짚을 깔고 그 위에서 잠을 잤다.

세 번째 날 아침, 거대한 군용차가 다시 왔다. 웃음이 많은 어린 병사가 큼지막한 트렁크를 어깨에 짊어지고 방으로 옮겼다. 자신의 배낭은 그 옆방에 옮겨 놓았다. 그는 내려와 내 조카딸에게 정확한 프랑스어로 침대 시트를 요구했다.

누군가 노크를 했을 때 문을 열러 간 건 조카딸이었다. 우리는 여느 저녁처럼 막 커피를 마시려던 참이었다(나는 커피를 마셔야 잠이 잘 온다). 나는 비교적 어두운 방 안쪽에 앉아 있었다. 문은 정원을 향해 나 있었다. 비가 내릴 때 아주 편리한, 붉은색 타일이 깔린 보도가 집 외벽을 따라 놓여 있었다. 우리는 타일을 밟는 신발 굽 소리를 들었다. 조카딸이 날 쳐다보고는 잔을 내려놓았다. 나는 잔을 계속 들고 있었다.

날이 저물었지만 크게 춥지는 않았다. 그해 11월은 덜 추운 편이었다. 나는 납작한 챙 모자를 눌러쓰고 비옷을 망토처럼 어깨 너머로 젖힌 거대한 실루엣을 보았다.

조카딸은 문을 열고 말없이 서 있었다. 그 애는 문을 벽까지 열어젖히고 아무것도 쳐다보지 않은 채 벽에 등을 대고 서 있었다. 나는 홀짝거리며 커피를 마셨다.

문에 버티고 서 있던 장교가 가볍게 고개를 숙이며 말했다.「죄송합니다.」그는 잠시 침묵을 가늠해 보는 듯했다. 그러고는 들어왔다.

 비옷이 그의 팔에서 미끄러졌다. 군대식으로 인사를 하고서 그는 모자를 벗었다. 그리고 조카딸을 향해 돌아보고는 상체를 가볍게 숙이며 조심스럽게 웃어 보였다. 그런 다음 나를 마주 보며 보다 깊이 몸을 숙여 인사했다.「저는 베르너 폰 에브레낙이라고 합니다.」나는 순간적으로 생각했다. 〈독일 성이 아니군. 신교도 이주자의 자손인가?〉 그가 덧붙였다.「폐를 끼쳐 죄송합니다.」

 길게 끌며 발음한 마지막 낱말이 침묵 속으로 곤두박질쳤다. 문을 닫은 조카딸은 똑바로 앞만 쳐다보며 계속 벽에 등을 대고 서 있었다. 나는 일어나지 않았다. 빈 잔을 천천히 오르간 위에 내려놓고 두 손을 모아 쥔 채 기다렸다.

 장교가 말을 이었다.「어쩔 수 없었습니다. 가능했다면 피했을 겁니다. 폐가 되지 않도록 제 당번병이 최선을 다할 것입니다.」그는 방 한가운데 서 있었다. 그는 무척 말랐고 키가 어마어마하게 컸다. 팔을 들기만 해도 들보에 닿을 것 같았다.

 고개를 약간 숙이고 있어서 그의 목은 마치 양 어깨 사이가 아니라 가슴이 시작되는 곳에 붙어 있는 것 같았다. 그 탓에 실제와 다르게 등이 굽은 것처럼 보였다. 좁은 허리와 어깨가 인상적이었다. 잘생긴 얼굴에 쑥 파인 양쪽 뺨이 남성적으로 보였다. 눈은 눈썹 돌출부의 그늘에 가려 잘 보이지 않았다. 얼핏 보기에 밝은 색인 듯했다. 뒤로 빗어 넘긴 부드러운 금발이 샹들리에 불빛을 은은하게 반사했다.

침묵이 이어졌다. 그것은 아침 안개처럼 점점 더 짙어졌다. 꿈쩍도 않는 짙은 침묵. 조카딸과 나의 무반응이 가세하여 침묵을 납처럼 무겁게 만들었다. 당황한 장교는 잠시 꼼짝 않고 서 있었지만, 마침내 나는 그의 입가에 잔잔한 미소가 피어나는 것을 보았다. 조롱이 전혀 배어 있지 않은 진지한 미소였다. 그가 순간적으로 나로서는 의미를 파악할 수 없는 가벼운 손짓을 했다. 여전히 돌처럼 굳은 채 똑바로 서 있는 조카딸에게 그의 눈길이 가 닿았다. 그래서 나는 그의 힘찬 옆모습과 툭 불거진 가느다란 코를 여유롭게 살펴볼 수 있었다. 살짝 열린 입술 사이로 금니 하나가 번뜩였다. 그는 마침내 눈길을 돌려 벽난로 속의 불꽃을 바라보았다. 그가 말했다. 「저는 조국을 사랑하는 사람들을 깊이 존경합니다.」 그는 문득 고개를 들어 창문 위에 조각된 천사를 물끄러미 바라보았다. 「이제 제 방으로 올라가 봐도 될 것 같은데, 길을 모르겠군요.」 조카딸이 작은 층계 쪽으로 난 문을 열고 마치 혼자인 것처럼, 장교에게는 눈길 한 번 주지 않은 채 계단을 올라가기 시작했다. 장교가 그녀를 따라갔다. 그때 나는 그가 한쪽 다리를 전다는 사실을 알았다.

그들이 곁방을 가로지르는 소리가 들렸다. 한 번은 강하고 한 번은 약한 독일 장교의 발소리가 복도에 울려 퍼졌다. 문이 열렸고, 곧 닫혔다. 조카딸이 돌아왔다. 그녀는 잔을 들어 다시 커피를 마시기 시작했다. 나는 파이프에 불을 붙였다. 우리는 몇 분간 말없이 앉아 있었다. 내가 침묵을 깼다. 「예의 바른 사람인 것 같아 천만다행하구나.」 조카딸이 어깨를 으쓱했다. 그녀는 내 벨벳 윗도리를 무릎 위에 올려놓고 미처 끝내지 못한 짜깁기를 계속했다.

이튿날 아침, 부엌에서 아침 식사를 하고 있을 때 장교가 내려왔다. 부엌으로 통하는 다른 계단이 있었는데, 우리가 내는 소리를 듣고 찾아왔는지 우연히 그 계단으로 내려온 것인지 나로서는 알 수 없었다. 그는 문턱에 서서 말했다. 「아주 편안한 밤을 보냈습니다. 두 분도 그러셨기를 바랍니다.」 그가 웃으며 넓은 부엌을 둘러보았다. 장작이 넉넉하지 않은 데다 석탄은 더 부족했기 때문에, 나는 부엌에서 겨울을 보내기로 하고 벽을 다시 칠하고 가구 몇 개와 오래된 구리 그릇과 접시들을 옮겨 놓았었다. 그는 그것들을 하나씩 살펴보았고, 우리는 그의 새하얀 이가 반짝거리는 것을 보았다. 내 추측과 달리 그의 눈은 푸른색이 아니라 금색이었다. 마침내 그가 부엌을 가로질러 가 정원으로 통하는 문을 밀었다. 그는 몇 발자국 내딛다가 돌아서서 낡은 갈색 기와와 포도 덩굴로 뒤덮인, 길고 나지막한 우리 집을 바라보았다. 환한 웃음이 그의 얼굴 전체로 번져 갔다.

「늙은 면장이 저더러 성에 묵게 될 거라고 하더군요.」 언덕 약간 위쪽, 헐벗은 나뭇가지 사이로 보이는 거창한 저택을 한쪽 손으로 가리키며 그가 말했다. 「집을 착각한 부하들을 칭찬해 주어야겠습니다. 이곳이 훨씬 더 아름다운 성이니까요.」

그는 문을 닫고 유리창을 통해 우리에게 인사를 했다. 그리고 떠났다.

그날 저녁, 그는 전날과 같은 시각에 돌아왔다. 우리는 커피를 마시고 있었다. 그가 노크를 했다. 하지만 이번에는 조카딸이 열어 줄 때까지 기다리지 않았다. 직접 문을 열며 그가 말했다. 「방해가 되지 않았는지 모르겠군요. 원하신다면 앞으로는 부엌을 통해 올라가도록 하겠습니다. 그러니 이 문은 열쇠로 잠그셔도 됩니다.」 그가 방을 가로질렀다. 그러고는 문손잡이를 잡은 채 흡연실 구석구석을 잠시 둘러보았다. 마침내 상체를 가볍게 숙이며 말했다. 「그럼, 좋은 밤 되십시오.」 그는 방을 나섰다.

우리는 그 문을 잠그지 않았다. 그렇게 한 분명한 이유가 있었는지, 혹시 반항심으로 그런 것은 아니었는지, 지금도 확신할 수 없다. 그때 조카딸과 나는 암묵적인 동의하에 우리 생활을 (아무리 사소한 것일지라도) 조금도 변화시키지 않기로 마음먹었다. 마치 그 장교가 존재하지 않는 것처럼. 그가 유령이라도 되는 것처럼. 하지만 우리의 의지에 다른 감정이 섞였을 수도 있다. 적이라고는 해도 인간을 모욕하는 것은 괴로운 일이니까.

오랫동안 (한 달 이상) 똑같은 장면이 매일 반복되었다. 장교는 노크를 하고 들어왔다. 그러고는 날씨나 기온 혹은 그와 유사한, 답변을 전제하지 않는다는 공통된 속성을 지니는 다른 어떤 주제에 대해 몇 마디를 했다. 작은 문 문턱에서 그는 늘 잠시 지체했다. 그는 주변을 둘러보았다. 희미한 미소가 그가 그 점검을 통해 얻는 즐거움 — 매일 똑같은 점검과 똑같은 즐거움 — 을 표현했다. 그의 눈길은 어김없이 무표정하게 굳어 있는 조카딸의 살짝 숙인 옆모습에 머물렀다. 그가 마침내 눈길을 돌릴 때면, 나는 거기서 그녀의 태도를 충분히 이해한다는 듯한 일종의 동감을 분명히 읽을 수 있었다. 이어 그는 상체를 숙이며 말했다. 「그럼, 좋은 밤 되십시오.」 그리고 나갔다.

어느 날 저녁 갑자기 상황이 달라졌다. 바깥에는 옷깃을 파고드는, 얼음처럼 차가운 싸라기눈이 내리고 있었다. 나는 그런 날을 위해 따로 보관해 둔 두툼한 장작들을 벽난로 아궁이에 던져 넣었다. 나는 나도 모르게 독일 장교를, 눈을 하얗게 뒤집어쓴 채 들어서는 그의 모습을 상상하고 있었다. 하지만 그는 오지 않았다. 귀가 시간이 훌쩍 지나 있었다. 은근히 화가 났지만 그가 내 생각을 온통 사로잡고 있다는 사실을 인정하지 않을 수 없었다. 조카딸은 몰입한 표정으로 천천히 뜨개질을 하고 있었다.

마침내 발소리가 들려왔다. 그런데 그것은 집 안에서 들려오는 것이었다. 나는 불규칙한 소리로 그게 독일 장교의 걸음이라는 것을 알아차렸다. 그는 다른 문을 통해 그의 방으로 올라간 것이다. 아마 눈에 젖은 후줄근한 제복 차림으로 우리 앞에 서고 싶지 않아 옷부터 갈아입으려고 그런 것 같았다.

한 번은 강하고 한 번은 약한 발소리가 층계를 내려왔다. 문이 열리고 장교가 모습을 드러냈다. 그는 사복 차림이었다. 바지는 두꺼운 회색 플란넬, 겉옷은 황갈색 그물 무늬가 얽혀 있는 강청색 트위드였다. 품이 넓어 헐렁한 겉옷은 아무렇게나 걸친 듯했지만 우아함이 배어났다. 속에는 근육질의 마른 상체에 꽉 끼는 베이지 색의 굵은 모직 스웨터를 입고 있었다.

「죄송하지만 도무지 몸이 따뜻해지질 않는군요. 흠뻑 젖어 돌아왔는데 방이 너무 추워서요. 잠시 불 좀 쬐겠습니다.」

그가 엉거주춤 아궁이 앞에 쪼그리고 앉아 양손을 뻗었다. 그러고는 손을 뒤집어 가며 말했다. 「음, 따뜻하군……! 따뜻해……!」 그는 쪼그려 앉은 채 양팔로 무릎을 짚고 몸을 돌려 불 쪽에 등을 갖다 댔다.

「사실 이 정도는 아무것도 아닙니다. 프랑스의 겨울은 그나마 견딜 만해요. 독일의 겨울은 정말 혹독하죠. 대단해요. 숲을 빽빽하게 채운 전나무 위로 무겁게 눈이 쌓이죠. 여기 나무들은 가늘어서 가지 위에 쌓인 눈이 마치 레이스 같아요. 독일 숲은 살기 위해 힘이 필요한 다부지고 힘센 황소를, 여기 숲은 세련되고 시적인 생각과 재치를 떠올리게 해요.」

그의 목소리는 잘 울리지 않고 음색이 거의 없었다. 억양은 가벼웠고, 된소리만 유난히 크게 들렸다. 전체적으로 나지막하게 흥얼거리는 콧노래 같았다.

그가 일어섰다. 벽난로 위 돌출부에 팔을 걸치고 손등에 이마를 기댔다. 키가 너무 커서 등을 살짝 굽혀야 했다. 나였으면 정수리도 닿지 않았을 것이다.

그는 움직이지도 말을 하지도 않은 채, 꽤 오랫동안 그러고 서 있었다. 조카딸은 자동으로 돌아가는 기계처럼 열심히 뜨개질만 했다. 그녀는 단 한 번도 그에게 눈길을 주지 않았다. 나는 푹신한 안락의자에 반쯤 누운 채 담배를 피우며 그 무거운 침묵이 깨지지 않을 거라고, 그가 인사를 하고 방을 나설 거라고 생각했다.

하지만 나지막한 흥얼거림이 다시 시작되었다. 그것이 침묵을 깼다고 할 수는 없다. 오히려 그것은 침묵에서 피어오른 것만 같았다.

「전 프랑스를 사랑했습니다.」 장교가 움직이지 않은 채 말했다. 「늘 그랬죠. 지난 전쟁[1] 때 전 어린아이였습니다. 당시 제가 무슨 생각을 했는지는 중요하지 않아요. 하지만 그 후로 늘 프랑스를 사랑했습니다. 공주를 흠모하듯 멀찌감치 떨어져서.」 그가 잠시 뜸을 들이다가 심각한 목소리로 말했다. 「제 아버지 때문에요.」

그가 돌아서서 겉옷 주머니에 손을 넣은 채 문설주에 몸을 기댔다. 그의 머리가 문 위 돌출부에 살짝 부딪혔다. 때때로 그는 사슴처럼 자연스럽게 뒤통수를 그곳에 대고 천천히 문질렀다. 안락의자가 거기, 바로 곁에 놓여 있었다. 그는 앉지

---

1 제1차 세계 대전.

않았다. 마지막 날까지 단 한 번도. 우리도 앉으라고 권하지 않았다. 그는 허물없는 짓거리로 보일 만한 행동은 결코 하지 않았다.

그가 반복해 말했다.

「아버지 때문에요. 그분은 둘도 없는 애국자셨어요. 패전은 격렬한 고통이었죠. 하지만 그분은 프랑스를 사랑하셨어요. 브리앙[2]을 사랑하셨고, 바이마르 공화국을, 브리앙을 믿으셨죠. 그것도 아주 열렬히. 〈그가 우릴 남편과 아내처럼 결합시켜 줄 거야〉라고 말씀하시곤 했죠. 그분은 마침내 태양이 유럽에 떠오를 거라고 생각하셨어요…….」

이렇게 말하며 그는 조카딸을 쳐다봤다. 여자가 아니라 마치 조각상을 바라보는 듯한 눈길로. 실제로 그 아이는 조각상이었다. 살아 움직이긴 하지만 돌처럼 굳어 있는 조각상.

「……하지만 브리앙은 패하고 말았죠. 아버지는 프랑스가 아직 잔인한 거대 부르주아들, 드 방델,[3] 앙리 보르도,[4] 페탱 원수 같은 사람들 손에 휘둘리고 있다는 것을 깨달으셨어요. 아버지가 제게 말씀하셨죠. 〈군복 차림으로 들어갈 수 있게 되기 전에는 결코 프랑스에 발을 들여놓지 말거라.〉 저는 약

---

[2] Aristide Briand(1862~1932). 프랑스의 정치인이자 외교관. 프랑스와 독일의 화해를 위한 노력을 인정받아 1926년 노벨 평화상을 수상했다. 그러나 유럽 평화를 위한 그의 노력은 1929년 대공황과 나치즘, 그리고 공산주의의 부상으로 인해 수포로 돌아갔다.

[3] François de Wendel(1874~1949). 프랑스의 실업가이자 정치인.

[4] Henry Bordeaux(1870~1963). 프랑스의 변호사이자 소설가, 에세이스트.

속해야만 했습니다. 임종을 앞두고 계셨거든요. 이번 전쟁이 터지기 전에 전 이미 유럽의 모든 나라에 가봤습니다. 프랑스만 빼고.」

그가 웃으며 해명하듯 말했다.

「전 음악가입니다.」

장작 하나가 무너져 내렸다. 이글거리는 숯들이 아궁이 밖으로 굴러 나왔다. 그가 허리를 숙여 부집게로 그것들을 집어 도로 던져 넣고는 말을 이었다.

「연주자는 아닙니다. 작곡을 하죠. 음악은 제 모든 것입니다. 그래서 군복 차림의 제 모습을 보면 가끔 엉뚱하다는 느낌이 들곤 해요. 그래도 이번 전쟁에 대해 애석해하지는 않습니다. 아뇨, 전 믿습니다, 이번 전쟁에서 위대한 것들이 나올 거라고…….」

그가 허리를 곧추세우고 주머니에서 손을 빼 반쯤 치켜들며 말했다.

「용서하십시오. 어쩌면 제 말이 언짢게 들렸을지도 모르겠군요. 하지만 전 진심으로, 프랑스에 대한 사랑으로 그렇게 생각합니다. 이번 전쟁에서는 독일을 위한, 그리고 프랑스를 위한 아주 위대한 것들이 나올 겁니다. 저도 제 아버지처럼 태양이 유럽을 훤히 비출 거라고 생각합니다.」

그가 두 발짝 앞으로 걸어 나와 상체를 숙였다. 여느 저녁처럼 그가 말했다. 「좋은 밤 되시기 바랍니다.」 그리고 나갔다.

나는 말없이 파이프를 마저 피웠다. 그러고서 살짝 기침을 하며 말했다. 「그에게 단 한 마디도 해주지 않는 건 어쩌면 비인간적인 일인지도 몰라.」 조카딸이 고개를 들었다. 놀랐다는 듯 눈썹이 치켜 올라갔고 두 눈은 분노로 번뜩였다. 나는 얼굴이 약간 달아오르는 것을 느꼈다.

그날 이후로 그것은 방문의 새로운 양상이 되었다. 우리는 군복 차림의 그를 거의 볼 수 없었다. 그는 옷부터 갈아입고 내려와 문을 두드렸다. 우리에게 적의 제복을 보지 않게 해 주려는 배려였을까? 아니면 우리에게 그것을 잊게 하려고, 그러니까 그에게 익숙해지게 하려고? 아마 둘 다였으리라. 그는 노크를 하고, 하지 않을 게 뻔한 우리 대답을 기다리지 않고 들어왔다. 그는 아주 자연스럽게 그렇게 했고, 매번 불을 쬐러 왔다는 핑계를 댔다. 그것이 핑계에 불과하다는 것은 그도 우리도 모르지 않았고, 그것의 형식적인 성격을 그는 감추려 들지 않았다.

물론 그가 저녁마다 내려온 건 아니었다. 하지만 내가 기억하는 한, 그가 아무 말도 않고 방을 나선 적은 단 한 번도 없었다. 그는 불 가로 가서 몸을 웅크렸다. 그가 몸의 일부를 화염의 열기에 내맡기는 동안, 흥얼거리는 듯한 목소리가 방 안에 부드럽게 번져 갔다. 그렇게, 그가 가슴에 담고 있는 주제들(그의 나라와 음악과 프랑스)에 대한 끝없는 독백이 이어졌다. 그는 단 한 번도 우리에게서 대답이나 동의, 심지어 눈길조차 얻어 내려 시도한 적이 없었다. 그는 오래 말하지 않았다. 처음으로 불을 쬐러 내려온 저녁보다 오래 말한 적은 결코 없었다. 때로는 침묵으로 끊어지고, 때로는 기도처럼 단조롭게 이어지는 몇 문장이 고작이었다. 가끔은 벽난로 앞에 기둥처럼 꼼짝 않고 서서, 가끔은 말을 멈추지 않은 채 어떤 물건이나 벽에 걸린 그림을 향해 다가가면서. 그러고는 입을 다물고 상체를 가볍게 숙이며 밤 인사를 했다.

　방문을 시작한 지 얼마 되지 않았을 때, 한번은 그가 말했다.

「저희 집의 불꽃과 이 불꽃의 차이가 어디 있을까요? 물론 장작, 불길, 벽난로는 서로 비슷합니다. 하지만 불꽃은 그렇지가 않아요. 불꽃은 그것이 밝히는 물건들에 의해 좌우됩니다. 요컨대 이 흡연실에 있는 사람들, 가구들, 벽들, 선반에 꽂힌 책들……」

　그가 생각에 잠긴 표정으로 말했다. 「제가 왜 이 방을 그토록 마음에 들어 하느냐고요? 이 방은 그리 아름답진 않습니다. 아, 죄송합니다!」 그가 웃었다. 「제 말은 미술관 같은 방은 아니란 얘깁니다……. 사람들이 이 방에 있는 가구들에 대해 경이로운 예술품이라고 말하진 않을 테니까요……. 그러진 않겠죠……. 하지만 이 방에는 영혼이 있습니다. 이 집 전체가 영혼을 갖고 있죠.」

　그가 책꽂이 선반 앞에 섰다. 그의 손가락들이 책등들을 부드럽게 쓰다듬었다.

「……발자크, 바레스, 보들레르, 보마르셰, 부알로, 뷔퐁…… 샤토브리앙, 코르네유, 데카르트, 페늘롱, 플로베르…… 라퐁텐, 프랑스, 고티에, 위고……. 세상에 이런 출석부가 또 어디 있겠습니까!」 그는 가볍게 웃으며, 고개를 절레절레 흔들며 말했다. 「게다가 아직 H까지밖에 안 불렀어요! ……몰리에르, 라블레, 라신, 파스칼, 스탕달, 볼테르, 몽테뉴, 그 외에도 수두룩한 작가들이 아직 남아 있죠……!」 그의 손이 책들을 따라 계속 천천히 미끄러졌다. 그리고 때때로 — 아마 생각지 않았던 이름을 발견할 때마다 — 들릴 듯 말 듯한 〈아!〉를 내뱉었다. 그가 말을 이었다. 「영국 작가로는 셰익스피어를, 이탈리아는 단테를, 스페인은 세르반테스를, 저희 독일은 괴테를 곧장 떠올립니다. 그런 뒤에 다른 작가를 생각해 봐야 하죠. 하지만 프랑스 작가는? 누가 제일 먼저 떠오르죠? 몰리에르? 라신? 위고? 볼테르? 라블레? 아니면 어떤 다른 작가? 그들은 극장 입구에서 아우성치는 군중처럼 떼를 지어 몰려옵니다. 누굴 먼저 들여보내야 할지 알 수가 없죠.」

그가 돌아서서 진지하게 말했다.

「하지만 음악의 경우는 저희 독일이 그렇죠. 바흐, 헨델, 베토벤, 바그너, 모차르트……. 어떤 이름을 제일 위에 놓아야 하죠?」

그가 고개를 흔들며 천천히 말했다. 「그런데도 우리는 전쟁을 했습니다!」 그러고는 벽난로 가로 돌아왔다. 그의 미소 띤 눈길이 조카딸의 옆모습에 가 닿았다. 「하지만 이번이 마지막이 될 겁니다! 우리는 더 이상 싸우지 않을 거예요. 결혼을 하게 될 테니까요!」 그의 눈꺼풀에 주름이 잡히고, 광대뼈 아래 움푹 들어간 곳에 두 개의 긴 보조개가 파였으며, 새하얀 이들이 드러났다. 그가 쾌활하게 말했다. 「그럼요! 그렇고 말고요!」 그는 고개를 끄덕거려 긍정을 거듭했다. 잠시 침묵하던 그가 말을 이었다. 「독일군이 생트에 입성했을 때, 그곳 주민들이 열렬히 환영해 줘서 전 기뻤습니다. 아주 행복했죠. 전 생각했습니다. 쉬운 일이 될 거라고요. 하지만 전혀 그렇지 않다는 것을, 그들의 태도가 비열함이었다는 것을 전 나중에 깨달았습니다.」 그의 표정이 점점 심각해졌다. 「전 그 사람들을 경멸했습니다. 프랑스가 걱정스러웠죠. 전 생각했습니다. 프랑스가 〈정말〉 이렇게 변해 버렸을까?」 그가 고개를 저었다. 「천만에! 아니었습니다. 전 그걸 나중에야 알았죠. 그리고 지금, 전 그 근엄한 얼굴을 발견해 행복합니다.」

그의 눈길이 나에게로 옮겨 왔다. 나는 그것을 피했다. 그의 눈길은 방 이곳저곳에서 잠시 지체하다가 비정할 정도로 무표정한 조카딸의 얼굴로 되돌아갔다.

「전 행복합니다. 이곳에서 품위 있는 노인과 침묵하는 아가씨를 만나게 되어서요. 전 그 침묵을 극복해야 할 겁니다. 프랑스가 지키는 그 침묵을 극복해야 할 거예요. 전 그게 마음에 듭니다.」

그는 조카딸을 쳐다보았다. 침묵 속에 고집스럽게 틀어박혀 있는, 하지만 아직은 웃음의 잔해들이 떠도는 그 순수한 옆모습을. 조카딸도 그의 시선을 느꼈다. 나는 그 아이가 가볍게 낯을 붉히는 것을, 미간에 서서히 주름이 잡히는 것을 보았다. 조카딸은 실이 끊어질 정도로 거칠고 세게 바늘을 잡아당겼다.

「그렇습니다.」 흥얼거리는 듯한 느린 목소리가 다시 이어졌다. 「이편이 낫습니다. 훨씬 나아요. 더욱 견고한 결합, 각자가 위대함을 얻는 결합을 가져다줄 테니까요……. 아주 아름다운 동화가 한 편 있죠. 저도 읽었고, 두 분도 읽으셨고, 세상 모든 사람들이 읽은. 제목이 두 나라에서 같은지는 저도 잘 모르겠습니다. 독일 제목은 *Das Tier und die Schöne* 입니다. 미녀와 야수라는 뜻이죠. 가엾은 미녀! 야수가 미녀를 납치해 가둡니다. 완력이 없는 미녀는 하루 종일 무표정과 침묵으로 맞서죠……. 자부심이 대단한 그녀는 야수에게 냉랭한 태도를 보입니다……. 하지만 야수는 보기보다 훨씬 괜찮은 존재입니다. 그리 세련되게 다듬어지진 못했지만요! 서툴고 거친 야수는 세련된 미녀에 비하면 정말 투박해 보이죠! ……그래도 야수는 착한 마음씨를 지니고 있습니다. 그래요, 고양을 갈망하는 영혼을 지니고 있죠. 미녀가 마음을 열기만 한다면! ……미녀는 좀처럼 마음을 열지 않습니다. 하지만 그녀도 증오스러운 간수의 눈 깊은 곳에서 광채를, 기도와 사랑이 읽히는 반사광을 서서히 발견하게 됩니다. 그럼으로써 그녀는 야수의 무거운 다리를, 감옥의 사슬을 덜 실감하게 되죠……. 야수의 변함없는 사랑에 감동한 그녀는 마침내 증오를 거두고 손을 내밉니다……. 그러자 그를 짐승의 무성한 털 속에 가두었던 마법이 풀리면서 야수가 변신을 하죠. 그는 이제 미녀의 키스에 의해 더욱 눈부신 자질로 다듬어진, 더없이 멋지고 순수하며 세련되고 교양 있는 기사가 됩니다……. 그들의 결합은 숭고한 행복을 일궈 내죠. 부모의 좋은 점들을 골고루 물려받은 그 자식들은 지상에 잉태된 그 어떤 아이들보다 아름답습니다…….

이 동화 안 좋아하세요? 전 늘 이 동화를 좋아했고, 끊임없이 다시 읽었죠. 읽을 때마다 눈물이 나왔어요. 특히 전 야수를 좋아했습니다. 그의 고통을 이해할 수 있었거든요. 얘길 하다 보니 지금도 가슴이 먹먹해지는군요.」

그가 말을 멈추고 숨을 깊게 들이쉬었다. 그러고는 허리를 숙이며 말했다.

「좋은 밤 되시기 바랍니다.」

어느 날 저녁 나는 담배를 찾으러 내 방에 올라와 있었다. 아래층에서 울려 퍼지는 오르간 소리가 들려왔다. 누군가 조카딸이 패전 전에 연습하던 「프렐류드와 푸가 8번」을 연주하고 있었다. 악보 책이 거기 펼쳐져 있긴 했지만, 조카딸은 그날 저녁까지 연습을 다시 시작할 결심을 내리지 못하고 있었다. 그 아이가 연습을 다시 시작했다는 사실에 나는 놀라움과 기쁨을 동시에 맛보았다. 어떤 내적 욕구에 의해 갑자기 결단을 내린 것일까?

연주를 한 건 조카딸이 아니었다. 그 아이는 여전히 뜨개질거리를 손에 쥔 채 안락의자에 앉아 있었다. 아이의 눈이 내 눈을 찾아 메시지를 보냈지만, 나는 해독해 내지 못했다. 나는 악기 앞에 앉아 있는 긴 상체, 앞으로 기운 목덜미, 길고 섬세하고 힘찬 손을 바라보았다. 손가락들은 마치 자율성을 가진 개별적인 존재들처럼 건반 위를 자유자재로 돌아다니고 있었다.

그는 프렐류드만 연주하고 일어나 불 가로 왔다.

「이보다 더 위대한 것은 없죠.」속삭임 이상으로 높게 울려 퍼지지 않는 먹먹한 목소리로 그가 말했다. 「위대하다? ……아뇨, 그건 적당한 말이 아니에요. 인간을, 인간의 육체를 넘어서죠. 이것은 인간 영혼의 본성이…… 우리가 알 수 없는 신적인 본성…… 순수한…… 본성이 어떤 것인지 이해하게, 아니, 짐작하게…… 아니, 예감하게 해주죠. 그래요, 이건 비인간적인 음악이에요.」

그는 침묵에 잠긴 채 자신의 생각을 더듬는 것 같았다. 그가 천천히 입술을 깨물었다.

「바흐…… 그는 독일인일 수밖에 없었어요. 독일 땅은 그런 성격, 비인간적인 성격을 지니고 있죠. 제 말은 인간의 척도에 맞지 않는다는 뜻입니다.」

다시 침묵.

「전 이런 음악을 사랑하고 숭배합니다. 절 가득 채워 주고, 제 내부에 있는 신의 존재를 느끼게 해주죠. 하지만…… 제 음악은 아니에요.

전 인간의 척도에 맞는 음악을 하고 싶습니다. 그 역시 진실에 도달하기 위한 길이니까요. 그것은 〈저의〉 길이죠. 전 다른 길을 따라가고 싶지도 않고, 그럴 수도 없을 겁니다. 이제 전 그걸 알아요. 완전히 알고 있습니다. 언제부터냐고요? 이곳에 묵으면서부터.」

그가 우리에게서 등을 돌렸다. 양손으로 벽난로 위 돌출부를 짚고는 손가락 힘으로 버티며, 창살 사이로 몸을 내밀듯 양팔 사이로 불꽃을 향해 얼굴을 디밀었다. 그의 목소리가 점점 더 가라앉았다.

「이제 저에겐 프랑스가 필요합니다. 전 많은 것을 원합니다. 프랑스가 절 따뜻하게 맞아 주길 원합니다. 이방인처럼, 여행객이나 정복자로 프랑스에 머무는 건 의미가 없습니다. 그러면 프랑스는 아무것도 주지 않죠. 누구든 거기서 아무것도 취할 수 없어요. 프랑스의 부, 그 엄청난 부, 우리는 그것을 정복할 수 없습니다. 그것은 그 젖가슴을 통해 직접 마셔야만 합니다. 프랑스가 어머니의 몸짓과 감정으로 자신의 젖가슴을 내밀어야만 하죠……. 그게 우리에게 달려 있다는 것은 저도 잘 알고 있습니다……. 하지만 그건 프랑스에 달려 있는 것이기도 합니다. 우리의 갈증을 이해하고 해소해 주는 것을…… 우리와 하나가 되는 것을 프랑스가 받아들여야만 합니다.」

그는 등을 돌리지 않고, 여전히 손가락으로 벽난로 돌출부에 매달린 채 몸을 일으켰다. 그러고는 약간 높은 목소리로 말했다.

「전 이곳에서 오랫동안 살아야 할 겁니다. 이 집과 비슷한 집에서. 이 마을과 비슷한 마을의 어느 집 아들처럼……. 그래야 할 겁니다…….」

그가 입을 다물었다. 그리고 우리를 향해 돌아섰다. 그의 입은 웃고 있었지만, 조카딸을 바라보는 눈은 그렇지 않았.

「장애들은 극복될 겁니다. 진실한 마음은 언제나 장애를 뛰어넘으니까요.

그럼, 좋은 밤 되십시오.」

백 일이 넘는 그 긴 겨울날 동안 그가 저녁마다 찾아와 했던 얘길 모두 기억할 수는 없다. 하지만 주제는 거의 변함이 없었다. 그것은 그가 프랑스에서 발견한 것에 대한 긴 랩소디, 프랑스 땅을 밟기 전에 멀찌감치 떨어져 품었던 사랑, 프랑스에서 사는 행복을 누리게 된 이후로 나날이 커져 가는 사랑의 토로였다. 나는 그에게 탄복했다. 그랬다. 나는 그가 용기를 잃지 않기를, 폭력적인 언어로 그 집요한 침묵을 뒤흔들어 놓고자 하는 유혹에 빠지지 않기를 바랐다……. 한데 그가 이따금씩 침묵이 방을 점령하도록, 숨을 쉴 수 없는 무거운 가스처럼 방 구석구석을 가득 채우도록 내버려 둘 때, 우리 셋 중 가장 편안해 보인 사람은 오히려 바로 그였다. 그럴 때면 그는 첫날 지어 보였던, 잔잔한 미소가 묻어나는 진지한 동의의 표정으로 조카딸을 바라보았다. 그러면 나는 조카딸의 영혼이 그녀 스스로 만든 감옥 안에서 몸부림치는 것을 느꼈다. 손가락의 가벼운 떨림을 비롯한 여러 신호들을 통해 알 수 있었다. 마침내 베르너 폰 에브레낙이 흥얼거리는 듯한 목소리로 충격 없이 부드럽게 그 침묵을 깨면, 우리가 보다 자유롭게 호흡하도록 그가 허락해 준 듯한 느낌이 들었다.

그는 자주 자기 얘기를 했다.

「저는 숲 속에 있는 집에서 태어났고, 숲 반대편 마을에 있는 학교에 다녔습니다. 시험을 보기 위해 뮌헨에, 음악 공부를 하기 위해 잘츠부르크에 갈 때까지는 한 번도 그곳을 떠나 본 적이 없었죠. 그 후로도 늘 그곳에서 살았습니다. 전 대도시를 좋아하지 않았어요. 런던, 빈, 로마, 바르샤바, 그리고 당연히 독일의 대도시 이곳저곳에 가보기는 했었죠. 하지만 살고 싶지는 않았어요. 단 한 곳, 프라하는 무척 마음에 들었어요. 그처럼 영혼을 담고 있는 도시는 드물거든요. 독일 도시로는 뉘른베르크를 특히 좋아했어요. 그곳은 독일인의 가슴을 부풀어 오르게 하는 도시예요. 그곳에 가면 마음에 담고 있는 소중한 유령들을, 늙은 독일의 기품을 세운 사람들의 추억을 돌 하나하나에서 되찾을 수 있거든요. 아마 프랑스인들은 샤르트르 대성당 앞에서 그와 똑같은 걸 느낄 겁니다. 조상들의 현존, 그 영혼의 우아함, 신앙의 위대함, 그리고 자상함을 생생하게 느끼게 되죠. 운명은 절 샤르트르로 이끌었습니다. 오, 누런 밀밭 너머 저 멀리 대성당이 온통 푸르고 투명하고 아득한 모습을 드러냈을 때, 전 너무나 큰 감동을 받았어요! 전 까마득한 옛날에 걸어서, 혹은 말이나 수레를 타고 그곳을 찾았던 사람들의 감정을 상상해 보았습니다. 그리고 그 감정을 함께 나눴죠. 전 그 사람들을 사랑했고, 그들의 형제가 되고 싶었어요!」

그의 표정이 갑자기 어두워졌다.

「물론 장갑차를 타고 샤르트르에 입성한 사람에게서 이런 소리를 듣는 건 고역이시겠죠……. 하지만 사실입니다. 독일인의 영혼 속에는 수많은 것들이 함께 꿈틀거립니다! 아무리 훌륭한 독일인이라 해도 마찬가지예요. 그래서 누군가 치유해 주길 간절히 바라죠……」 그가 또다시 미소 지었다. 그것은 얼굴 전체로 서서히 번져 가는 가벼운 미소였다.

「저희 집 이웃 성에 젊은 처녀가 하나 있었습니다……. 아주 아름답고 상냥한 여인이었죠. 아버지는 늘 제가 그녀와 결혼하길 바라셨어요. 아버지께서 돌아가셨을 때, 우리는 거의 약혼한 사이나 마찬가지였죠. 집안에서도 우리 단둘이서 멀리 산책 나가는 걸 묵인할 정도였으니까요.」

내 조카딸이 막 끊어 먹은 실을 다시 바늘에 꿸 때까지, 그는 기다렸다. 그 아이는 애를 썼지만 바늘구멍이 너무 작아 쉽지 않았다. 마침내 성공하자 그가 말을 이었다.

「어느 날, 우린 숲으로 산책을 나갔습니다. 토끼와 다람쥐들이 우릴 보고 달아났죠. 노란 수선화, 야생 히아신스, 아마릴리스……. 온갖 꽃들이 피어 있었어요. 그녀가 기쁨의 탄성을 지르며 말했죠. 〈너무 행복해요, 베르너. 난 정말이지, 오! 신께서 주신 이 선물들을 너무나 사랑해요!〉 저 역시 행복했어요. 우린 고사리가 피어 있는 이끼 위에 함께 누웠습니다. 그러고는 아무 말 없이 바람에 흔들리는 전나무 가지를, 이 가지에서 저 가지로 날아가는 새들을 바라보았죠. 그런데 갑자기 그녀가 작은 비명을 내질렀어요. 〈오! 내 턱을 물었어요! 더러운 벌레, 못된 모기 녀석!〉 난 그녀가 잽싸게 손을 휘두르는 걸 봤습니다. 〈한 마리 잡았어요, 베르너! 오! 이것 좀 봐요. 녀석에게 벌을 줘야겠어요. 떼어 낼 거예요……. 다리를…… 하나씩…… 하나씩…….〉 그녀는 정말로 그렇게 했어요…….

다행스럽게도 그녀에겐 저 말고도 다른 구혼자가 여럿 있었죠. 전 추호도 후회하지 않았습니다. 그리고 그 후로 영원히 독일 처녀들에 대해 공포심을 품게 되었죠.」

그가 생각에 잠긴 채 모아 쥔 자신의 손을 쳐다보았다.

「독일 정치인들 역시 그 처녀와 별반 다르지 않아요. 그래서 함께 일해 보자고 친구들이 권유해도 전 결코 그들과 손을 잡지 않았죠. 그래요, 전 세상을 등지고 집에 남아 있는 쪽을 택했습니다. 음악적으로 성공하는 데에는 도움이 안 됐지만 어쩔 수 없었죠. 마음 편히 지내는 것에 비하면 성공은 별것 아니니까요. 물론 제 친구들과 총통께서 위대하고 고귀한 사상을 품고 있다는 건 저도 잘 알고 있습니다. 하지만 그들이 모기 다리를 하나씩 떼어 내리라는 것도 알고 있죠. 몹시 외로울 때, 독일인들에겐 늘 그런 일이 일어납니다. 늘 그랬어요. 주인으로 군림하는, 같은 당파의 남자들만 득실거릴 때, 그들보다 더 〈외로운〉 사람들이 누가 있겠습니까?

다행히 이제 그들은 더 이상 외롭지 않습니다. 프랑스에 와 있으니까요. 프랑스가 그들을 치료해 줄 겁니다. 그리고 감히 말씀드리건대, 그들도 그것을 알고 있습니다. 프랑스가 그들에게 진정 위대하고 순수한 인간이 되는 법을 가르쳐 주리라는 것을 알고 있어요.」

그는 문을 향해 걸어갔다. 그러고는 혼잣말처럼 절제된 목소리로 말했다.

「하지만 그러려면 사랑이 필요합니다.」

그는 열린 문을 잡고 잠시 서 있다가 고개를 돌려 뜨개질을 하고 있는 조카딸의 목덜미, 땋아 올린 적갈색 머리카락 아래 드러난 가냘프고 창백한 목덜미를 바라보았다. 그는 차분하고 결연한 어조로 덧붙였다.

「함께 나누는 사랑이.」

그는 고개를 돌렸다. 그리고 문이 닫히는 동안, 늘 하는 인사말을 재빨리 내뱉었다.

「그럼 좋은 밤 되십시오.」

긴 봄날이 찾아왔다. 장교는 이제 태양이 마지막 광선을 발할 즈음에 내려왔다. 아래는 여전히 회색 플란넬 바지 차림이었지만, 위로는 가벼운 갈색 저지 저고리 속에 목깃을 열어 젖힌 리넨 셔츠를 받쳐 입었다. 어느 날 저녁, 그가 책 사이에 검지를 끼워 들고 내려왔다. 그의 얼굴에는 상대방의 기쁨을 기대할 때 나타나는 옅은 미소가 감돌았다. 그가 말했다.

「두 분을 위해 이걸 들고 내려왔습니다. 〈맥베스〉의 대사 중 하나예요. 맙소사! 얼마나 위대한 대사인지!」

그가 책을 펼쳤다.

「끝 부분이에요. 마침내 맥베스의 흑심을 헤아린 사람들의 결속으로, 그의 권력은 모래처럼 손가락 사이로 빠져나가게 되죠. 스코틀랜드의 명예를 옹호하는 귀족들은 그가 하루라도 빨리 파멸하기를 기대합니다. 그중 한 사람이 그 파멸의 극적인 징후들을 이렇게 묘사하지요……」

그가 무겁고 비장한 어조로 천천히 읽어 내려갔다.

앵거스

 이제 그도 은밀한 범죄의 핏자국이 손에서 떨어지지 않는다는 걸 느낄 거요. 반란이 시시각각 그의 기만을 꾸짖고, 그의 명령을 받는 자들은 더 이상 사랑이 아니라 두려움에 복종하오. 지금은 그도 자신의 왕권이 난쟁이가 훔쳐 입은 거인의 예복처럼 몸 위에서 떠다니는 것을 느낄 거요.

 그가 고개를 들고 웃었다. 나는 어안이 벙벙한 채, 그도 내가 생각하는 그 〈폭군〉을 떠올리고 있는 것인지 자문해 보고 있었다. 하지만 그가 말했다.

「당신들 원수[5]의 밤을 어지럽히는 게 바로 이것 아닐까요? 두 분에게나 저에게나 경멸의 대상이긴 하지만, 한편으로는 불쌍한 사람입니다. 〈그의 명령을 받는 자들은 더 이상 사랑이 아니라 두려움에 복종하오.〉 부하들의 사랑을 받지 못하는 우두머리는 한심한 허수아비에 불과하죠. 다만…… 다만…… 과연 다른 것을 바랄 수 있었을까요? 그 같은 음험한 야심가가 아니라면 과연 누가 그 역할을 받아들였겠습니까? 결국 그가 필요했던 거예요. 그렇습니다, 야심을 위해서라면 조국이라도 팔아 치울 누군가가 필요했습니다. 왜냐하면 지금, 그리고 영원히, 프랑스는 자긍심을 잃지 않고는 활짝 열린 우리의 품에 자발적으로 안기지 않을 테니까요. 가장 비천한 중매쟁이가 가장 행복한 혼인을 성사시키는 경우

---

5 페탱을 가리킨다.

도 종종 있습니다. 중매쟁이가 경멸스럽다고 해서 혼인이 덜 행복해지는 건 아니니까요.」

그가 〈탁〉 소리 나게 책을 덮어 상의 주머니에 집어넣고는 손바닥으로 주머니를 기계적으로 두 번 두드렸다. 그러고는 그 긴 얼굴에 행복을 가득 담고 말했다.

「제가 두 주 동안 집을 비우게 됐다는 사실을 알려 드려야겠군요. 파리를 방문하게 되어 얼마나 기쁜지 모르겠습니다. 휴가 차례가 돌아왔는데, 전 파리에서 보낼 생각입니다. 파리는 이번이 처음이죠. 저에겐 위대한 날들이 될 겁니다. 제가 온 마음으로 기대하는, 더욱 위대한 날이 될 그날이 올 때까지는 가장 위대한 날들이 되겠지요. 필요하다면 전 몇 년이든 기다릴 겁니다. 제 마음은 포기를 모르는 인내심으로 무장되어 있으니까요.

파리에 가면 친구들을 만나 볼 생각입니다. 그중 많은 이들이 우리 두 민족의 멋진 결합을 준비하기 위해 두 나라 사이에 진행되는 협상에 참여하고 있죠. 그러니까 저도 약간은 그 결혼의 증인이 되는 셈이지요……. 제가 날아갈 듯 기쁘다는 것을 두 분께 말씀드리고 싶습니다. 하루빨리 상처에서 치유될 프랑스를 생각하면, 그리고 독일과 저 자신을 생각하면 너무나 기뻐요! 프랑스에 위대함과 자유를 돌려줌으로써 독일은 그 누구도 얻지 못한 득을 보게 될 것입니다.

그럼 좋은 밤 되십시오.」

오셀로

우선 이 불부터 끄자. 그런 연후에
그의 생명의 불을 꺼야지.

우리는 그가 돌아오는 것을 보지 못했다.

객식구의 존재란 눈에 보이지 않더라도 여러 신호를 통해 드러나기 때문에, 우리는 그가 돌아와 있다는 것을 알고 있었다. 하지만 여러 날 동안 (일주일이 훨씬 넘게) 우리는 그를 보지 못했다.

털어놓아도 될까? 그의 부재는 내 마음을 편하게 두지 않았다. 나는 끊임없이 그를 생각했다. 내가 느낀 후회와 불안이 어느 정도였는지는 나도 모르겠다. 조카딸도 나도 그것에 대해서는 전혀 언급하지 않았다. 하지만 저녁 시간에 가끔 위층에서 불규칙하고 둔탁한 발소리가 들려올 때면 갑자기 뜨개질에 더욱 몰두하는 모습을 통해, 그리고 얼굴에 고집스러우면서도 주의 깊은 표정을 심어 주는 가벼운 주름 몇 개를 통해, 나는 그 아이 역시 나처럼 그에 대한 생각을 떨쳐 버리지 못하고 있다는 걸 알 수 있었다.

어느 날, 나는 무슨 타이어 신고 문제로 사령부에 들러야 했다. 공무원이 건네준 서류를 작성하고 있는데, 베르너 폰 에브레낙이 자기 사무실에서 나왔다. 처음에 그는 나를 보지 못했다. 그는 커다란 벽 거울 앞 작은 탁자에 앉아 있는 하사관에게 뭐라고 말을 했다. 노래를 흥얼거리는 듯한 나지막한 목소리를 들으며 나는 딱히 할 일이 없는데도 거기 그대로 서 있었다. 이유를 알지 못한 채, 묘한 감동에 사로잡혀, 알지 못할 어떤 결말을 기다리며. 나는 거울에 비친 내 얼굴을 보았다. 창백하고 초췌해 보였다. 그가 고개를 들었고, 눈길이 마주친 우리는 거울 속에서 잠시 서로를 바라보고 서 있었다. 그가 홱 돌아서서 나와 마주했다. 그의 입술이 반쯤 벌어졌고, 한쪽 손이 천천히 들리는가 싶더니 곧 도로 떨어졌다. 그는 내게서 눈을 떼지 않은 채 갈등에 시달리는 비장한 표정으로, 마치 자신에게 〈안 돼〉라고 말하는 것처럼, 보일 듯 말 듯 고개를 저었다. 그러고는 눈길을 바닥으로 미끄러뜨리며 상체를 가볍게 숙이고는 다리를 절며 사무실로 들어가 문을 닫았다.

나는 조카딸에게 아무 말도 하지 않았다. 하지만 여자들은 고양이처럼 눈치가 빠르다. 그 아이는 저녁 내내 끊임없이 뜨개질을 멈추고 고개를 들어 나를 쳐다보았다. 파이프를 뻑뻑 빨며 무표정을 유지하려고 애쓰는 내 얼굴에서 뭔가를 읽어 내려는 듯. 결국 그 아이는 지친 듯 뜨개질하던 천을 접고는 먼저 잠자리에 들어도 되겠느냐고 물어 왔다. 아이는 마치 두통을 쫓기 위해서인 양 손가락 두 개로 천천히 이마를 쓸었다. 아이가 나에게 포옹을 해주었다. 나는 얼핏 아이의 아름다운 회색 눈에서 질책과 아주 무거운 슬픔을 읽은 것 같았다. 그 아이가 방을 나간 후 나는 부조리한 분노가, 나와 조카딸의 부조리한 짓거리에 대한 분노가 치밀어 오르는 것을 느꼈다. 이 바보 같은 짓거리는 뭐지? 하지만 나는 그 질문에 대답할 수 없었다. 그것이 바보짓이라 해도, 그 바보짓은 충분히 근거가 있는 것 같았다.

사흘 후였다. 막 커피 잔을 비운 우리는 익숙한 발소리의 불규칙한 고동을, 이번에는 반박의 여지가 없이 천천히 다가오는 그 소리를 들었다. 나는 문득 여섯 달 전 그 발소리를 처음 들었던 날 저녁을 떠올렸다. 〈오늘도 그날처럼 비가 내리는군.〉 아침부터 비가 줄기차게 쏟아졌다. 쉬지 않고 고집스럽게 내리는 비가 집 주변을 삼키고, 차고 습한 공기로 집 내부마저 삼켜 버렸다. 조카딸의 어깨를 덮은 날염 비단 스카프에는 장 콕토가 그린 열 개의 불안스러운 손들이 무기력하게 서로 손가락질하고 있었다. 나는 파이프 불에 시린 손가락을 덥혔다. 한여름에!

발소리가 곁방을 가로질러 계단을 신음하게 하기 시작했다. 장교는 천천히, 점점 더 느리게, 망설인다기보다는 불굴의 의지로 가혹한 시련을 버텨 내는 사람처럼 걸어 내려왔다. 조카딸이 고개를 들어 날 쳐다보았다. 발소리가 이어지는 동안 그 아이는 수리부엉이의 투명하고 비인간적인 눈빛으로 날 뚫어져라 쳐다보았다. 마지막 계단이 비명을 내지르고 다시 침묵이 찾아왔을 때, 그 아이의 눈길은 훌쩍 날아가 버렸다. 나는 그 아이가 무거운 눈꺼풀을 내리깔고, 고개를 숙이고, 탈진한 듯 온몸을 안락의자 등받이에 내던지는 것을 보았다.

침묵이 이어진 건 몇 초도 채 되지 않았지만 그 몇 초는 끝없이 길게 느껴졌다. 문 뒤에 서서 손을 치켜든 채 노크할 준비를 하고 있는, 노크를 함으로써 미래에 몸을 내던지게 되는 그 순간을 하염없이 늦추고 있는 장교의 모습이 눈에 보이는 듯했다……. 마침내 그가 노크를 했다. 그것은 망설임 끝의 가벼운 노크도, 소심함을 극복한 거친 노크도 아니었다. 돌이킬 수 없는 결정을 내린 사람의 느리고 또박또박한 노크, 단호하고 차분한 세 번의 노크였다. 나는 여느 때처럼 곧 문이 열리고 그가 방으로 들어설 거라고 짐작했다. 하지만 문은 닫힌 채로 있었다. 상반된 욕망과 불확실한 의문이 뒤섞인 격렬한 정신적 혼란에 빠진 나는, 폭포수처럼 급하게 흘러가는 1초 1초에 쫓겨 출구를 찾지 못한 채 허둥대고 있었다. 대답을 해야 할까? 왜 갑자기 태도를 바꾼 걸까? 이전의 태도로써, 우리가 지키는 집요한 침묵에 전적인 동의를 보여왔으면서 왜 오늘 밤은 우리가 침묵을 깰 때까지 기다리는 것일까? 오늘 저녁, 독일군 장교의 자부심이 내린 명령들은 어떤 것일까?

나는 조카딸의 눈에서 어떤 격려나 신호를 찾아내기 위해 그 아이를 쳐다보았다. 하지만 아이의 옆모습밖에 볼 수 없었다. 조카딸은 문손잡이를 바라보고 있었다. 이미 나에게 큰 충격으로 다가왔던 수리부엉이의 비인간적인 눈을 하고 뚫어져라 바라보고 있었다. 아이의 얼굴은 백지장처럼 창백했다. 나는 아이의 윗입술이 고통스러운 경련을 일으키며, 가지런한 하얀 선을 드러낸 이 위를 미끄러져 말려 올라가는 것을 보았다. 내 망설임의 가벼운 고뇌를 훨씬 능가하는, 갑자기 드러난 그 내적인 드라마 앞에서 나는 마지막 남은 힘을 상실하고 말았다. 바로 그 순간, 두 번의 노크 소리가 (약하고 빠르게 단 두 번만) 다시 울려 퍼졌다. 「저러다 가버리겠어요……」 조카딸이 크게 낙심한 듯 낮은 목소리로 말했기 때문에, 나는 더 이상 기다리지 않고 또렷하게 말했다. 「들어오시오, 선생.」

내가 왜 〈선생〉이라고 덧붙였을까? 적군 장교가 아닌, 신사를 초대했다는 것을 나타내기 위해? 아니면 반대로 〈누가〉 노크를 했는지 알고 있다는 것을, 내가 말을 건네는 것이 바로 그라는 것을 보여 주기 위해? 나도 모르겠다. 아무려면 어떠랴. 내가 말한 〈들어오시오, 선생〉은 남아 있다. 그가 들어왔다.

사복 차림을 상상했지만, 그는 군복을 입고 있었다. 나는 감히 그가 그 어느 때보다 군복 차림이었다고 말하겠다. 그가 우리에게 굳이 보여 주겠다는 확고한 의도를 가지고 그 차림을 한 것이 명백해 보였다는 의미로 말이다. 그는 문을 벽까지 활짝 열어젖히고 문틀 안에 똑바로 서 있었다. 그가 너무나 경직된 자세로 서 있었기 때문에 나는 내 앞에 서 있는 사람이 정말 그인지 의심하기에 이르렀고, 처음으로 그가 배우 루이 주베와 놀라울 정도로 닮았다는 사실을 깨달았다. 그는 그렇게 몇 초 동안 똑바로, 경직된 자세로, 말없이, 두 발을 약간 벌리고 양팔을 아무 표정 없이 늘어뜨린 채 서 있었다. 차가운 얼굴이 너무나 무표정해서 어떠한 감정도 깃들 수 없을 것 같았다.

하지만 푹신한 안락의자에 앉아 있던 내 눈에, 바로 눈높이에 있는 그의 왼손이 들어왔다. 내 눈은 그 손에 사로잡혀, 마치 묶인 것처럼 고정되었다. 그것이 내게 보여 주는, 그의 모든 태도를 보란 듯이 부정하는 비장한 광경 때문에…….

관찰할 줄 아는 사람에겐 손이 얼굴만큼이나, 아니, 의지의 통제를 벗어나는 만큼 그 이상으로 인간의 감정을 잘 드러낸다는 사실을 그날 나는 깨달았다. 얼굴과 온몸이 딱딱하게 굳어 미동도 않는 동안, 바로 그 손의 손가락들은 팽팽하게 펴지고 굽어지고 서로 압박을 가하고 매달리며, 가장 강렬한 몸짓을 내보였다.

곧 그의 눈이 되살아났다. 그의 눈길은 잠시 내게 머물다가(크게 벌어진 채 뻣뻣하게 굳은 눈꺼풀, 불면에 시달리는 사람의 쭈그러지고 뻑뻑한 눈꺼풀 사이로 번뜩이는 그 눈에, 마치 맹금이 노려보는 듯한 느낌이 들었다) 조카딸에게로 옮겨 가서는 더 이상 그녀를 떠나지 않았다.

마침내 모든 손가락이 손바닥 안에 구겨져 들어간 상태로 손이 움직임을 멈추었고 입이 열렸다(입술이 떨어지며 마개를 딴 빈 병의 주둥이처럼 〈풋……〉 소리를 냈다). 장교가 말했다. 그의 목소리는 그 어느 때보다 먹먹했다.

「중요한 말씀을 드려야 할 것 같습니다.」

조카딸은 그와 마주한 채 고개를 숙이고 있었다. 아이는 양탄자 위를 구르며 계속 풀리는 실몽당이에는 아랑곳 않고 손가락에 털실을 감고 있었다. 그 갈피 없는 작업은 그 아이의 흐트러진 주의력에 상응하는, 또한 그 아이에게 수치심을 면하게 해줄 수 있는 유일한 것이었다.

장교가 다시 말을 이었다. 마치 목숨을 거는 것처럼 보일 정도로, 애를 쓰는 모습이 역력했다.

「제가 지난 여섯 달 동안 말씀드린 모든 것, 이 방의 벽들이 들은 모든 것…… (그는 천식 환자처럼 헐떡이며 가슴 가득 숨을 들이쉬고는 잠시 호흡을 멈췄다.) ……그 모든 것을…… (숨을 내쉬었다.) 이제 잊으셔야만 합니다.」

조카딸의 두 손이 치마 위로 천천히 떨어졌다. 두 손은 모래 위에 좌초된 배처럼 비스듬히 기울어진 채 꼼짝도 하지 않았다. 그 아이가 천천히 고개를 들었다. 그리고 처음으로, 진정 처음으로 그 창백한 눈으로 장교를 바라보았다.

그가 말했다(나는 그 말을 겨우 알아들었다). 「*Oh welch' ein Licht*(오, 빛이여)!」 그것은 중얼거림조차 아니었다. 그는 마치 실제로 그 빛을 견딜 수 없는 것처럼, 손을 들어 두 눈을 가렸다. 잠시 후, 손을 내렸지만 그는 눈꺼풀을 내리깔고 있었다. 시선을 바닥에 고정시키고 있는 건 이제 그였다…….

그의 입술이 다시 〈픗……〉 소리를 내며 열렸고 그가 한없이, 한없이 가라앉은 목소리로 말했다.

「승리를 만끽하는 자들을 봤습니다.」

그리고 몇 초 후 더욱 가라앉은 목소리로 말했다.

「전 그들에게 말했습니다.」

그리고 쓰디쓴 어조로 천천히 중얼거렸다.

「그들은 절 비웃었습니다.」

그가 나를 향해 눈을 들고는 심각한 표정으로 어렴풋이 세 번 고개를 저었다. 그의 눈이 감겼다.

「그들은 말했습니다. 〈우리가 그들을 조롱했다는 걸 자네는 몰랐나?〉 그들은 그렇게 말했어요. 분명하게. 〈*Wir prellensie sie*(우리가 그들을 조롱했다)〉라고. 그들은 또 말했습니다. 〈멍청하게도 우리 국경에서 프랑스가 다시 일어서도록 내버려 둘 거라고 생각하는 건 아니겠지?〉 그들은 떠들썩하게 웃었습니다. 내 얼굴을 빤히 쳐다보며 의기양양하게 내 등을 두드렸죠. 〈우린 음악가들이 아닐세!〉」

이 마지막 말을 내뱉는 그의 목소리에는 그들에 대한 자신의 감정을 반영한 것인지, 아니면 그들이 취한 어조 자체를 흉내 낸 것인지 알 수 없는 모호한 경멸감이 담겨 있었다.

「그래서 전 오랫동안 열변을 토했습니다. 그들은 말하더군요. 〈정치는 시인의 꿈과는 다르네. 자네는 우리가 왜 전쟁을 했다고 생각하나? 그들의 늙은 원수를 위해서?〉 그들은 또다시 웃었습니다. 〈우리는 미치광이도 멍청이도 아닐세. 우리는 프랑스를 파괴할 기회를 잡았고, 프랑스는 파괴될 걸세. 힘뿐만 아니라 영혼도. 특히 영혼이. 영혼이 가장 위험하니까. 그게 바로 지금 우리가 하고 있는 작업일세. 그러니 부디 착각하지 말게! 우리는 미소와 배려로 프랑스를 와해시킬 걸세. 우린 프랑스를 벌벌 기는 암캐로 만들 거야.〉」

그가 입을 다물었다. 숨을 헐떡이는 것 같았다. 그가 턱이 부서져라 입을 앙다무는 바람에 나는 그의 광대뼈가 툭 불거져 나오는 것을, 관자놀이에서 두껍고 구불구불한 혈관이 벌레처럼 꿈틀대는 것을 보았다. 바람에 일렁이는 호수의 수면처럼, 거품을 일으키며 끓기 시작하는 우유의 표면처럼, 갑자기 그의 얼굴 전체가 내부에서 일어나는 어떤 전율에 의해 요동쳤다. 그의 눈길은 동공이 확장된 조카딸의 창백한 눈에 매달렸다. 그러고는 금방이라도 끊어질 듯 느리고, 낮고, 단조롭고, 결연하고, 억눌린 어조로 말했다.

「이제 희망이 없습니다.」 용납할 수 없는 사실을 다시 확인함으로써 자신을 괴롭히려는 것처럼 더 먹먹하고, 낮고, 느린 목소리로 그는 말을 이었다. 「이제 희망이 없습니다. 희망이 없어요.」 그러고서 느닷없이 높고 큰 목소리로, 나팔 소리 같은, 그리고 비명 같은, 분명하고 울림이 큰 목소리로 외쳤다. 「희망이 없단 말입니다!」

그리고 침묵이 이어졌다.

나는 그가 킥킥거리며 웃는 소리를 들었던 것 같다. 고통으로 일그러진 그의 이마는 흡사 닻줄 같았다. 그의 입술(열에 들뜬 동시에 창백한 환자의 입술)이 부들부들 떨렸다.

「그들은 짜증을 내며 절 비난했습니다. 〈보게, 자네가 프랑스를 얼마나 사랑하는지 알겠군! 가장 큰 위험이 바로 그걸세! 하지만 유럽을 좀먹는 그 역병을 우리가 치료할 거야! 우리가 그 독을 정화할 거라고!〉 그들은 나에게 모든 것을 설명했습니다. 오! 그들은 무엇 하나 내가 모르고 있도록 내버려 두지 않았습니다. 그들은 프랑스 작가들을 칭찬했죠. 하지만 동시에 벨기에, 네덜란드, 우리 부대가 점령하고 있는 모든 나라에서 팔지 못하게 했습니다. 프랑스어로 된 책은 결코 국경을 넘어갈 수 없어요……. 굴절 광학 매뉴얼이나 침탄 공식집 같은 기술 관련 출판물을 제외한, 문화 전반에 걸친 저작들은 아무것도, 절대!」

그의 눈길이 내 머리를 넘어 길 잃은 밤새처럼 방 구석구석에 부딪히며 날아다녔다. 마침내 그 눈길은 가장 어두컴컴한 책 선반(라신, 롱사르, 루소가 줄지어 서 있는)에서 은신처를 찾았다. 눈길이 그곳에 매달려 있는 동안, 목소리가 신음하듯 격렬하게 부르짖었다.

「아무것도, 아무것도, 아무도!」 그는 마치 우리가 아직 깨닫지 못했다는 것처럼, 그 엄청난 위협을 가늠하지 못했다는 것처럼 외쳤다. 「현대 작가들뿐만이 아니에요! 당신들의 폐기, 프루스트, 베르그송…… 다른 모든 작가들도! 저 사람들 모두! 모두! 모두!」

그의 눈길이 어슴푸레한 어둠 속에서 부드럽게 빛나는 책들을 또다시 절망에 찬 애무처럼 천천히 훑었다.

「저들은 불꽃을 완전히 꺼버릴 겁니다! 저 빛은 더 이상 유럽을 환하게 밝히지 못할 거예요!」

그의 공허하고 심각한 목소리는 전율에 찬 한탄처럼 길게 끌리는 외침의 마지막 음절을 내 가슴 밑바닥까지 울려 퍼지게 했다.

「영원히!」

다시 한 번 침묵이 깔렸다. 다시 한 번. 하지만 이번 것은 얼마나 더 무겁고 팽팽한지! 나는 이전의 침묵에서는 그 아래 감춰진 감정, 욕망, 스스로를 부정하고 투쟁하는 생각들이 잔잔한 수면 아래 떼 지어 사는 바다 생물처럼 우글거리는 것을 느꼈다. 하지만 이번 침묵 아래에는…… 아! 끔찍한 억압 외에는 아무것도 없었다.

마침내 목소리가 침묵을 깼다. 그 목소리는 부드럽고 불행했다.

「저에게는 형제나 다름없는 친구가 하나 있었습니다. 우린 슈투트가르트에서 같은 방에 묵으며 공부했죠. 뉘른베르크에서 함께 석 달을 보낸 적도 있습니다. 상대방 없이는 아무것도 못하는 단짝이었어요. 저는 그 앞에서 음악을 연주했고, 그는 저에게 시를 읽어 주었죠. 감수성이 풍부하고 낭만적인 친구였어요. 하지만 그는 절 떠났습니다. 새로운 동료들에게 시를 읽어 주기 위해 뮌헨으로 가버렸죠. 저더러 그들에게 합류하라고 끊임없이 편지를 썼던 게 바로 그 친구입니다. 전 파리에서 동료들과 함께 있는 그를 만났습니다. 그리고 그들이 내 친구를 어떻게 만들어 놓았는지 똑똑히 보았죠!」

그는 마치 어떤 간청을 고통스럽게 거절해야만 하는 것처럼 천천히 고개를 저었다.

「그가 가장 과격했습니다! 미친 사람처럼 화를 내다가 자지러지게 웃어 댔죠. 때로는 이글거리는 눈으로 나를 쳐다보며 외쳤습니다. 〈그건 독일세! 짐승에게서는 독을 비워 내야만 하네!〉 또 때로는 검지로 내 배를 쿡쿡 찌르며 빈정거렸어요. 〈그들은 지금 엄청난 두려움에 빠져 있네. 하하! 주머니를 털릴까 봐, 배를 주릴까 봐 두려워하고 있지. 그들의 산업과 장사 때문에 말이야! 그들은 오로지 그 생각뿐이지! 몇 안 되는 다른 놈들, 우리는 그들을 살살 달래 잠재울 걸세. 하하하! ……그건 아주 쉬운 일이 될 거야!〉 그는 얼굴이 벌겋게 달아오를 때까지 웃어 댔습니다. 〈우린 그들의 영혼을 콩 한 접시와 맞바꿀 거야!〉」

베르너가 숨을 들이쉬었다.

「저는 말했습니다. 〈자네가 지금 무슨 짓을 하고 있는지 헤아려 봤나? 진지하게 헤아려 봤어?〉 그러자 그가 대답했죠. 〈그런 것으로 우리가 주눅 들 것이라 생각하나? 우리의 냉철함은 차원이 달라!〉 그래서 제가 말했습니다. 〈그럼 그 영혼의 무덤은? 그 무덤을 봉인할 작정인가, 영원히?〉 그는 대답했죠. 〈이건 생사가 걸린 일이야. 사실 정복하기 위해서는 힘으로 충분하네. 하지만 지배하기 위해서는 그렇지 않지. 지배하는 데에는 군대가 쓸모없다는 걸 우린 잘 알고 있네.〉 전 외쳤죠. 〈지배하기 위해 정신을 파괴하겠다고? 그건 절대 안 돼!〉 그가 대답했습니다. 〈정신은 결코 죽지 않아. 그보다 더한 일을 겪어도 자신의 유해에서 다시 태어나지. 우리는 천년을 염두에 두고 건설해야만 하네. 그러려면 우선 파괴해야만 해.〉 전 그를 쳐다보았습니다. 그의 맑은 눈 깊은 곳을 들여다보았습니다. 그래요, 그의 말은 진심이었습니다. 그것이 가장 끔찍했죠.」

마치 참혹한 살인을 목격한 것처럼 그의 두 눈이 크게 열렸다.

「그들은 말한 대로 할 겁니다!」 우리가 그의 말을 믿지 않기라도 하는 것처럼 그가 외쳤다. 「체계적으로, 집요하게! 전 잘 알아요, 그 가차 없는 악마들을!」

한쪽 귀가 아픈 개처럼 그가 머리를 흔들어 댔다. 한탄의 중얼거림이, 뼈저린 배신에 신음하는 연인의 것 같은 격렬한 〈오!〉 소리가 앙다문 이 사이로 흘러나왔다.

그는 꼼짝도 하지 않았다. 마치 납처럼 무거운 손을 매달아 놓은 것처럼 양팔을 늘어뜨린 채 경직된 자세로 여전히 문틀 속에 똑바로 서 있었다. 그의 얼굴은 밀랍의 흰빛 대신에 칠이 벗겨진 벽의 석회처럼 창백한, 흰 초석 얼룩이 군데군데 있는 창백한 회색을 띠고 있었다.

나는 그가 상체를 천천히 앞으로 숙이는 것을 보았다. 그는 한쪽 손을 들었다. 그러고는 손바닥을 아래로 하고 손가락을 약간 오므린 채 조카딸과 나를 향해 내던지듯 뻗었다. 얼굴 표정이 어떤 사나운 기운으로 팽팽해지는 동안, 그는 주먹을 꽉 쥔 채 천천히 흔들었다. 그의 입술이 열렸다. 나는 그가 우리에게 무언가 권고를 할 거라고 생각했다. 그랬다, 나는 그가 우리에게 반항을 권할 거라고 생각했다. 하지만 단 한 마디도 그의 입술을 넘어서지 못했다. 입이 닫히고, 다시 한 번 눈이 감겼다. 그가 허리를 곧추세웠다. 손이 몸을 따라 올라가더니, 얼굴 높이에서 자바 섬의 종교적 춤과 비슷한 이해할 수 없는 동작을 시작했다. 그러고는 길게 뻗은 손가락으로 관자놀이와 이마를 감싼 채 눈꺼풀을 짓눌렀다.

「그들은 저에게 말했습니다. 〈그게 우리의 권리이자 의무일세.〉 우리의 의무라니! 그렇게 간단하게 자신이 나아가야 할 의무의 길을 찾았다고 확신할 수 있는 사람은 얼마나 행복할까요!」

그의 손이 다시 떨어졌다.

「네거리에서, 세상 사람들이 당신에게 〈이 길로 가라〉라고 말합니다.」 그가 고개를 저었다. 「그런데 당신은 그 길이 눈부신 산 정상으로 올라가는 것이 아니라 음산한 계곡을 향해 내려가는 것을, 음침한 숲의 악취 풍기는 어둠 속으로 곤두박질치는 것을 봅니다! ……오, 주여! 제 의무가 어디에 있는지 보여 주십시오!」

그가 거의 외치듯 말했다.

「이것은 투쟁입니다. 순간적인 것들이 영적인 것과 벌이는 대전투입니다!」

그는 비통한 표정으로 창문 위에 조각된 나무 천사를, 천상의 평온으로 빛나는, 환희에 차 미소 짓는 천사를 뚫어져라 쳐다보았다.

갑자기 그의 표정이 풀리는 것 같았다. 뻣뻣하게 굳어 있던 몸도 유연해졌다. 그의 얼굴은 바닥을 향해 약간 숙여져 있었다. 그가 고개를 들었다.

「전 제 권리를 행사했습니다.」 그가 자연스러운 어조로 말했다. 「야전군으로 발령을 내달라고 요청했죠. 마침내 허락이 떨어져 내일 길을 나설 수 있게 되었습니다.」

그가 마지막으로 덧붙였을 때, 나는 그의 입술 위에 미소가 환영처럼 떠도는 것을 본 것 같았다.

「지옥을 향해.」

그는 팔을 들어 동쪽을, 미래의 풀들이 시체를 먹고 자랄 광활한 평원을 향해 뻗었다.

나는 생각했다. 〈저렇게 굴복하고 마는군. 그들이 할 줄 아는 건 그게 다야. 그들은 모두 굴복해. 저 사람마저도.〉

조카딸의 얼굴이 내 마음을 아프게 했다. 그 얼굴은 달처럼 창백했다. 유백색 화병의 가장자리를 닮은 입술이 살짝 벌어진 채, 어렴풋이 그리스 가면의 비극적인 표정을 재현하고 있었다. 나는 그 아이의 이마와 머리카락의 경계에서, 송골송골 돋아나는 정도가 아니라 샘물처럼 솟아오르는 땀방울을 보았다. 그랬다, 말 그대로 솟아올랐다.

베르너 폰 에브레낙도 그것을 보았는지는 모르겠다. 하지만 강에 떠운 배가 강가의 고리에 묶인 닻줄에 지탱하듯, 마주친 그들의 눈길이 너무나 팽팽한 실에 지탱하는 것 같아서, 감히 그 사이에 손가락 하나 집어넣을 수 없을 것 같았다. 에브레낙은 한 손으로 여전히 문틀을 잡은 상태에서 다른 손으로 문손잡이를 쥐었다. 그는 눈길을 한 치도 옮기지 않은 채 문을 천천히 자기 쪽으로 잡아당겼다. 그러고는 말했다. 그의 목소리에는 이상하게도 표정이 전혀 없었다.

「좋은 밤 되시기 바랍니다.」

나는 그가 문을 닫고 가버릴 거라고 생각했다. 하지만 아니었다. 그는 내 조카딸을 바라보고 있었다. 그가 그녀를 바라보고 있었다. 그가 말했다. 아니, 속삭였다.

「그럼 안녕히.」

그는 움직이지 않았다. 미동도 않고 서 있었다. 팽팽하게 긴장하여 굳어 있는 그 얼굴의 눈은 조카딸의 눈(활짝 열려 있는, 너무나 창백한)에 매달린 채, 더욱 팽팽하게 긴장되고 굳어졌다. 시간은 그렇게 멈추어 있었다. 마침내 내 조카딸이 입술을 움직일 때까지. 베르너의 눈이 빛을 발했다.

나는 들었다.

「안녕히.」

그 말을 듣기 위해서는 그 말이 나오기만을 숨죽여 기다려야 했다. 하지만 나는 마침내 그 말을 들었다. 폰 에브레낙 역시. 그는 허리를 세우고 자세를 바로잡았다. 그의 얼굴과 온몸이 뜨거운 목욕을 즐기고 난 것처럼 부드럽게 풀리는 것이 느껴졌다.

그는 웃었다. 그리하여 내가 간직하게 될 그의 마지막 이미지는 미소를 머금은 것이 되었다. 문이 닫혔다. 그의 발소리가 집 안쪽으로 사라졌다.

이튿날 아침, 내가 우유를 마시러 내려갔을 때 그는 이미 떠나고 없었다. 조카딸은 여느 날처럼 식사를 준비했다. 그 아이가 우유를 가져다주었다. 우리는 말없이 우유를 마셨다. 바깥에는 뿌연 안개 너머로 창백한 태양이 빛나고 있었다. 날씨가 많이 찬 것 같았다.

1941년 10월

그날

아이는 놀라지 않고 아빠가 내미는 손을 잡았다. 하지만 참 오랜만이라고 생각했다. 그들은 정원을 나섰다. 아빠가 외출할 때면 으레 그렇듯, 엄마는 부엌 창문에 제라늄 화분을 내놓았다. 그것은 약간 우스웠다.

날씨가 화창했다. 구름이 떠 있긴 했지만 일정한 형태 없이 풀어 헤쳐져 쳐다보고 싶은 마음은 들지 않았다. 그래서 아이는 길에 깔린 자갈을 차는 자신의 작은 신발 코를 내려다보았다. 아빠는 아무 말도 하지 않았다. 평소 자갈 차는 소리를 들으면 아빠는 으레 버럭 화를 내며 〈발 들고 걸어!〉라고 했다. 그러면 아이는 잠시 발을 들고 걷다가, 슬그머니, 이유는 알 수 없지만 약간은 일부러, 발을 조금씩 다시 끌기 시작했다. 그런데 이번에는 아빠가 아무 말도 하지 않았다. 그래서 아이는 신발 끄는 짓을 그만두었다. 아이는 계속 땅만 보고 걸었다. 아빠가 아무 말도 하지 않아 불안했으니까.

길은 나무 아래로 접어들었다. 아직 잎이 없는 나무가 대부분이었다. 몇몇 나무에만 아주 깨끗하고 연한 녹색을 띤 어린잎들이 돋아 있었다. 그 잎에서는 약간 단맛이 날 것 같았다. 이제 저 앞, 길을 따라 꺾어지면 수천 길 절벽 그레지보당 아래로 아찔한 절경이, 까마득한 저 아래 아주 작은 나무들과 작은 집들과 긁힌 자국 같은 길들이, 그리고 가벼운, 한없이 가벼운 안개 아래 구불구불 흐르는 이제르 강이 펼쳐질 것이다. 그들은 걸음을 멈추고 바라볼 것이다. 아빠는 말할 것이다. 〈저 작은 기차 좀 봐.〉 아니면 〈저기, 길 위에 움직이는 작고 검은 얼룩 보여? 저건 자동차야. 그 안에 사람들이 타고 있어. 네 사람이야. 작은 강아지를 안은 부인과 멋진 턱수염을 기른 신사를 합해서.〉 그러면 아이는 물을 것이다. 〈아빠는 그 사람들을 어떻게 볼 수 있어요?〉 아빠가 대답할 것이다. 〈너도 알다시피, 내 왼쪽 눈에 작은 안경을 이식했기 때문에 잘 보여.〉 아빠는 눈을 크게 뜰 것이다. 〈잘 봐, 안 보여?〉 사실인지 아닌지 확신할 수 없기 때문에 아이는 말할 것이다. 〈음…… 잘은 안 보여요…….〉 아마 그때쯤 아빠는 웃음을 터뜨리며 아이를 덥석 안아 목말을 태워 줄 것이다.

하지만 아빠는 그 아찔한 절경을 보는 둥 마는 둥 했고, 아예 멈춰 서지도 않았다. 아빠는 아이의 작은 손을 꼭 쥐었다. 저 앞, 도톰하게 돋워 놓은 구덩이 가장자리를 지나갈 때 아이가 손을 풀고 〈봐요, 아빠, 내가 커져요…… 내가 커져요…… 내가 점점 커져요…… 봐요, 내가 아빠보다 더 커요…… 이젠 내가 작아져요…… 내가 작아져요…… 내가 점점 작아져요〉라고 말하며 그 작은 둔덕에 오르지 못하도록. 그것이 아이를 약간 우울하게 만들었다. 왜냐하면 아이는 매번 하는 의식에 몹시 집착했으니까. 여느 때와는 약간 다른 산책이었다.

좀 더 가면 널따란 사각 바위가 나온다. 평상시 그들은 그곳에 앉아 잠시 쉬었다. 아이는 아빠가 이번에도 그곳에 앉자고 할지 궁금했다. 사각 바위가 점점 가까이 다가왔다. 아이는 여전히 그곳에 앉을지 말지 스스로에게 물어보고 있었다. 그곳에 앉지 않을까 봐 약간 겁이 났다. 아주 조금. 하지만 정말 겁이 났다. 바위가 아주 가까워졌을 때 아이가 슬그머니 아빠의 손을 끌어당겼다.

다행히도 아빠는 아이의 손에 이끌렸고, 둘은 그곳에 앉았다. 그들은 아무 말도 하지 않았다. 하지만 바위에 앉을 때면 아빠는 으레 아무 말도 하지 않았다. 단지 몇 번, 날씨가 아주 더울 때만 〈어이구! 시원하다〉라고 했을 뿐이다. 그런데 그날은 많이 덥지 않았다. 한 가지 평소와 다른 점은 아빠가 여전히 아이의 작은 손을 쥐고 있다는 것이었다. 평소 이곳에 오면 아빠는 아이의 손을 놓았다. 오래 앉아 있는 것을 좋아하지 않는 아이는 나무들이 있는 곳까지 기어 올라가 솔방울을 찾으러 다녔다. 가끔 산딸기를 찾아내기도 했지만 자주는 아니었다.

그들은 바위에 앉아 있었다. 아이는 꼼짝도 하지 않았다. 심지어 다리를 까딱거리지 않으려고 조심하기까지 했다. 왜? 아이는 알지 못했다. 그것은 아빠가 손을 꼭 쥐고 있기 때문이었다. 아이는 솔방울을, 산딸기를 생각할 수조차 없었고 생각하고 싶지도 않았다. 게다가 솔방울 따윈 그리 재미있지도 않았다.

하지만 꼼짝 않고 앉아 있자니 아이는 다시 약간 겁이 났다. 오, 많이는 아니고 약간만, 아주 약간만. 잠자리에 누웠는데 어둠 속에서 뭔가 바스락거리는 소리가 났을 때, 그런데 건넌방에서 엄마와 아빠가 두런거리는 소리가 들려왔을 때처럼. 아이는 아빠가 손을 꼭 쥐어 주면 기분이 좋았다. 그러면 덜 무서웠으니까. 그런데 이번에는 아빠가 손을 계속 꼭 쥐고 있어서 무서웠다……. 아이는 처음으로 산책 중에 어서 집으로 돌아갔으면 하는 마음이 들었다.

아이의 속내를 꿰뚫어 보기라도 한 듯, 아빠가 일어섰다. 집으로 돌아갈 건지, 아니면 여느 때처럼 그리존 위쪽의 작은 다리까지 갈 건지 궁금해하며 아이도 따라 일어섰다. 아이는 어느 것이 더 좋은지 잘은 알 수 없었다. 그들은 작은 다리를 향해 출발했다. 잘 된 일이었다.

그들은 다리 위에 서서 급류(아빠는 실개천이라고 했다)가 꾸르륵거리며 큼지막한 사탕을 닮은 조약돌 사이를 빠져나가는 것을 바라보았다. 언젠가 아빠가 아이에게 그 같은 작은 돌들이 가득 든 자그마한 봉지를 가져다준 적이 있었다. 그것들은 사탕이었다. 아주 오래전, 크리스마스가 되기도 전의 일이었다. 그래서 아이는 잘 기억이 나질 않았다. 어쨌거나 그날 이후로 아이는 한 번도 사탕을 먹어 본 적이 없었다. 그래서 아이는 시내의 조약돌을 바라보는 것을 무척 좋아했다. 사탕이 혀에 즐거움을 주듯, 그것들이 눈에 즐거움을 주기라도 하는 것처럼.

아빠가 말했다.

「처음으로 이 물이 흐르기 시작했을 때부터······.」

아이는 그 말이 약간 우습다고 생각했다. 물론 그 물은 오래전부터 흘렀다. 그들이 처음 왔을 때도 이미 흐르고 있었으니까. 게다가 물이 없었다면 다리를 만들지도 않았을 것이다.

「네 아이가 흰 수염이 날 때까지도 이 물은 계속 흐를 거야. 이 물은 결코 멈추지 않고 계속 흐를 거야.」 아빠가 물을 바라보며 말했다. 「그렇게 생각하니 마음이 놓이는구나.」 아빠가 다시 말했다. 하지만 훤히 보였다. 아이가 아니라 그 자신을 위해 하는 말이라는 것이.

그들은 아주아주 오랫동안 물을 바라보았고, 마침내 돌아서서 길을 나섰다. 그들은 고슴도치 길로 접어들었다. 그곳에서 고슴도치 한 마리를 발견한 이후로 아이는 그 길을 그렇게 불렀다. 길은 약간 오르막이었다. 그들은 보기만 해도 목이 말라 올 정도로 맑은 물이 순수한 크리스털 소리를 내며 참나무를 깎아 만든 물받이 속으로 떨어지는 샘터 앞을 지나쳤다. 날씨는 그리 덥지 않았다.

오솔길은 언덕 정상에서 살짝 꺾어져 반대편 비탈로 다시 내려갔다. 정상에 오르면 집이 보일 터였다. 집은 아주 선명하게 보인다. 가장 잘 보이는 것은 햇살 속에 녹색과 오렌지색이 도드라져 보이는 제라늄 화분이 놓인 부엌 창문이다. 그 뒤에 엄마가 있다. 하지만 그곳에서 엄마는 보이지 않는다.

그런데 아빠가 많이 피곤한 모양이었다. 언덕 정상에 도착하기도 전에 나무둥치를 찾아 앉았으니까. 그들이 그 나무둥치에 앉는 일은 드물었다. 아빠가 앉더니 아이를 당겨 무릎 위에 앉혔다. 그리고 말했다. 「힘들지 않니?」 아이가 대답했다. 「아뇨.」 아빠가 웃었다. 하지만 그것은 입꼬리만 살짝 올라가는 웃음이었다. 아빠는 아이의 머리카락과 뺨을 쓰다듬었다. 그러고서 아주 크게 숨을 쉬고는 말했다. 「엄마 말, 아주아주 잘 들어야 한다. 알겠니?」 아이는 고개를 끄덕였지만 할 말을 찾아내지 못했다. 「착한 녀석.」 아빠가 다시 말하고는 일어섰다. 아빠는 아이의 겨드랑이를 잡아 자기 얼굴까지 들어 올리고는 양 볼에 두 번 입을 맞추었다. 그러고는 아이를 다시 땅에 내려놓고 결연한 목소리로 말했다. 「자, 이제 가자꾸나.」 그들은 다시 길을 나섰다. 그들은 언덕 정상에 도착하여, 보았다. 정원 담장, 낙엽송 두 그루, 집, 부엌 창문…….

제라늄 화분…… 제라늄 화분이 보이지 않았다.

아이는 부엌 창문에 제라늄 화분이 없다는 것을 금방 알아차렸다. 아빠도 그런 것이 분명했다. 아이의 손을 세게 움켜쥐며 걸음을 멈췄으니까. 아빠가 말했다. 「그래, 내 그럴 줄 알았어.」

그는 꼼짝 않고 서서 하염없이 집을 바라보며 반복해 말했다. 「맙소사, 내가 어떻게 이럴 수가……. 알고 있었으면서, 뻔히 알고 있었으면서…….」

아이는 뭘 알고 있었느냐고 묻고 싶었다. 하지만 아빠가 손을 너무 세게 쥐는 바람에 그럴 수가 없었다. 밤 퓌레[1]를

---

[1] 채소류를 익혀 으깨 만든 음식.

너무 많이 먹은 날처럼 아이의 가슴이 울렁거리기 시작했다.

그때 아빠가 말했다. 「이리 와.」 그들은 언덕을 내려가는 대신 아주 빠른 걸음으로 왔던 길을 되돌아갔다. 「어디 가는 거예요, 아빠? 어디 가는 거예요?」 아이가 물었다. 밤 퓌레를 너무 많이 먹었을 때처럼 아이의 가슴이 울렁거렸.

「뷔페랑 부인 댁에.」 아빠가 대답했다. 아빠 목소리가 이상했다. 어느 날엔가 자동차에 치여 자전거에서 떨어졌던 우편 배달부의 목소리와 비슷했다. 「아주 상냥하신 분이야. 너도 알잖아. 오늘은 그분 댁에서 자야 해.」

아이는 왜 그래야 하는지 묻고 싶은 마음이 굴뚝같았다. 하지만 아빠가 손을 너무 세게 쥐고 있어서 그럴 수가 없었다. 속이 점점 더 울렁거리는 것도 바로 그 때문이었다. 밤 퓌레를 너무 많이 먹은 날처럼 그대로 바닥에 드러눕고 싶었지만, 아빠가 손을 너무 세게 쥐고 너무 빨리 걸어 그럴 수가 없었다. 이제 아이는 가슴뿐 아니라 온몸이, 배도, 다리(다리가 울렁거린다고 말하는 것이 바보짓이 아니라면)도 울렁거렸다.

나이가 많이 들어 주름투성이인 뷔페랑 부인이 바삐 오는 그들을 보자마자 가슴에 손을 얹었다. 「오, 주여……!」

아빠가 말했다. 「예, 데려갔어요.」 둘은 들어갔다. 계피 향이 물씬 풍기는 작은 거실에 들어섰을 때, 아이는 더 이상 견디지 못하고 양탄자 위에 드러누웠다.

아이는 어른들이 하는 말을 잘 알아들을 수 없었다. 너무 깜깜해서 귀 기울여 들을 수가 없었다. 뷔페랑 부인이 갈라지는 작은 목소리로 끊임없이 뭐라고 말을 해댔다. 아이는 그 말이 마치 꿈속에서 들려오는 것 같았다.

　아빠가 아이를 번쩍 안아 침대에 눕혔다. 그가 아이의 머리를 오랫동안 쓰다듬었다. 그러고는 아이의 뺨에 아주 세게, 오랫동안, 여느 밤보다 훨씬 세게, 훨씬 오랫동안 입을 맞췄다. 뷔페랑 부인이 아빠에게 가방을 챙겨 줬고, 아빠는 부인을 안아 주고 집을 나섰다. 뷔페랑 부인이 아이를 보러 왔다. 그녀는 아이의 이마에 적신 수건을 올려 주고, 카밀레 차를 끓여 주었다. 아이는 그녀가 우는 것을 똑똑히 보았다. 그녀가 연신 눈물을 훔쳐 댔지만, 그래도 똑똑히 보았다.

*

　이튿날, 그림 맞추기 놀이를 하고 있던 아이는 부엌에서 이야기를 하는 뷔페랑 부인의 목소리를 들었다. 그림 맞추기 놀이는 깃털 모자를 쓰고 목 주름 장식을 단 남자의 초상을 완성하는 것이었다. 아직 눈과 모자가 빠져 있었다. 아이는 살그머니 일어나, 발꿈치를 들면 높이가 딱 맞는 열쇠 구멍에 귀를 갖다 댔다. 부인들이 목소리 낮춰 수군거렸기 때문에 잘 들리지 않았다. 뷔페랑 부인은 기차역에 대해 말하고 있었다. 「그래요, 그도 잡혀갔어요. 그는 아내를 찾아 이 칸 저 칸을 돌아다녔어요. 그러다가 그들에게 발각되었죠.」 다른 부인이 끼어들었다. 「하느님 맙소사, 그도 찾으러 나서지 않을 수가……」 뷔페랑 부인이 말했다. 「그래요, 안 그럴 수가 없었죠. 도대체 누가 가만히 있겠어요? 그는 끊임없이 말했어요. 〈제 탓이에요, 제 탓이에요!〉」 그리고 그들은 그에 대해, 아이에 대해 말했다. 한 부인이 말했다. 「뷔페랑 부인이 있어서 얼마나 다행인지 몰라요.」 뷔페랑 부인이 뭐라고 대답했지만, 뭔가가 그녀의 소곤거림을 적셔 버려 무슨 말인지 알아들을 수 없었다.

아이는 그림판으로 돌아갔다. 아이는 바닥에 앉아 눈이 그려진 조각을 찾았다. 아이는 조용히 울었다. 눈물이 흘렀다. 아이는 치솟는 눈물을 참을 수 없었다. 아이는 눈이 그려진 조각을 찾아 제자리에 끼워 넣었다. 모자는 훨씬 더 쉬웠다. 아이는 소리를 내지 않으려고 애쓰며 눈물을 삼켰다. 눈물 한 방울이 입가로 흘러내렸다. 아이는 혀로 그것을 날름 찍어 먹었다. 짭짤했다. 깃털이 가장 골치가 아팠다. 어느 쪽이 바로이고 어느 쪽이 거꾸로인지 도무지 분간이 되질 않았다. 깃털 위에 떨어진 눈물 한 방울이 미끄러져 망설이더니 이슬 방울처럼 매달렸다.

꿈

그것이 당신을 괴롭힌 적이 한 번도 없는가? 행복한 나날을 누리며 따뜻한 모래 위에 누워 햇볕을 즐길 때, 혹은 부르고뉴산(産) 포도주를 곁들인 닭 요리를 앞에 두었을 때, 혹은 진한 블랙커피 향이 물씬 풍기는 탁자에 둘러앉아 자유롭고 열띤 토론을 나눌 때, 그 단순한 즐거움들이 그토록 당연한 것은 아니라는 생각이 들 때가 당신에겐 가끔 있었다. 인도나 다른 곳에서 콜레라로 죽어 가는 사람들, 혹은 기아로 인해 마을 단위로 죽어 나가는 중원의 중국인들, 혹은 일본인들에게 살육당하고 고문당하는 사람들, 그들에게 끌려가 기관차 화덕에서 생을 마감하는 사람들을 잊지 말아야 한다는 생각이.

 그들을 위해 해줄 수 있는 것이 생각밖에 없다는 사실이 당신을 괴롭히지는 않았는가? 그것이 생각이기나 했을까? 막연한 상상에 지나지 않은 것은 아니었을까? 태양의 부드러운 열기, 부르고뉴산 포도주의 은은한 향기, 상대방의 논리를 반박하는 즐거움보다 실체가 더 희미한 환상은 아니었을까? 하지만 당신도 알다시피 그것은 어딘가에 존재했다. 심지어 당신은 그 증거들, 다시 말해 의심의 여지가 없는 증언이나 사진들을 갖고 있기까지 했다. 당신은 그것을 알고 있었다. 당신은 관념적인 저항심 이상의 뭔가를 느껴 보려고, 〈함께 나누려고〉 애써 본 적도 있다. 하지만 그것은 헛된 노력이었다. 당신은 봉인된 화차와도 같은 스스로의 육체 속에 갇혀 있다고 생각했다. 그것을 벗어나는 것은 불가능했다.

그것이 가끔 당신을 괴롭혔고, 그래서 당신은 서둘러 핑곗거리를 찾았다. 〈너무 멀어.〉 당신은 이렇게 생각했다. 그 일들이 유럽에서 벌어지기만 했어도! 그런데 그 일들이 실제로 유럽에서 일어났다. 먼저, 바로 이웃 나라 스페인에서. 그리고 그 일들은 당신의 머리를 점령했다. 당신의 가슴 역시. 하지만 〈실감하는 것〉으로 말하자면, 〈함께 나누는 것〉으로 말하자면...... 달콤한 초콜릿 향기, 아침마다 먹는 신선한 크루아상의 맛, 그것들이 훨씬 더 큰 존재감을......

당신은 프랑스로, 파리로 범위를 좁혔다. 흔히 말하듯, 마른 강을 넘어서면, 센 강을 넘어서면, 루아르 강을 넘어서면, 우린 싸울 거라고...... 그리고 곧 당신은 친구들이 투옥되고, 끌려가고, 죽었다는 소식을 매일 접했다...... 당신은 그 충격을 잔인할 정도로 절실하게 느꼈다. 하지만 그 이상은? 당신은 문을 걸어 잠그고 창문 없는 당신 자신의 화차에 틀어박혔다. 당신에게는 여전히 거리의 태양과 포근한 침실과 암시장에서 산 볼품없는 햄이, 어디선가 고문을 당해 죽어 가는 사람들의 절규보다 더 실재적인 존재감을 가졌다.

하지만 그 치사한 고독, 그것에서 벗어나는 일이 일어났다. 깨어 있는 상태에서는 무기력하기만 했던 상상이 잠 속에서 기적적인 힘을 발휘했다. 상상? 나는 달리 생각하지만, 당신이 원한다면 그렇게 부르도록 하자. 나는 꿈에서, 상상이나 무의식적인 삶으로 치부해 버릴 수 없는 이상한 것들을 보았다. 내가 잠들어 있는 동안 수천 킬로미터 떨어진 곳에서 일어난 일들을. 당연히 증거는 없다. 그러한 종류의 일에서 증거란 결코 존재하지 않는다. 하지만 잠의 어떤 정황 속에서 내가 경험한 것은, 나에게 사방에 퍼져 있는 의식, 허공을 떠다니는 일종의 보편적 의식, 적합한 조건이 갖춰진 밤에 우리가 잠을 통해 합류하게 되는 의식이 존재한다는 충분한 증거가 된다. 그런 밤이면 우리는 진정으로 봉인된 화차에서 벗어나 마침내 눈앞을 가리고 있는 비탈 너머를 볼 수 있게 된다……

*

그런 밤 중 하나에 나는 벌판을 걷고 있었다. 힘겹게 걷고 있었다. 하늘은 지면에 닿을 듯 낮았고, 땅에 질질 끌리는 찢어진 천 조각처럼 가시덤불에 매달려 있었다. 나는 가시덤불 속에서 내 길을 찾고 있었다. 하지만 짙은 안개 속에서 금방 길을 잃었고, 묵직한 저항감으로 가시덤불의 두께를 확연히 느낄 수 있었기에 그것을 뚫고 지나가는 것은 피했다. 나는 가시덤불을 앞으로 밀고, 희끄무레한 다마스크로 만든 무거운 장막인 양 들어 올려야 했다. 나는 기진맥진하여 거의 앞으로 나아가지 못했다. 땅은 검었다. 축축하게 젖은 스펀지처럼 물컹물컹했다. 발자국이 살짝 찍혔지만, 곧 불에 탄 이끼와 썩은 나뭇조각들이 떠다니는 거무스레한 물로 채워졌다. 부식이나 부패로 인한 것과는 다른 이상한 냄새, 고름과 땀이 느껴지는 잡다한 냄새가 떠다녔다. 그 구역질 나는 냄새가 날 불안에 빠뜨렸다. 힘겹게 걷던 나는 내가 남긴 발자국을 발견했다. 내가 같은 자리를 맴돌고 있었던 걸까? 나는 거기서 벗어나기 위해 앞만 보고 똑바로 걸으려 애썼다. 그런데 내가 남긴 발자국이 점점 더 밭게 계속 나타났다. 나는 곧 마치 수천 명이 남긴 것처럼 발자국들이 어지럽게 뒤섞여 있는 얼음처럼 차가운 검은 진창에 접어들었다.

그렇지만 나는 혼자였다. 백 년 묵은 고독을 질질 끌고 다니는 듯한 느낌이었다. 내가 가진 것 중 그것에서 벗어날 수 있게 하는 것은 오로지 기억뿐이었다. 그곳에 있기 전에는 강을 건넌 게 분명했다. 고니 두 마리, 내가 다가가자 검은 고니 두 마리가 훌쩍 날아올랐던 것 같다. 기억은 잘 나지 않지만, 고니들이 내 머리 위를 지나갈 때 드리웠던 어마어마하게 크고 검은 그림자만은 또렷하게 기억났다. 그들이 비행하며 냈던 소리, 그들의 날갯짓에 일었던 바람 소리, 그리고 내 이마에 와 닿았던 얼음처럼 차가운 숨결도. 그 기억 역시 날 불안에 빠뜨렸다.

더는 혼자가 아니라는 것을 언제 깨달았는지는 나도 모르겠다. 누군가 내 앞에서 걷고 있었다. 나는 걸음을 빨리해, 달아나는 그 형태를 따라잡고 싶었다. 그것은 결코 또렷하게 보이지 않았다. 부유하는 안개가 끊임없이 우리 사이를 갈라놓았다. 때때로 내 가슴속에 견딜 수 없는 공허만 남겨 놓은 채 모든 것이 사라져 버렸다. 그리고 얼마 지나지 않아 소리 없이 춤추듯 휘청거리는 거무스레한 그것이 또다시 나타났다.

어느새 그것이 내 곁에 있었다. 그것이 내 곁에서, 나와 똑같은 걸음걸이로, 소리 없이, 무기력하게 걷고 있었다. 나는 그것이 끔찍할 정도로 야윈 사람의 몸이라는 것을 깨달았다. 창백하고 각진 그의 얼굴이 묘한 미소를 띠고 있었다. 그의 팔이 뭔가를 가리키려는 것처럼 뼈마디가 툭툭 불거진 길쭉한 손을 내 앞쪽을 향해 뻗었다.

「안 보여.」 내가 말했다.

나는 모르는 사람에게 말하고 있는 것이 아니었다. 말하자면, 그 순간 나에게는 그가 모르는 사람이 아니었다. 우리는 서로 아주 잘 알고 있었다. 온갖 종류의 공통된 기억이 우리를 이어 주고 있었다. 내가 물었다.

「나한테 뭘 보여 주려는 거지? 내 눈에는 아무것도 안 보여.」

그는 아무 대답도 하지 않았다. 다만 약간 안달을 부려 가며 검지를 뻗은 채 메마른 손을 흔들어 댔다.

「그러지 말고 대답을 해, 젠장!」 내가 소리쳤다.

그러자 그가 묘한 미소를 머금은 창백하고 초췌한 얼굴을 나를 향해 돌렸다. 그가 입을 열었다. 나는 삶은 달팽이처럼 돌돌 말린, 뒤틀리고 찢어진 채 굳어 버린 검은 혀를 보았다.

그제야 그들이 벌겋게 달군 쇠로 그의 혀를 지졌다는 사실이 떠올랐다. 나는 물려고 달려드는 수놈 거위의 것처럼 덜덜 떨리는 그 혀를 보았다. 말을 하려 애쓰는 그 모습은 견딜 수 없을 정도로 비장하고 애처로웠다. 그 모습은 연민으로도 분노로도 극복할 수 없는, 일종의 혐오감으로 날 가득 채웠다. 나는 고개를 돌려 내 왼쪽으로 천천히 지나가는, 인간을 닮은 두 개의 형태를 증인으로 삼고자 했다. 하지만 그들의 참혹한 모습을 본 나는 숨조차 제대로 쉴 수 없었다. 너무나 앙상하게 말라 그들이 짊어진, 거칠고 녹이 슬어 어깨를 찢어놓는 T 자 모양의 거대한 쇠를 지탱할 힘을 어디서 길어 오는지 나로서는 이해할 수가 없었다. 그들은 망설이는 듯 음울하고 느린 걸음으로 말없이 걷고 있었다. 띄엄띄엄 끊어지는 신음 소리 같은 헐떡임만 들려왔다. 첫 번째 사람은 머리를 앞으로 쑥 내밀고 있었는데, 피골이 상접한 얼굴 위쪽의 두개골이 엄청나게 커 보였다. 목덜미는 두 힘줄 사이에 주먹 하나가 족히 들어갈 만큼 움푹 파여 있었다. 검은색의 짧은 머리카락은 먼지를 뒤집어쓴 것처럼 희끗희끗했다. 땀에 젖어 들러붙은 머리카락 사이로는 원형 탈모증처럼 군데군데 맨살이 드러나 있었는데, 그곳에 앉은 딱지 가운데 몇 곳에서는 아직 검붉은 피가 흐르고 있었다. 그의 동료는 키가 더 작았다. 그래서 T 자 쇠가 어깨를 더 무겁게 짓눌러 심한 상처를 내놓았다. 얼굴은 공기가 반쯤 빠져 버린 공처럼 자글자글한 주름으로 뒤덮여 있었고, 피부는 완전히 잿빛이었다. 눈은 금방이라도 빠져 구슬처럼 데굴데굴 구를 것처럼 툭 튀어나와 있었고, 흰자위는 가는 실핏줄로 벌겋게 충혈되어 있었다. 한쪽 귀는 피와 진물이 흐르는 깊은 상처로 너덜너덜해진 채 머리에서 반쯤 분리되어 있었다. 그들은 유령처럼 소리 없이 내 곁을 지나쳐 갔는데, 다른 이들이 그들을 뒤따르고 있었다. 내 발은 수백 킬로그램은 족히 나갈 듯 무거웠다. 무엇도 그 발을 내딛게 할 수는 없었을 것이다. 누더기가 갈기갈기 찢어져 벌거벗은 것이나 다름없는 상체가 내 눈앞에 나타났다. 갈비뼈가 풀무처럼 부풀었다가 꺼지기를 반복했다. 등골과 붙어 버린 듯 쑥 들어간 복부의 아랫부분이 용을 쓸 때마다 부풀어 올랐다. 걸음을 내디딜 때마다 누더기 안에서 굴러다니는 불안스러운 종기들이 보였다. 나는 몸통은 아직 뚱뚱하고 하얀 데 반해 팔과 다리는 퍼렇게 질린 채 뼈만 앙상하게 남아 있는 남자를 보았다. 눈은 장님의 것처럼 창백했고, 눈 밑으로 잉크 색의 짙은 그늘이 드리워 있었다. 뼈가 얼어붙을 정도로 추운데도 머리카락과 셔츠는 땀에 젖어 들러붙어 있었다. 코와 관자놀이와 귀가 잎맥처럼 딱딱하게 굳은 혈관들로 뒤덮여 있지 않았다면 거의 정상으로 보였을 한 남자도 있었다. 가볍게 곪은 한쪽 콧구멍은 마치 생쥐가 밤새 파먹은 것처럼 이상한 모양으로 크게 벌어져 있었다. 쇄골이 소금 단지처럼 움푹 들어간 어떤 남자는, 허벅지 사이로 늘어진 듯 보일 정도로 어마어마하게 큰 배를 앞을 향해 힘겹게 밀고 있었다. 또 한 남자의 겨드랑이는 림프샘이 너무 심하게 부어올라, 마치 피부 속에 퍼져 있는 내장처럼 보였다. 그들의 피부는 모두 상한 우유처럼 탄력이 없었고, 흙으로 문대 놓은 밀랍처럼 거칠었으며, 온갖 피부 질환으로 무르고 갈라지고 붓고 벗겨져 있었다. 마치 견디다 못한 신체가 들고일어나 그 붉은 외침과 희끄무레한 신음을 통해 항의라도 하는 것처럼.

그들의 나이? 그건 말할 수 없을 것 같다. 아마 모든 연령대가 뒤섞여 있었을 것이다. 하지만 그걸 어떻게 알겠는가? 나는 엉겁결에 이렇게 말할 수도 있었다. 〈늙은이들, 나이가 아주 많은 늙은이들〉. 하지만 나는 곧 말을 바꿨을 것이다. 심지어 아주 어린아이들도 분명히 있었으니까. 안개 속에서 불쑥 모습을 드러낸 그 충격적인 얼굴이 떠오른다……. 군데군데 빠져 있는 아주 희고 작은 이빨들 위로 고통스럽게 벌어진 섬세하고 연약한 입술, 늙은 농부의 그것처럼 주변으로 쩍쩍 갈라진 아연 색 피부……. 부드러운 금빛 머리칼 뭉치들에 덮인 세 개의 깊은 주름……. 그리고 사용한 지 너무 오래된 비단 종이처럼 꼬깃꼬깃 구겨진 황갈색 눈꺼풀 속에서 멍하니 풀린 채 쑥 들어간 두 눈……. 또 다른 아이는 열여섯 살 때나 가질 수 있는 희고 매끄러운 이마를 아직 간직하고 있었다. 하지만 그 아래의 얼굴은 형언할 수 없는 재앙을 겪은 것처럼 보였다. 눈이 보여 주는 것이라곤 상처처럼 붉은 결막 속에 잠긴 충혈된 동공뿐이었다. 두 뺨을 파먹어 들어가는 종기 사이의 창백한 입은 코에서 턱으로 무너져 내렸다. 하지만 목은 어린 계집아이의 것처럼 가냘프고 매끄럽고 유연했다.

마침내 안개가 걷혔다. 나는 그제야 주변의 전원(그것을 전원이라 부를 수 있다면)을 둘러보았다. 한쪽 면은 저 멀리 더러운 안개 속으로 달려가 사라지고, 다른 면들은 형태가 들쑥날쑥한 구릉들을 향해 기어오르는, 골짜기가 거의 없는 분지였다. 어딜 봐도 침식되어 질척거리는 검은 땅뿐이었다. 나무는 단 한 그루도 없었다. 눈이 쉴 수 있는 녹음은 구경조차 할 수 없었다. 땅처럼 검은 하늘. 나는 겨우 계곡이라 부를 수 있을 만한 분지의 한쪽 구석에서, 하늘과 땅처럼 거멓고 열 지어 서 있어서 더 슬프고 음산해 보이는 기하학적인 건축물들을 보았다. 각 열에 서른 동씩 10열 종대, 2만 4천 명은 족히 수용할 것 같았다. 그 중앙에는 한때 흰색이었을 높다란 건물이 있었다. 그리고 그곳에는 한때 붉은색이었을, 하지만 뿜어내는 연기처럼 시커멓게 변해 버린 굴뚝이 서 있었다. 시커멓게 변해 버린 건 흰색 건물 역시 마찬가지였다. 내가 가고 있는 곳은 바로 거기였다. 나는 또다시 걷기 시작했다. 그것은 아직 멀리 있었고, 내 마음은 너무나 무거웠다! 진창이 자꾸만 발을 붙들었다. 어딜 향하든 내 눈길은 그 굶주린 무리들, 음산한 침묵 속에서 어깨에 짊어진 이런저런 짐들⋯⋯ 두꺼운 널빤지 더미, 시멘트 포대, 철근에 짓눌린 그 앙상한 그림자들밖에 만나지 못했다. 개중에는 검은 옷을 입은 다른 형태들도 있었다. 건장하고 날렵한 그들은 달랑 몽둥이 하나만 들고서는 멈춰 서는 자가 없는지 감시하며 무리 사이를 돌아다녔다. 나는 흙더미를 따라가다가 그 가엾은 무리 중 하나와 마주쳤다. 뒤쪽에 있던 남자가 쓰러지면서 둘이 함께 지고 가던 널빤지의 한쪽 끝을 놓치고 말았다. 그는 앞으로 꼬꾸라져 얼굴을 진창에 처박은 채 꿈쩍도 하지 않았다. 앞에 있던 동료는 혼자 십자가를 짊어진 것처럼 등을 굽히고 선 채 미동도 않았다. 그는 쓰러진 동료를 쳐다보지도 않았다. 아마 생각도 하지 않는 것 같았다. 그는 멍한 상태로 고개를 늘어뜨린 채 채찍질의 자극만을 기다리는 불쌍한 말처럼 보였다. 그 사이, 검은 옷의 사내가 달려와 탈진해 쓰러진 남자를 일으키기 위해 몽둥이세례를 퍼부었다. 나는 갑자기 구역질이 치밀었다. 그 남자는 몽둥이에 맞아 죽을 수밖에 없을 것 같았다. 하지만 아니었다. 그는 앙상한 몸을 일으켰고, 힘겹게 널빤지를 짊어지기까지 했다. 두 사람은 비틀거리며 다시 출발했다. 좀 더 떨어진 곳에서는 자기보다도 무거운 자루를 혼자 짊어지고 가는 남자(앙상한 뼈대는 밀랍 색 피부로 덮여 있었고, 생살을 드러낸 발뒤꿈치는 낡은 신발 가장자리를 피와 체액으로 적시고 있었다)가 걸으면서 토악질을 해댔다. 아니, 그는 턱과 목을 따라 흘러내리는 끈적끈적한 담즙을 토해 내려 애쓰고 있었다. 그의 배가 끔찍한 경련을 일으켰다. 검은 옷의 사내는 몽둥이로 그의 옆구리를 후려쳐 계속 걷게 했다.

 덜 지친 사람들도 있었다. 그들의 눈은 아직 살아 있었다. 견딜 만하기 때문이었을까? 하지만 그들의 눈에서 읽을 수 있는 것은 비탄과 두려움뿐이었다. 아직 뼈를 드러내진 않았지만 그들의 피부는 이미 쇠약하기 시작했음을 알리는, 주름지고 오톨도톨하고 창백한 기운을 띠고 있었다. 곧 부종으로 변할 부기, 곧 궤양으로 변할 붉은 반점, 곧 고름으로 차오를 푸른 반점들이 곳곳에 나타났다. 내가 느낀 비통함은 어디에서 온 것일까? 거의 건강한 듯 보이는 그들의 모습에서? 혹은 그들이 어떻게 변할지 내가 알고 있다는 사실에서? 아직도 나는 잘 모르겠다. 나는 앞으로 나아갔다. 견딜 수 없을 정도로 추웠다. 삭풍 때문이었는지 아니면 고통 때문이었는지 그건 나도 모르겠다. 내 눈에서 뜨거운 눈물이 흘러 얼어붙은 얼굴 위를 미끄러졌다. 나는 앞으로 나아갔다. 시멘트 포대 더미 근처에 보기에도 애처로운 몸 하나가 살짝 웅크린 채 쓰러져 있었다. 숨을 거둔 것이 분명했다. 검은 옷의 사내가 무심함과 역겨움이 뒤섞인 표정으로, 모래사장에 떠밀린 해파리를 뒤집듯 몽둥이 끝으로 그를 뒤집었다. 나는 죽음으로써 불순함이 모두 제거된 아름다운, 혹은 아름다움을 되찾은 그 얼굴을 보았다. 나는 달아나고 싶었지만 그럴 수 없었다. 단지 무겁게 걸을 수 있을 뿐이었다. 그리고 나는 제자리를 맴돌고 있는 것이 분명했다. 왜냐하면 혐오스럽다는 듯 몽둥이 끝으로 미동도 않는 시신을 툭툭 건드리고 있는 그 검은 옷의 사내와 여러 번 마주친 듯한 느낌이 들었으니까. 그래도 나는 앞으로 나아갔다. 한 웅덩이를 지나가면서 물컹물컹한 무언가를 밟았다. 소스라치게 놀라 내려다본 나는 심장이 멎는 줄 알았다. 그것은 손이었다. 하늘을 향해 벌어져 있는 손바닥. 그 손은 십자가에 못 박힌 듯 양팔을 벌린 채 등을 땅에 대고 누워 있는 한 사내의 것이었다. 야윈 얼굴이 가볍게 꿈틀거렸고, 멍한 두 눈이 나를 올려다보았다. 마치 문어 같은 해저 생물이 쳐다보는 것 같았다. 오! 그것은 차마 두 눈 뜨고 볼 수 없는 처참한 광경이었다. 세상 무슨 일이 있어도 그 사내에게는 손을 댈 수 없을 것 같았다. 나는 멀찍이 물러나 납처럼 무거운 발을 힘겹게 옮기며 계속 내 길을 갔다. 하지만 뒤쪽에서 들려오는 뼈를 부러뜨리는 몽둥이 소리를 피할 수는 없었다.

나는 기억에서 사라진 다른 많은 것들을 보아야만 했다. 막사에서 어느 정도 떨어져 있던 무리, 발치에 낡은 가방이나 보따리를 내려놓고 얼음처럼 차가운 진창 속에서 차려 자세로 줄지어 서 있던 백여 명의 사람들이 떠오른다. 그들은 지하실에서 재배하는 꽃상추처럼 이상하게 창백하긴 했어도 아직은 건강했다. 삭풍에 귀만 빨갛게 얼어 있었다. 음산하게 줄지어 서 있는 그 빨간 귀들은 어떻게 보면 익살스럽기도 했다. 언제부터 거기 그렇게 서 있었을까? 그들의 열(列) 여기저기에 구멍이 나 있었다. 여러 명이 쓰러져 있었는데, 그들은 쓰러진 사람들을 그대로 내버려 두었다. 꼼짝 않고 서 있는 다른 사람들은 스멀스멀 기어다니는 연기 사이에서 마치 환영처럼 보였다. 그들이 미동도 없이 서 있었던 것은 팔 아래 몽둥이를 낀 채 두 손을 녹이려 연신 비벼 대면서 그들 사이를 돌아다니는 검은 옷의 사내들 때문이었다. 나는 그들을 지나치면서 생각했다. 저렇게 사람들이 계속 도착해 오는 걸까? 저들을 모두 어디에 수용하는 거지? 그러고는 문득 죽은 자를, 다른 사람들을, 그리고 말없는 한 남자의 어깨에 꿰매어져 있던 번호, 16만 몇 번을 떠올렸다. 저 막사에는 몇 명이나 들어갈까? 기껏해야 3만. 바로 그때 꾸역꾸역 밀려오는 연기가 나를 덮쳐 목을 졸랐다. 나는 온몸에 소름이 돋을 정도로 너무나 끔찍한 냄새, 황이 약간 섞인 매캐한 냄새, 뼈와 살이 타는 무시무시한 냄새를 맡았다. 나는 공포에 질려 회색을 띤 건물과 시커먼 연기를 내뿜는 유령 같은 굴뚝을 올려다보았다. 그리고 온몸을 부르르 떨며 그것들의 음산한 의미를 깨달았다.

여기서 내 기억에 구멍이 뚫리고 만다. 마치 그 연기와 내 공포가 유독한 혼합 가스라도 되는 것처럼. 그래서 내가 정신을 놓아 버린 것처럼. 아무튼 그 연기 속을 오랫동안 걸어 다녔던 것 같다. 그래, 그래도 이것저것 황량한 기억의 섬들이 떠오른다. 나는 그들이 혀를 불로 지져 버린 내 친구를 다시 떠올린다. 늘 내게 비밀스럽고 차가운 미소를 던지던, 고문을 당해 처참하게 변해 버린 각지고 창백한 그 얼굴을. 이제야 나는 깨닫는다. 그것은 요력의 미소였다. 그가 혀처럼 불로 지져진 손바닥을 나에게 보여 준다. 그것은 화농성 물집. 검게 변해 피가 흐르는 살점들로 뒤덮여 있다. 그가 웃는다. 하염없이 웃는다. 나는 달려가는 한 남자도 떠올린다. 뒤틀리고 상처로 뒤덮인 저 어마어마한 발. 퉁퉁 부어오른 무릎 근처에서 동력 전달 장치처럼 분절되는, 두 개의 뻣뻣한 몽둥이 같은 저 다리로 도대체 어떻게 달릴 수 있는 거지? 하지만 그래도 그는 달린다. 나는 지나가면서 걸걸하고 가쁜 그의 헐떡임을 듣는다. 그 헐떡임이 의미하는 것이 호흡 곤란인지 아니면 두려움인지 알지 못한다. 갑자기 한 아이가 내 품에 안겨 흐느낀다. 도대체 이 아이는 누구지? 그건 나도 모른다. 단지 그 아이를 꼭 껴안고 있는 내가 떠오를 뿐이다.

나도 따라 눈물을 쏟는다. 연기가 계속 꾸역꾸역 밀려든다. 나는 아이의 머리카락 속에서 벌레가 기어다니는 것을 본다. 줄지어 선 사람들과 또다시 마주쳤다. 하지만 그건 훨씬 나중, 몇 시간이 지난 후, 햇빛이 변하고 날이 어두워진 때의 일이다. 이번에 달리는 것은 바로 나다. 내가 달리며 지나간다. 그들은 여전히 거기, 진창에 발을 박은 채 겨울바람에 갈가리 찢어지는 연기 속에 꼼짝 않고 서 있다. 그들의 대열에 더 많은 구멍이 생겼다. 그들의 귀는 더 이상 빨갛지 않다. 눈에 보이는 모든 피부와 손과 얼굴과 귀가 하나같이 퍼런색을 띠고 있다. 끝으로 나는 내 친구의 마지막 모습을 본다. 사람들이 그를 들것에 실어 옮기고 있다. 뻣뻣하게 굳은 그의 몸이 온통 천에 뒤덮여 있다. 하지만 나는 그 수의(壽衣) 아래로 창백한 그의 얼굴을, 미소 짓고 있는 그의 얼굴을 본다. 하지만, 아! 그것은 더 이상 전과 같은 미소가 아니다. 숨을 거둔 지금 그는 요력의 미소를 잃어버렸다. 그 미소는 행복의 미소다. 나는 그가 그것을 우애의 표시로, 희망의 메시지로 나에게 보냈다는 것을 깨닫는다.

그리고……

어떻게 이런 일이 일어났을까? 마치 꿈에서처럼. 꿈속에서는 〈어떻게〉가 존재하지 않는다. 이제, 나는 그들 가운데 하나였다. 그들 가운데 하나가 된 것이 아니었다. 나는 원래 그들 중 하나였다. 나는 더 이상 겁에 질린 연민의 눈길로 그들을 바라보는 관객이 아니었다. 나는 단 한 번도 관객이었던 적이 없었다. 나는 단지 그 사람들 중 하나였다. 나는 그들처럼 내 짐과, 그들처럼 망가진 내 몸을 질질 끌고 다녔다. 나에겐 피로와 고통 외에 다른 기억은 없었다. 내 살 속에 매일 새겨졌고, 매시간 새겨지고 있는 피로와 고통뿐이었다. 내가 의식하는 모든 것은 두 가지 요점으로 귀결되었다. 내가 짊어진 짐이 내 피부를 찢어 놓고 내 뼈를 으깬다는 점, 그리고 내 내장이 극도로 무거워져 아랫배를 찢을 정도로 짓누른다는 점. 나에게 욕망이 있다면 단지 몸을 뻗고 누워 죽고 싶다는, 고갈되지 않는, 끝나지 않는 욕망뿐이었다. 하지만 나는 동물적 본능, 수레를 끄는 말의 본능으로 내가 눕지도 죽지도 못한다는 것을 알고 있었다……. 왜냐하면 인간의 거죽 속에는 인간만 있는 것이 아니니까. 그 속에는 어떻게든 살기를 원하는 짐승이 거주하고 있으니까. 내가 검은 옷의 사내들이 휘두르는 몽둥이에 맞아 그 자리에서 죽는 행복을 기꺼이 받아들인다 해도, 허리가 부러져 죽어 가는 생쥐가 고양이의 손아귀에서 어떻게든 빠져나가려고 시도하는 것처럼 그 짐승이 몽둥이질에 다시 일어나리라는 것을 나는 이미 오래전부터 알고 있었다. 나는 그것을 알고 있었다. 그것이 내 참혹한 피로와 내 참혹한 욕망을 더욱 참혹하고 잔인한 것으로 만들어 놓았다.

그리고 만약 그 우물 밑바닥에서, 그 고갈되지 않는 고통의 밑바닥에서, 갈가리 찢긴 그 몽롱함의 밑바닥에서, 나에게 하나의 생각이, 하나의 감정이 남아 있다면, 그것은 우리처럼 머리와 심장을 가진 많은 세상 사람들이 우리의 존재를, 우리의 비참한 삶을 알고 있다는 것을, 알고 있으면서도 돈을 벌고 사랑을 나누고 식사를 하며 일상을 보내고 있다는 것을, 우리의 고통 따위는 아랑곳 않은 채 매일 세상과 세월 속으로 나아가고 있다는 것을, 그래, 심지어 그런 사람들도, 가끔 우리를 생각하면서 야비한 미소를 짓는 사람들도 있다는 것을 깨닫는 데서 오는 쓰라린 아픔, 창자가 끊어지는 듯한 비통함, 차갑고 황량한 절망이었다.

1943년 11월

무기력

벤자멩 크레미외[1]를 기리며

1 Benjamin Crémieux(1888~1944). 유대 혈통의 프랑스 문학 비평가. 비시 정권의 반(反)유대인 정책에 반대하는 선언문을 발표하고 레지스탕스 운동에 참여했다가 체포되어 독일 부헨바르트 강제 수용소에서 사망했다.

정도의 차이는 있을지 몰라도 사람은 누구나 타인의 불행에 민감하다. 내 친구 르노는 늘 극도로 민감했다. 그래서 나는 그를 사랑한다. 종종 이해할 수 없는 경우도 있었지만.

그를 안 지 하도 오래되어, 나로선 그 없이 지낸 내 삶의 부분(많든 적든 그가 내 삶에 개입한 적은 없었지만)을 기억하기 어렵다. 그래도 그를 처음 본 순간만은 또렷하게 기억난다. 큰 키에 비쩍 마른 그가 깜짝 놀란 듯한, 하지만 동시에 주의 깊은 그 특유의 표정을 지으며 클로파르 신부의 수업에 들어왔던 순간을. 그가 자기 이름을 말했다. 나는 〈레물라드〉라고 들었다. 클로파르 신부도 그렇게 들었던 모양인지 그에게 다시 말해 보라고 했다. 내 귀에는 또다시 〈레물라드〉라고 들렸다. 그래서 처음에 나는 실제로 그게 그의 이름인 줄 알았다. 그의 이름은 울라드, 르노 울라드였다. 그는 소리마디를 약간 삼키면서 발음하는 버릇이 있었다.

클로파르 신부는 그를 나보다 두어 줄 뒤쪽에 앉혔다. 그래서 그는 바로 앞에 앉은 급우가 장난 삼아 내 윗도리의 목깃을 잡고 자두나무 흔들듯 흔들어 대는 것을 똑똑히 볼 수 있었다. 나는 자두 대신 잉크 방울을 사방에 떨어뜨려 양쪽에 앉은 두 급우의 공책을 더럽히고 말았다. 곧 소란이 일었고, 모두 내 책임이 되었다. 잠시 후, 나는 복도에 서서 발소리에 귀를 기울이며 그중 혹시 교장 선생님의 것은 없는지 알아내려 애쓰고 있었다. 억울하게 누명을 썼다는 생각에 내 속은 부글부글 끓고 있었다.

바로 그 순간, 교실 문이 열렸다. 나는 레뮬라드가 나오는 것을 보았다. 그는 웃으면서 내게로 걸어왔다. 일그러졌으면서도 비웃는 듯한, 분노와 승리감이 뒤섞인 약간 이상한 웃음이었다. 그가 말했다.

「자진해서 쫓겨났어.」

「너도? 일부러?」

「응. 아무리 그래도 고자질을 할 수는 없잖아. 그렇다고 네가 당한 걸 보고 그냥 넘길 수는 더더욱 없었지. 그래서 자진해서 쫓겨났어.」

그가 어떻게 쫓겨났는지(그냥 휘파람을 불었다고 했던 것 같다)는 잊어버렸다. 그러나 우리의 우정이 그날부터 시작되었다는 것은 잊지 않았다. 그것은 그가 나를 위해 그런 행동을 해주어서가 아니라(그는 그때까지 날 잘 알지 못했으니까), 그 행동을 통해 능히 짐작할 수 있는 그의 성격 때문이었다. 전학 오자마자 그런 행동을 하는 게 얼마나 심각한 일인지, 영원히 〈문제아〉로 찍힐 위험을 무릅쓰고 그런 행동을 하는 게 얼마나 용감한 일인지 나는 잘 알고 있었다. 실제로, 그는 그날 보여 준 모습을 평생 보여 주었다. 어떤 불의든 스스로의 어깨에 짊어질 준비가, 세상의 온갖 죄악에 대해 그 자신이 대가를 치를 준비가 늘 되어 있었다.

프랑스가 지하 납골당에서 보낸 지난 네 해가 그에게 어떠한 것이었을지는 쉽게 상상할 수 있다. 그가 돌이킬 수 없는 바보짓을 저지르지 않도록 필사적으로 막아야 했던 적이 한두 번이 아니었다. 그는 보란 듯이 노란 별을 달고 다녔고, 자진해서 인질이 되고자 했다. 그는 결국 그 저항들이 부질없다는 것을 깨달았다. 많은 사람들이 고통당하고 굶주려 말라 갔다. 그 역시 말라 갔고, 삼켜 버린 분노를 삭이느라 쇠약해 갔다. 두말할 필요도 없이, 그는 앞뒤 가리지 않고 레지스탕스 운동에 뛰어들었다. 그가 아직 살아 있는 것은 기적이다. 그렇지만 적극적으로 저항하고 위험을 무릅쓰는 것도, 그 자신의 내부에서 매일 새로운 자양을 얻어 거세게 타오르는 상상의 불을 끄지는 못했다.

나는 뇌이에 있는 그의 집을 매일매일 습관처럼 찾아갔다. 그것은 그에게 큰 위안이었다. 나는 고뇌에 찬 그의 가슴이 삭이지 못해 쏟아붓는 모든 것을 받아 내는 배수관 역할을 했다. 그는 나에게 온갖 이름을 들먹이며 저주를 퍼부었고, 그러고 나면 훨씬 차분해졌다.

그날, 난 비통한 소식을 전해 들었다. 길을 가는 내내 나는 그 소식을 그에게 알려 줘야 할지 말지를 두고 망설였다. 그도 결국에는 알게 될 일이었기에, 내 망설임에는 비겁한 면이 있었다. 그의 집 문턱을 넘으면서 나는 결국 소식을 전하기로 마음을 굳게 먹었다.

만약 내가 알고 있었더라면……. 하지만 난 몰랐다. 내가 도착했을 때, 그는 아무 말도 하지 않았다. 나는 오라두르 마을에서 천인공노할 살육이 벌어졌다는 것을 나중에야 알았다. 그날 아침 잠시 나돌다가 자취를 감춰 버린, 음산할 정도로 간략하고 이상하기 짝이 없는 도(道) 소식지를 그는 이미 손에 쥐고 있었다. 소식지에는 어떠한 공식 항의문도 게재되어 있지 않았다. 아마 그는 울분을 터뜨리기 위해 내가 도착할 때까지 기다렸을 것이다. 아니, 틀림없이 그랬다. 그의 얼굴은 너무나, 너무나 창백했다. 하지만 내 입으로 전해야 하는 소식만으로도 충분히 괴로웠던 나는 미처 그 얼굴에 주의를 기울이지 못했다. 그는 어쩔 줄 몰라 하는 내 모습을 보고 내가 입을 열 때까지 기다렸다.

「자네에게 알려 줄 소식이……. (나는 헛기침을 했다.) 안 좋은 소식일세.」

용기를 모으기 위해 시간이 필요했다. 마침내 나는 털어놓았다.

「……베르나르 메이어에 관한 거야.」

그는 단지 〈아!〉라고만 했다. 하지만 내 귀에는 마치 〈드디어 올 것이 오고야 말았군〉이라고 말하는 것처럼 들렸다. 그의 표정은 놀라우리만치 차분했다. 그가 그렇게 침착한 반응을 보이리라고는 예상하지 못했다. 울분을 참지 못해 길길이 날뛸 거라고 생각했다. 베르나르 메이어와 우리는 사람들이 흔히 〈친구〉라고 부르는 사이는 아니었다. 하지만 모두가 그를 좋아했다. 옹졸하거나 시기심 많은 사람들을 제외하고, 많든 적든 그와 인연을 맺었던 사람들은 그를 사랑하지 않을 수 없었다. 그는 모두에게, 각자에게, 지상의 어느 누구보다 더 큰 도움을 줬다. 그런데 그에게 도움을 받은 사람들(그렇게 하는 것이 가능했던 사람들마저)은 그를 드랑시[2]에서 꺼내기 위해 최선을 다했던가? 그러지 않았음을 르노와 나는 잘 알고 있었다. 우리는 그 이유가 무엇인지도, 그것이 공공연히 밝힐 게 못 된다는 사실도 잘 알고 있었다.

「그가 죽었네.」 내가 말했다. 얼음처럼 차갑게 굳어 있는 르노의 눈길에, 어렵사리 입을 연 나는 말을 이어 가는 것이 쉽지 않았다. 「실레지아에 있는 수용소에서.」 내가 칭송받을 만한 인내심을 발휘하며 말을 이었다. 그리고 한참 동안 입을 다물고 있다가 마침내 끔찍한 두 마디, 그 안에 담긴 고통과 고문과 처참함을 우리가 너무나 잘 알고 있는 두 마디, 사망 통보나 다름없는 그 간략한 두 마디를 덧붙였다. 「극도의 쇠약으로…….」

르노는 아무 말도 하지 않았다. 그는 계속 나를 쳐다보고만 있었다. 나는 베르나르의 이미지가, 우리가 알았던 베르나르의 이미지(희고 긴 얼굴, 생기발랄하면서도 꿈꾸는 듯한 눈, 글을 쓰고 생각하는 사람이라면 누구나 알았던 전설적인

---

[2] Drancy. 유대인 강제 수용소가 있었던 프랑스의 도시.

수염, 태양으로 가득한 뜨거운 억양······)와 그가 죽음의 세계로 질질 끌고 가야 했을, 절망에 빠진 그 처참한 얼굴의 이미지가 동시에 우리 사이를 떠다니고 있음을 느꼈다······. 〈극도의 쇠약〉······. 나는 수용소의 참혹한 환경을 아는 이에게는 끔찍할 정도로 암시적인 그 두 마디가 르노의 영혼을 갈가리 찢어 놓고 있는 것을 느꼈다.

······일련의 환영들, 그 가운데 가장 부드러운 것조차 너의 영혼을 갈가리 찢어 놓고, 너의 젊은 피를 꽁꽁 얼려 놓을 것이며, 너의 두 눈을 별들처럼 안구에서 튀어나오게 만들 것이다.[3]

납처럼 무거운 침묵이 이어졌다. 한없이 길게 느껴졌던 그 몇 분을 나는 결코 잊지 못할 것이다. 날씨가 무척이나 더웠다. 서늘한 기운을 조금이라도 붙들어 두기 위해 덧창들은 4분의 3쯤 닫아 놓았다······. 곤충(말벌이나 뒝벌) 한 마리가 숙명적인 몰이해로부터 나온 부조리한 고집스러움으로 환기창을 향해 돌진했다······. 르노는 아무 말도 하지 않았다. 단 한 마디도. 그는 소파 깊숙이 웅크리고 앉아 나를 계속 바라보고 있었다. 하지만 그의 눈에 내가 보이기나 했을까? 그것은 돌의 시선이었다. 그의 모든 것이 차가운 대리석처럼 굳어 있었다. 꽉 다문 입술, 가느다란 코, 희미한 반사광(나뭇잎을 관통

3 「햄릿」 중에서 — 원주.

한 탓에 약간 녹색을 띤)에 부드럽게 반짝이는 이마…….

내가 거기서 어떻게 나왔는지는 나도 모르겠다. 사실, 나는 다른 사람들에게도 소식을 전해야 할 필요성에 대한 몇 마디를 겨우 중얼거리고는 도망치듯 빠져나왔다. 나는 이상한 대결에서 패배한 듯한 기분이 들었다. 철저하게 대비했는데, 상대방의 격렬한 공격에 저항하기 위해 잔뜩 긴장했는데, 갑자기 상대방이 눈물을 흘리며 껴안는 바람에 맥이 풀려 버린 사람처럼.

하지만 되약볕을 받으며 천천히 걷는 동안, 진실이 희미하게 모습을 드러내기 시작했다. 무언가 내가 모르고 있는 게 있었다. 이미 깊은 생채기가 난 곳을 내가 다시 헤집어 놓은 게 분명했다. 그때부터 혼란은 불안으로 변해 갔다. 르노를 너무나 잘 알기에, 그 완강한 침묵 아래 어떤 내적 광풍이 휘몰아치고 있었는지 능히 짐작할 수 있었다. 나는 약간 겁이 났다. 오! 그러나 나는 〈진짜〉 비극에 대해서는 생각하지 않았다. 그보다는 앞뒤 가리지 않는 그의 기행, 특히 예측이 불가능한 어떤 기행을 떠올리고 있었다.

내 기억이 이 시절 저 시절을 건너다녔다……. 무리에가 유급을 당했다는 이유로 르노가 갑자기 구두시험을 거부하고 소르본 대학을 떠났을 때……. 렌에서 포병으로 근무하던 시절 가학적인 특무 상사가 불쌍한 동료를 괴롭힌다는 이유로 외인부대에 자원입대 신청서를 냈을 때(못지않게 더웠던 그날, 나는 그의 자원입대 신청을 취소하기 위해 아버지와 함께 신발 바닥이 닳도록 하루 종일 사방팔방 뛰어다녀야 했다)……. 그리고 평소 존경하던 유력 가문의 인사가 일말의 양심도 없는 타르튀프[4]에 불과하다는 증거를 손에 쥐었다는 이유로, 갑자기 단정하고 우아한 옷차림을 포기하고 낡은 스웨터에 헌 신발을 질질 끌고 다녔을 때…….

나는 그의 집으로 되돌아갔다. 그랬다. 그의 마지막 모습, 창백한 얼굴로 소파 한구석에 꼼짝 않고 앉아 고집스레 입을 다물고 있던 모습이 문득 걷잡을 수 없는 기행의 전조처럼 느껴졌다. 내가 괜한 걱정을 한 것이 아니었다.

내가 되돌아갔을 때 그는 정원에 나와 있었다. 불을 피우기 위해 마른 잔가지, 부서진 나무 궤짝, 널빤지와 장식 판 조각들을 잔뜩 쌓아 둔 채. 그리고 그 위에 그가 평생 공들여 모은 보물들이 쌓여 가기 시작했다. 그에게는 삶의 소금이나 다름없는 책, 물건, 그림 들……. 그것들을 알아본 내 심장이 벌떡거리기 시작했다. 한스 멤링[5]의 작품은 아니겠지만 브뤼헤파(派)의 것이 분명한 성당 제단 장식화 한 점, 깊고 깊은 회색과 푸른색의 낭만적인 교향곡이라 할 만한 쥘 노엘[6]의 작은 쪽배, 다른 그림은 뒷면밖에 보이지 않았지만 액자로 보아 언젠가 내가 부드러움으로 가득한 우수 어린 얼굴을 얼핏 본 적이 있는 〈난쟁이〉 그림(피카소의 작품)임이 분명했다. 아주 수수하지만 아름답고 오래된 레이스들이 가득 들어

---

4 Tartuffe. 몰리에르의 동명 희곡에 등장하는 위선자.
5 Hans Memling(1435~1494). 플랑드르의 대표적인 화가.
6 Jules Noël(1815~1881). 프랑스 화가. 주로 브르타뉴와 노르망디를 배경으로 많은 그림을 그렸다.

있는 작은 레몬 나무 상자, 이름 모를 아가씨가 잘록한 허리에 맸을 묘하게 생긴 허리띠, 제우스가 사랑을 나누는 장면을 어느 매력적인 예술가가 열여섯 폭으로 나눠 그려 놓은 열여섯 개의 얇은 상아 판…… . 그 모든 것이 내가 단번에 알아보지 못한 다른 많은 물건들과 함께 책들 사이에 널브러져 있었다. 나는 그가 책을 고르지 않았다는 것을 알 수 있었다. 흔하디흔한 판본과 희귀한 판본을 손에 잡히는 대로 꺼내 내던졌다는 것을. 수시로 꺼내 읽어 귀퉁이가 접히고 제본이 반쯤 뜯긴 책들과 함께 『일뤼미나시옹』[7] 원본, 아담하고 낭만적인 하드커버 장정으로 묶은 노디에의 익명 콩트들, 그 시대의 장정이 그대로 보존된 『클레브 공작 부인』이 뒤섞여 있었다. 그가 부친에게서 물려받은 위고 전집, 아쉽게도 「스완의 사랑」만이 빠진 프루스트 전집, 콘래드와 울프의 타우흐니츠 문고본, 수시로 훑어보고 빌려 보기도 했던 그 책들을 나는 금방 알아보았다. 청동으로 된 작은 손 하나, 네팔 부처의 길고 유연하고 가늘고 섬세한 손 하나가 말없이 그 모든 것을 굽어보며 필사적으로 항의하는 것 같았다. 내가 도착했을 때 르노는 한 아름 들고 나온 발자크 전집을 내던지고 있었다. 나는 문턱에서 소리쳐 그를 불렀다.

그가 돌아보았다. 그는 내가 익히 알고 있는, 타는 듯이 뜨겁고 얼음처럼 차가운 회색 눈을 번뜩이고 있었다. 그는 젊은 황소처럼 금방이라도 들이받을 태세로 이마를 앞으로 숙였다.

---

7 *Les Illuminations*. 아르튀르 랭보의 시집.

「왜?」 그가 말했다. 나는 그가 턱을 앙다무는 것을 보았다. 금방이라도 튀어 오를 것처럼 그의 다리에 잔뜩 힘이 들어가 있는 것을 느꼈다. 내가 다가갔다.

「내 말 좀 들어 보게, 르노……」 그를 진정시키기 위해 한쪽 손을 들며 내가 말했다. 그는 정말로 펄쩍 튀어나와 양팔을 벌리고 내 앞을 가로막았다. 손목을 잡으려 했지만 그는 거친 동작으로 팔을 뺐다. 내가 사정했다. 「르노, 내 말 좀 들어 보게. 도대체 또 무슨 미친 짓을 하려고……」

「미친 짓?」 그가 외쳤다. 그러고는 양손을 주머니에 넣고 큰 소리로 웃기 시작했다. 그것은 보기 안쓰러울 정도로 격렬하고 기계적인 억지웃음이었다. 「미친 짓이라고? 미친 짓. 그래…… 자넨 미치지 않았지. 오! 그래, 전혀 미치지 않았어.」 그는 날 증오하듯 노려보았다.

서둘러 말하지 않으면 그가 내 어깨를 잡아끌어 쫓아낼 것이 분명했다.

「르노, 르노, 자넨 지금 냉정을 잃었네. 기다리게. 내 말 좀 들어 봐. 도대체 어쩔 작정인가? 이 홀로코스트는 도대체 뭔가? 자네 지금 누굴 벌하려는 건가? 자네, 다시 한 번 ―」

그가 내 말을 끊으며 버럭 소리를 질렀다.

「천만에!」 그가 고개를 저었다. 「내가? 내가 벌한다고?」 그는 손을 휘저어 내 말을 쓸어 버렸다. 그러고는 갑자기 내 얼굴을 빤히 들여다봤다. 「천만에, 천만에……」 그는 내 면상에 대고 퍼부었다. 「거짓말!」 있는 힘껏 반복해 부르짖었다. 「거-짓-말!」

그는 날 비난하는 것 같았다.

「누가? 무슨 거짓말?」

그가 내 질문에 주의를 기울이기나 했을까? 당장은 아니었을 것이다. 그는 불같이 화난 어조로 계속 퍼부었다.

「가장 지독한, 이 암울한 세상에서 가장 암울한 거짓말! 거짓말! 거짓말! 거짓말! 무슨 거짓말이냐고? 자네 정말 몰라? 그래그래, 알 만하군. 자네도 그런 거야. 내가 그랬듯이 자네도. 하지만 난 더는 안 그래. 끝났어. 안녕이라고. 끝났다고. 난 깨달았어!」 그가 분노를 폭발시키고 화형대를 향해 돌아서더니 걸음을 내디뎠다.

나는 그의 소매를 붙들고 늘어졌다. 하지만 그에게 질질 끌려갔고, 단 세 번의 실랑이 만에 우리는 화형대 앞에 와 있었다. 그가 화형대에 대고 발길질을 했고, 나는 『파르므의 수도원』이 허공으로 날아가는 것을 보았다. 그가 갑자기 내 어깨를 움켜잡고는 그 보물들을 들여다보도록 짓눌렀다. 그러고서 외쳤다.

「그래, 잘 들여다봐. 그리고 인사를 올려. 입에 거품을 물고 그들에게 찬탄과 감사를 표해 봐! 자네 자신에 대해 생각할 수 있게 해줘서 고맙다고. 왜냐하면 자네는 그들 덕분에 스스로에게 만족하는 인간이 되었으니까! 인간인 것에 너무나 만족하니까! 그토록 귀하고 존중받을 만한 피조물이 된 것에! 오, 그래. 시적 감정, 윤리적 사상, 신비주의적인 갈망 등등으로 가득 채워진 피조물 말이야. 맙소사! 자네와 나 같은 종자들은 이것들을 읽고 환희에 차서 말하지. 〈우린 감수성이 풍부하고 지적인 개인들이야.〉 그러고는 서로 정중하게 인사를 하고, 머리카락 한 올을 네 가닥으로 절단하는 한가로운 짓거리에 서로 감탄을 금치 못하고, 손을 마주 잡으며 가는 정 오는 정을 주고받지. 이 모든 게 도대체 뭔가? 다름 아닌 개지랄! 구역질 나는 개지랄! 인간이란 게 뭐냐고? 가장 더러운 피조물! 가장 비열하고, 가장 음험하고, 가장 잔인한! 호랑이? 악어? 그것들은 우리에 비하면 천사나 다름없어! 게다가 그들은 결코 성인인 척, 사상가인 척, 철학자인 척, 시인인 척 하지 않아! 그런데 이따위 것들을 내 책장에 꽂아 두고 간직하라고? 뭐히게? 저들이 성당에서 여자와 아이들을 산 채로 불태워 죽이는 동안, 아무 일 없었다는 듯이 저녁마다 불가에 앉아 스탕달 씨, 보들레르 씨, 지드 씨, 발레리 씨와 우아하게 대화나 나누기 위해? 지구의 모든 표면에서 저들이 살육과 만행을 저지르는 동안? 도끼로 여자들을 갈가리 찢어 죽이는 동안? 질식시켜 죽이기 위해 일부러 방을 만들고 거기에 사람들을 몰아넣는 동안? 라디오에서 모차르트의 음악이 울려 퍼지는 가운데, 도처에서 교수형 당한 시체들이 나뭇가지에 매달려 흔들거리는 동안? 친구들의 이름을 불게 하려고 저들이 사람들의 손발을 불로 지지는 동안? 저들이 내 부드럽고 착하고 매력적인 베르나르 메이어를 폭행, 고문, 중노동, 굶주림, 추위로 죽어 가게 만드는 동안? 그 만행을 막기 위해 손가락 하나 까딱 않는, 비겁하게도 모르는 척하려는, 또는 아예 신경조차 쓰지 않는, 심지어 박수를 치며 기뻐하는 사람들(교양이 풍부한 아주 좋은 사람들,

안 그런가?)에 에워싸여 있는 걸 위안으로 삼자고? 자네, 나한테 또 무슨 미친 짓을 하려는 거냐고 물었지? 하느님 맙소사, 우리 둘 중 과연 누가 미쳤나? 말해 보게. 도대체 어느 쪽이 미친 건가? 인간이라는 족속이 이따위인데, 이 잡동사니들이 위선적인 짓거리 이상이라고 감히 주장할 텐가? 만족감에 취해 입 벌리고 잠드는 데 적합한 이 더러운 수면제들이? 에이, 이 더러운 것들!」 분노에 찬 그의 외침이 갈라져 쉰 소리가 났다. 「난 더는 단 한 줄도 읽지 않을 거야! 인간이 변할 때까지 단 한 줄도. 그때까지는 단 한 줄도. 알아들어? 단 한 줄도, 단 한 줄도, 단 한 줄도!」

그가 날 놓아주었다. 그는 분노와 슬픔에 겨워 제정신이 아닌 아이처럼 발을 구르며 이 마지막 말을 외쳐 댔다. 그가 나뭇가지 하나를 집어 들었다. 그러고는 〈더는 단 한 줄도! 단 한 줄도!〉라고 외쳐 대며 마구잡이로 휘둘러 댔다. 그러다가, 갑자기 꾸르륵거리는 이상한 소리와 함께 목소리가 갈라지고, 마침내 그의 눈에서 눈물이 흘러내렸다. 폭력을 포기한 그의 온몸이 스스로 무너져 내리는 것 같았다. 이번에는 내가 그의 팔을 잡아 느린 걸음으로 소파까지 데리고 갔다. 그는 소파에 쓰러지더니 쿠션에 얼굴을 처박고 목 놓아 울기 시작했다.

그는 절망에 빠진 아이처럼 서럽게 울었다. 나 역시 그를 바라보며 말없이 눈물을 흘렸던 것 같다. 나는 그의 곁에 앉아 그의 손을 잡았다. 그는 아이처럼 필사적으로 내 손에 매달렸다. 그 절망은 아주 오래 지속되었다. 나에겐 정말이지 너무나 길게 느껴졌다. 하지만 눈물이 서서히 그를 진정시키고 발작처럼 간간이 새어 나오는 작은 한숨이 그를 뒤흔드는 사이, 그 긴 하루가 저물 무렵, 점점 짙어 가는 어둠 속에서 그는 아이처럼 잠이 들었다.

나는 위층으로 올라가 베르타 할멈에게 좀 도와 달라고 부탁했다. 날은 완전히 저물어 있었다. 베르타는 아무것도 묻지 않았다. 아이처럼 울다 지쳐 잠이 든 르노를 힐끗 쳐다보고는 고개를 설레설레 젓는 것으로 만족했다. 우리는 아무 말 없이 모든 것을 제자리에 다시 갖다 두었다.

그런데 그 후로 나 역시 독서의 즐거움을 잃고 말았다. 나 역시 르노처럼 생각했느냐고? 아니, 정반대였다! 오로지 예술만이 내가 절망에 빠지는 것을 막아 준다. 예술은 르노의 손을 들어 주지 않는다. 우리는 인간이 정말이지 더러운 짐승이라는 사실을 똑똑히 목격하고 있다. 다행스럽게도 예술이, 사리사욕 없는 사상이 그 죄를 사해 준다.

그럼에도 불구하고 그날 이후로 나는 독서의 즐거움을 잃었다. 그건 오히려 나 때문이다. 양심의 가책을 느낀 건 바로 나다. 내 그림들, 내 책들을 나는 똑바로 쳐다볼 수가 없다. 아직 한 가닥 양심이 남아 있어서, 슬쩍한 보물들을 마음 편히 즐기지 못하는 좀도둑처럼.

1944년 7월

말과 죽음

나는 그들의 이야기에 거의 귀를 기울이지 않고 있었다. 가끔 재미있는 이야기도 있었지만, 대부분 시간이나 때우기 위한 시시한 것들이었으니까. 나는 두 손으로 작은 술잔을 모아 쥔 채 데우고 있었다. 그러다 이야기가 끝날 무렵이면 예의상 남들처럼 웃어 주었다. 우리를 초대한 집주인도 나와 똑같이 하고 있는 것 같았다. 그럼에도 불구하고, 장마르크가 목을 가다듬기 위해 헛기침을 하자 집주인은 눈을 들어 그를 바라보며, 마치 귀를 기울이고 있다는 듯 웃어 보였다.

「내 이야기는 실화일세.」 장마르크가 말을 시작했다. 「내가 옛날부터 이렇게 배 나온 부르주아였던 건 아니네. 옛날부터 건물 관리인은 아니었지. 난 자유분방한 행동으로 친구들의 사랑을 독차지하던 건축가 지망생이었네. 자유분방함이 얼마나 덧없는 것인지…… 정말 놀라워.

그러니까 그날…… 아니, 그보다는 그날 밤, 우린 여섯 명이 모여 자네들도 잘 아는 보자르 가의 발라쥐크 술집에서 노래를 불러 가며 진탕 술을 마셨네. 그 집 타벨 포도주, 그땐 정말 물처럼 마셨는데……」

「그래, 그랬지.」 모리스가 슬픈 표정으로 중얼거렸다.

「그런 날이 또 올 걸세.」 장마르크가 말했다. 「얼큰히 취한 우리는 생제르맹 대로를 따라 어슬렁거리며 돌아다녔어. 자정…… 새벽 1시께였어. 우린 재미있는 장난거리를 찾고 있었지. 그런데 그게 어떻게 거기 있었는지 지금 생각해 봐도 잘 모르겠어. 나무 마차를 끄는 말 한 마리가 나무에 묶여 있었거든. 마부도, 아무것도 없이. 크고 튼튼한 말이었는데, 머리를 늘어뜨린 채 서서 자고 있더군. 우리는 말을 마차에서 풀었어. 사람의 요구를 늘 다소 이상하게 여기면서도 아주 자연스러운 것으로 받아들이는 여느 말들처럼, 그 말은 순순히 우리를 따라왔지. 우리는 교대해 가며 말 등에 올라탔고, 나머지 친구들은 고함과 몸짓으로 말을 흥분시켰지. 난 말이 속보로 달리게 만드는 데 성공하기까지 했다네. 딱 한 번. 오! 그리 오래는 아니고, 10미터 혹은 12미터 정도. 그냥 내버려 두면 말은 조금씩 속도를 늦추다가 얼마 안 가 멈춰 서 버렸지. 그러고는 그 자리에서 다시 잠이 들었다네. 그렇게 잠을 깨워 가며 한참을 돌아다니다 보니 슬슬 싫증이 나더군. 그런데 이 말을 어떻게 처리해야 할지 모르겠는 거야. 빈 마차가 있는 곳에 도로 데려다 놓을 수는 없었어. 너무 멀었거든. 우리는 이미 아사스 가 아니면 플뢰뤼스 가, 그 근처까지 와 있었으니까.

바로 그때 내가 좋은 아이디어를 떠올렸네. 자네들, 위스망스 가에 가봤나? 파리를 통틀어 가장 음산한 거리지. 완전히 부르주아 거리거든. 말하자면, 길 양쪽에 서 있는 부르주아 스타일의 석조 주택들이 모두 한꺼번에 지어졌다는 얘기야. 그래서 가게가 없지. 가게가 없는, 정말이지 전혀 없는 거리가 얼마나 음산할 수 있는지 자네들은 상상도 못할 걸세. 그곳에는 아무도 안 다녀. 부자연스럽고 거만해 보이는, 그리고 늘 황량하게 비어 있는 회색 거리. 결코 문 앞까지 나오는 법이 없는, 좋은 교육을 받고 자란 관리인들의 거리거든. 나는 문득 그 거리에 벌을 줄 절호의 기회가 왔다고 생각했네.

적어도 그 관리인 중 하나를 벌할 기회 말일세. 그게 어떤 관리인이든 말이지. 우리는 그곳으로 말을 끌고 갔어. 그러고는 장식 유리창을 끼운 멋진 철제문의 초인종을 눌렀네. 그런 다음, 말을 끌고 들어가 관리인실 앞으로 떠밀었지. 우리 가운데 하나가 아주 큰 소리로, 약간 힝힝거리는 목소리로 밤늦게 도착한 세입자처럼 외쳤어.

〈셰바아아알!〉[1]

그러고는 말을 거기 두고 나와 버렸지. 그다음에 어떻게 됐는지는 나도 모르네.

그렇게 웃기는 얘기는 아닌 것 같지만…… 그래도 약간의 상상력을 발휘해 보게나. 우선, 약간 넋이 나간 듯한 표정으로 혼자 멀뚱멀뚱 서 있는 말을. 그리고 그 괴상한 이름을 듣고 몇 층 세입자인지 떠오르지 않아 창문을 빠끔히 열고 내

---

[1] *Cheval*. 〈말〉이라는 뜻.

다보는, 그리고 그것(그를 향해 긴 얼굴을 돌리고는 슬픈 눈길로 바라보는 진짜 말)을 발견하고는, 언제부터 말이 자기 이름을 외치며 귀가했는지 잠이 덜 깬 상태로 자문해 보는 관리인을……. 스무 해가 지났지만 난 그 생각만 하면 터져 나오는 웃음을 참을 수가 없다네.」

집주인이 잔을 내려놓으며 말했다.
「이번에는 내가 히틀러에 관한 가장 아름다운 얘길 들려주지.」
나에게는 그 이야기의 전환이 꽤나 이상하게 여겨졌다.
「사실, 똑같은 이야기네. 그래서 생각이 났어. 이것 역시 실화일세. Z에게 들은 얘기거든. 그는 브레커[2]와 아주 잘 아는 사이였지. 그게 이 이야기가 실화라는 증거일 수는 없겠지만, 나는 실화일 거라고 확신하네. 왜냐하면 이 이야기에는 결말이 없거든. 지어낸 이야기에는 늘 결말이 있기 마련이잖나.

1941년, 히틀러가 파리에 왔을 때네. 자네들도 알다시피, 그는 새벽 5시에 파리에 도착했어. 그는 이곳저곳으로 가보자고 했지. 그가 샤요 궁 테라스에 서 있는 끔찍한 사진이 있네. 우리에겐 정말 끔찍한 사진이지. 그는 세상에서 가장 아름다운 도시 풍경을 앞에 두고 있었네. 모든 파리가, 히틀러

---

[2] Arno Breker(1900~1991). 독일의 조각가. 나치당의 공식 조각가로 아돌프 히틀러와 개인적인 친분을 유지했다.

가 바라보고 있다는 것도 모른 채 깊이 잠든 파리가 그의 발치에 펼쳐져 있었어.

그는 파리 오페라 극장도 방문했네. 새벽 6시의 오페라 극장……. 상상해 보게나. 그는 공화국 대통령의 좌석을 보여 달라고 하고는 거기 가서 앉았어. 새벽 6시에, 그 좌석에, 그 텅 빈 공연장에, 혼자 앉아 있었지. 자네들은 어떨는지 모르겠지만, 난 그 장면이 비장하게 느껴지네. 나에겐 그 파리 방문이 더없이 비장해 보여. 파리를 정복했지만 잠들었을 때 말고는 그 도시를 소유할 수 없다는 사실을, 먼지만 날리는 새벽 말고는 오페라 극장에 모습을 드러낼 수 없다는 사실을 너무나 잘 아는 그 인간이…….

하지만 이 모든 것은 나중에 가서야 일어난 일이네. 내가 자네들에게 들려줄 이야기는 그것보다 먼저, 히틀러가 파리에 도착하자마자 일어났으니까. 파리에서 그를 맞이한 건 그가 자신의 미켈란젤로라고 부른 브레커였네. 총통이 그에게 말했지.

〈20년 전에 자네가 살았던 곳부터 가보세. 자네가 작업했던 곳부터 보고 싶네. 자네의 몽파르나스 작업실을 보고 싶어.〉

그래서 자동차는 캉파뉴 프르미에르, 혹은 부아소나드, 확실히는 모르겠지만 그 거리 중 하나로 방향을 잡았지. 20년 동안 많은 것들이 변했기 때문에 브레커는 약간 헤맸어. 그래도 마침내는 마차가 드나드는 낯익은 문을 알아보았지. 그들은 차에서 내려 문을 두드렸어.

말과 관리인 이야기에서처럼 여기서도 약간의 상상력을

발휘해야 할 것 같네. 이번에는 버젓한 관리인이 아니라 문지기 할멈일세. 문지기 숙소에서 문을 열어 줄 수는 없는 노릇이니 문까지 내려와야만 하지. 문을 두드리는 요란한 소리에 잠을 깬 할멈은 두려움에 떨며 도대체 무슨 일인지 궁금해해. 그녀는 낡은 솜 외투나 망토를 걸치고 아직 어두운 층계를 더듬어 내려가 그 둔한 손으로 고분고분하지 않은 큼직한 자물쇠를 한참 동안 만지작거리다가 문을 여는 데 성공하지. 그리고 본 것이 바로……

히틀러

 이야기는 여기서 끝나네……. 하지만 이 놀라운 이야기는 많은 것을 말해 주고 있어. 굳이 부연하지 않아도, 할멈이 그 믿을 수 없는 광경에 겁에 질려 외마디 비명을 내지르고 황급히 문을 다시 닫아 버렸으리라는 걸 능히 짐작할 수 있으니까. 말하자면 그녀는 악마를 본 것이나 다름없었네. 그가 아닌 다른 독일인이었어도 할멈이 겁을 집어먹긴 했겠지. 그래도 말이야, 물론 약간 떨긴 했겠지만, 결국 할멈은 〈이 새벽에 도대체 뭐하러 오셨수?〉라고 묻고는 그를 들여보냈을 걸세. 이야기는 여기서 끝이네. 그게 프랑코 혹은 무솔리니였다고 상상해 보게. 그녀는 아마 그들을 그렇게 빨리 알아보지는 못했을 걸세. 게다가 악마를 본 것처럼 참혹한 비명을 내지르며 문을 도로 닫아 버리지도 않았겠지. 그래, 그러진 않았을 거야. 왜냐하면 그녀가 문을 열고 본 것은 낫과 수의를 든 죽음, 입술 없는 턱에 번지는 음산한 웃음만큼이나 끔찍하고 소름 끼치고 무시무시한 것이었다는 것을 우리 역시 잘 알고 있으니까.」

1944년 8월

베르됭 인쇄소

I

「도둑놈들을 처단하라!」

궤변이 난무하던 그해 2월, 방드레스는 진심으로 이 원한에 찬 함성을 외쳤다. 그는 확신이 있었다. 그는 도둑놈들을 증오했다. 「우릴 이 지경으로 내몬 게 바로 그놈들이야.」

나는 방드레스를 무척 좋아했다. 그는 열정적이고 솔직했다. 그 솔직함, 그 열렬함이 길을 잘못 들어섰던 것이다. 그뿐이다. 그는 반쯤, 단지 반쯤만 웃으며 나를 〈볼셰비키!〉라고 불렀다. 그는 내가 〈당〉 소속이 아니라는 것을, 어느 당이든 간에 내가 결코 당에 가입하지 않으리라는 것을 잘 알고 있었다. 물론 나는 그의 당 소속도 아니었다. 그가 보기에 정직한 단 하나의 당, 질서와 조국을 사랑하는 유일한 당 말이다. 그는 〈악시옹 프랑세즈 놈들〉, 그런 종류의 파괴자들도 좋아하지 않았다. 오, 물론 전복을 원하긴 했지만 질서정연한 전복, 도둑놈들을 처단하는 전복을 원했다.

「그 대단한 도둑놈들이 대체 어디 있는데요?」 내가 물었다.

「이런, 설마하니!」 그가 눈을 동그랗게 뜨고 날 쳐다보며 화를 냈다.

「일전에 내 친구 중 하나가 쓴 글을 좀 읽어 봐요.」 나는 말했다. 「왜 오히려 동부 역으로 몰려가 〈살인자들을 처단하라!〉라고 부르짖지 않는가? 새 객차를 장만하는 것보다 보험료가 더 싸게 먹힌다는 이유로 여행객들을 한꺼번에 200명씩 죽어 나가게 하는 낡은 나무 객차를 왜 불태우지 않는가?」

방드레스가 항의했다. 「오! 그 객차들은 아직 한참 더 쓸 수 있단 말이에요!」

그게 바로 방드레스의 진면목이었다. 나는 〈쓸모가 있을지도 몰라서〉 선뜻 버리지 못하는 잡다한 물건(낡은 연판, 낡은 열쇠, 홍보용으로 나온 낡은 재떨이, 낡은 암나사, 심지어 어떤 보일러에 붙어 있던 것인지 모를 낡은 압력계까지)들이 잔뜩 쌓여 있는 그의 작은 인쇄소를 재미있다는 듯 바라보았.

〈베르됭[1] 인쇄소〉. 몽파르나스의 파사주 당페르 한 모퉁이에 붙은 비좁은 가게 위에 덜렁 걸려 있는 그 이름은 사람들을 놀라게 했다. 왜 하필이면 베르됭이지? 베르됭의 지옥을 뜻하는 건가? 사람들은 궁금해했다. 간단히 말해, 의도한 것은 아니지만 그 이름에는 그런 의미도 약간 들어 있었다. 전쟁이 터진 1914년 방드레스는 반은 도제(徒弟), 반은 장색(匠色)이었다. 가게 주인이 출정하자, 그는 1915년 말 자신이 직접 출정할 때까지 가게를 지켰다. 소속 부대는 달랐지

---

[1] Verdun. 제1차 세계 대전 당시 프랑스와 독일이 격전을 벌인 요새.

만 그들은 둘 다 베르됭에서 부상을 당했다. 방드레스는 온전하게 회복되었지만, 주인은 썩어 들어가는 오른발을 잘라 내야만 했다. 얼마 후에는 절단 부위를 무릎 위로 높여야 했고 곧 허벅지가 날아갔다. 결국 병은 다른 쪽 다리로 옮아갔다. 여섯 번째로 (다른 쪽 허벅지를 잘라 내는) 수술대에 오르며 그는 유서에 방드레스를 상속자로 올렸고, 베르됭 전투를 기념해 그에게 인쇄소를 물려주었다.

이렇게 해서 1924년 자기 가게를 갖게 된 방드레스는 인쇄소에 그 영광스러운 이름을 붙였다. 오, 사업은 변변찮았다. 각종 통지서나 머리글이 찍힌 편지지, 안내서 따위의 〈소형 인쇄물〉들이 고작이었다. 소형 자동 인쇄기 한 대, 페달 압축기 한 대, 그리고 재미있게 생긴 낡은 수동 압축기 한 대. 내가 그곳을 들락거린 건 내가 출판하는 책들의 교정쇄를 제작하는 데 꼭 필요한 그 수동 압축기 때문이었다.

작은 가게였지만 사장은 사장이었다. 그는 그 직함에 엄청난 의미를 부여했다. 모르긴 몰라도 그가 각종 세금에 항의하러 가서 〈도둑놈들을 처단하라!〉라고 외친 것도 아마 그 때문이었으리라. 세금이 무거운 것은 유대인들이 챙기고, 프리메이슨들이 훔치고, 〈볼셰비키〉들이 파업을 하기 때문이었다.

그는 그 다양한 도둑들의 실체를 그것을 구성하는 개인과는 엄격히 구별했다. 예를 들어, 그가 데리고 있는 장색은 유대인에다 프리메이슨이면서 반(反)파시스트였다. 그 삼중의 흠결에도 불구하고 방드레스는 그를 아주 높이 평가했다. 「개중에는 좋은 사람들도 있어요.」 그는 이렇게 말하곤 했다.

화끈하고 생기발랄하며 부지런하고 재간 좋은 브리앙송 출신의 키 작은 친구. 그 장색 역시 베르됭에서 싸웠다. 전쟁이 끝나고서, 그는 사촌으로부터 피녜롤 지방 피에몽에 있는 작은 인쇄소를 인수했다. 그런데 파시스트들이 그를 내쫓아 버렸다. 방드레스는 역시나 베르됭을 기념해 그를 고용했다. 방드레스와 다코스타는 무솔리니 때문에 일주일에 세 번 정도는 꼭 험악하게 다퉜다. 그런 다음에는 캉파뉴 프르미에르 가로 술을 퍼마시러 갔다. 그들은 서로 무척 좋아했다.

*

1936년에 하마터면 사달이 날 뻔했다. 연대를 위해, 다코스타는 파업을 하지 않을 수 없음을 느꼈다. 그는 못한 일은 몇 주간 잔업을 해서라도 꼭 해놓겠다고 장담하며 사장에게 그 사실을 알렸다. 방드레스는 불같이 화를 내며 해고해 버리겠다고 위협했다. 다코스타가 항변했다. 「만약 사장들이 파업을 하면 사장도 동참할 것 아냐, 안 그래? 설사 내가 때려치우겠다고 협박을 한다 해도 말이야.」 방드레스는 계속 고함을 질러 댔지만 그건 형식적인 것일 뿐이었다. 다코스타가 내세운 논거에 마음이 동했던 것이다. 그는 정의에 아주 민감했다.

뮌헨 위기[2]가 인쇄소에 첨예한 갈등을 불러왔다.

---

2 뮌헨 회담. 1938년 9월 프랑스, 영국, 이탈리아, 독일은 전쟁을 피하기 위해 뮌헨에서 회담을 열고 체코슬로바키아에 10월 10일까지 수데텐란트를 독일에 양도하라는 최후 통첩을 보냈다. 제2차 세계 대전 전에 있었던 대(對)독일 유화 정책의 정점으로 유명하다.

「부끄러운 일이야, 부끄러운 일.」다코스타가 말했다. 짧은 콧수염 아래 작은 입이 부들부들 떨렸고, 검은 두 눈은 눈물로 뿌옇게 흐려졌다.

「이런, 이런. 사람은 자고로 공정해야 돼. 체코인들이 먼저 수데텐란트 사람들[3]을 박해했잖아! 히틀러 잘못이 아니야.」

「유대인들은 독일에서 학대 안 당했어? 그들이 유대인을 위해 뭘 해줬어?」다코스타가 분노를 삼키며 말했다.

「지켜봐야 해. 모든 게 공산주의자들의 선전 책동이니까.」 방드레스가 대꾸했다.

「수데텐란트 사람들은? 그건 선전 책동 아니고? 사장, 내가 말하잖아. 조금씩 물러서다 보면 끝이 없을 거라고. 3년 후면 우린 노예가 되어 있을 거야.」

「노예! 우리, 이미 노예 아냐? 유대인과 프리메이슨 들한테 지배당하고 있는 거 아냐?」방드레스가 소리쳤다.

견디기 힘든 침묵이 이어졌다. 유대인에다 프리메이슨인 직원이 부드러운 냉소가 담긴 눈길로 사장을 바라보았…….자가당착을 알아차리고 민망해진 방드레스는 없다는 걸 뻔히 알면서도 파이프를 찾기 위해 호주머니를 뒤지고, 붉은 코끝에 걸쳐 있는 동그랗고 작은 안경을 고쳐 쓰고, 담배꽁초에 살짝 눌은 콧수염 아래 두툼한 입술을 연신 꼼작거렸다.

전쟁이 터졌다. 방드레스와 다코스타는 둘 다 마흔을 넘긴 나이였다. 그들은 근로 부대에 동원되었다. 나는 국방부의

---

3 수데텐 산맥 주변 보헤미아와 모라비아 북부 정상에 거주했던 사람들.

제1국에서 일하는 사람들을 여럿 알고 있었다. 방드레스는 나에게 개입해 달라고 부탁했고, 그래서 1940년 4월 그들은 같은 부대로 전속됐다. 그들 부대는 콩피에뉴의 숲에서 일을 했다. 다코스타는 중사, 방드레스는 겨우 하사였다. 그들은 그것을 재미있어했다.

6월, 독일군이 콩피에뉴를 위협했을 때, 그들 부대는 나무를 넘어뜨려 크루아생투앙과 베르베리를 잇는 도로를 봉쇄하는 임무를 맡았다. 저녁 무렵, 폭격기들이 보드랑퐁 교차로를 공격하는 동안, 우아즈 강 오른쪽 기슭과 332번 국도 인근 숲에서 장갑차들이 지나가는 소리가 들려왔다. 그들은 서둘러 생소뵈르의 숙영지로 돌아갔지만 그곳에는 이미 아무도 없었다. 중대장이 자기의 시트로엥 자동차에 부관 둘을 태우고 내빼 버렸던 것이다.

「개자식들! 아, 당신네 엘리트들 정말 멋지군.」 다코스타가 방드레스에게 말했다. 「대가리에 피도 안 마른 중대장에, 보험업자와 주류상 출신 부관. 정말이지 훌륭한 애국자들이야!」

「그렇다고 그렇게 일반화하면 안 되지. 게다가 명령을 받았던 건지도 모르잖아.」 화가 난 방드레스가 대꾸했다.

어쨌거나 다코스타는 버려진 부대의 지휘권을 쥐었고, 부대를 퇴각시키기 시작했다. 그들은 상리스에서 독일군 전차 부대를 가까스로 피했고, 당마르탱에서 따라잡혀 궁지에 몰렸다가, 야음을 틈타 탈출을 감행해 트리바르두 댐을 통해 마른 강을 건넜고, 피티비에로 완전 철수했다. 몇몇 낙오병들, 기력이 다해 구덩이에 널브러져 있다가 포로가 된 마흔

여덟 살의 늙다리들을 제외하고, 다코스타는 거의 전 부대원을 지앙까지 이끌었다. 루아르 강을 건너면서는 몇몇 희생자가 발생했다. 낙담한 늙은 하사가 이끄는 제2소대가 야음을 헤매다 부르주와 몽뤼송 사이에서 포기를 해버렸던 것이다. 어쨌든 다코스타는 완전히 탈진한 부대원 3분의 2 이상을 이끌고 마침내 클레르몽에 도착했다. 그는 군의 훈장 추서자 명단에 이름을 올렸고, G 장군은 공개적으로 그를 상찬했다.

페탱이 권력을 잡았다. 방드레스는 외쳤다. 「드디어!」

「이런, 두렵지도 않은 모양이군.」 다코스타가 말했다.

「뭐가? 우릴 여기서 벗어나게 해줄 수 있는 사람은 그밖에 없어. 진작 그를 불렀다면……. 페탱, 베르됭의 영웅이잖아. 자넨 뭐가 두려운데?」

「파괴의 공화국. 우리 유대인들은 고초를 겪게 될 거야.」

「자네도 알다시피 유대인들이야 어찌 되든 난 상관없어. 하지만 자네 같은 친구들은…… 베르됭 참전에 각종 훈장까지 받았는데…… 설마 늙은이[4]가 자기 병사들을 버리겠어? 참, 걱정도 팔자라니까!」 방드레스가 농담조로 말했다.

8월 3일 아침, 그들은 동원 해제되었다. 그날 저녁, 파리에서 동원된 사람들을 위한 귀환 열차가 마련되었다. 돌아가려는 사람들은 당장 결정을 내려야 했다. 그 후로는 독일군이 개별적으로 돌아가는 것을 허용하지 않을 거라고 했다. 〈독일군 수중에 제 발로 기어 들어가야 할까?〉 다코스타는 불안

---

4 페탱을 가리킨다.

해서 쉬이 결정을 내리지 못하고 있었다.

「내가 가진 성(姓)만으로도 그들이 머지않아 날 물랭[5]으로 끌고 갈 가능성이 있어.」

「설마! 그런 건 신경도 안 쓸 테니 염려하지 마. 늙은이가 있는 이상 전혀 위험할 것 없어. 군소리 말고 나랑 같이 돌아가.」 방드레스가 장담했다.

그래서 그는 돌아갔다.

*

인쇄소가 다시 문을 열었고, 일도 서서히 제자리를 찾아갔다. 사장과 직원 사이에 약간의 긴장이 조성된 것 말고는 모든 것이 순조로웠다. 방드레스는 의기양양했다. 「늙은이 솜씨 봤지, 응? 여기서조차 독일 놈들이 감히 아무 짓도 못하잖아.」 「동부와 북부에서 무슨 일이 일어나고 있는지 알지도 못하면서.」 다코스타가 대꾸했다. 「허튼소리.」 방드레스가 맞받았다. 거기서부터 토론은 험악해졌다.

1월 말경, 누가 방드레스를 찾아왔다. 그는 같은 인쇄업자, 말하자면 전기 제판 업자였다. 그가 내민 명함에는 〈인쇄업자-제판사-가제본공 재향 군인회 회원, 베르묑 참전 용사 전우회 회원〉이라고 적혀 있었다. 그의 이름은 파아르스였다. 뚱뚱한 체격에 차림새는 약간 지나치다 싶을 정도로 우

---

[5] Moulins. 비시 정권이 프랑스 유대인들을 체포해 집결시킨 소도시 중 하나.

아했다. 수염을 바짝 깎은, 피둥피둥하고 축 늘어진 볼에는 분을 발라 얼굴을 뒤덮은 부스럼을 가리고 있었다. 그들은 인사치레로 날씨 얘기부터 주고받았다. 그런 다음, 방드레스가 물었다.

「그러니까 자네도 베르됭에서 싸웠단 말이지(〈베르됭 참전 용사〉끼리는 서로 말을 놓았다)?」

「물론이지.」 파아르스가 대답했다.

「어느 부대에서?」

「그게 그러니까……. 베르됭, 시가에서. 보급 부대였어.」 그가 한쪽 눈을 찡긋했다. 「짭짤했지.」

「아, 그랬군…….」

잠시 침묵이 흘렀다. 「근데 무슨 일로?」 방드레스가 물었다.

「베르됭 전우회 회원들은 지금이 우리 직종에서 유대인을 몰아낼 적기라고 생각해. 곧 비시에 탄원서를 제출할 거야. 당연히 자네도 우리와 함께할 거지?」

방드레스는 당장 대답하지 않았다. 그는 없는 파이프를 찾기 위해 주머니를 뒤졌다. 그러고서 급히 처리해야 할 일이라도 되는 양 낡은 암나사 몇 개, 낡은 열쇠 몇 개, 그리고 낡은 압력계를 옮겼다. 그가 마침내 등을 돌린 채 말했다.

「난 페탱 원수와 함께해. 내가 그분에게 이래라저래라 말할 처지는 못 된다고 생각해. 그분이 우리에게 해야 할 일을 말하면, 우린 그분 말에 따르는 거지. 이게 내 생각일세.」

그가 돌아서서는 책상으로 가 앉았다. 눌은 콧수염 아래 두툼한 입술을 연신 꼼작거렸다.

그가 기침을 했다.

「그런데 자네 가게는 잘 돌아가나?」

「그게 그러니까……」 파아르스가 말했다. 「난 1938년에 가게를 빼앗겼다네. 물론 한 유대인의 농간으로. (그가 한쪽 눈을 찡긋했다.) 하지만 그게 그놈에게 행운을 가져다주지는 않을 거야……. (그가 일어섰다.) 자, 얘기가 된 거지, 응? 그럼 자네 이름을 올리겠네.」

「잠깐, 잠깐만.」 방드레스가 말했다. 「유대인들이야 어찌 되든 난 상관없어. 다만……」

그가 안경을 벗어 닦았다. 안경을 벗은 그의 눈은 아주 작았다. 그가 안경을 다시 썼다.

「전우회에도 유대인들이 있어. 내가 아는 사람만 해도 여럿인데 곤란하잖아.」

「그들이 전쟁에 나간 건 달리 방도가 없었기 때문이야.」 파아르스가 혐오스럽다는 듯 입을 삐죽거리며 냉소 비슷한 걸 지어 보였다. 「마음이 약해져서는 곤란하네, 이 사람아.」

「그래그래, 물론이지.」 방드레스가 말했다. 「그래도 난 좀 더 지켜보고 싶어. 페탱 원수도……」

「페탱 원수도 뭐? 아 그래, 그가 말했다고 사람들 사이에 떠도는 그 얘기 말이지? 〈베르됭에는 유대인들도 있었다……〉 자네 웃기는군. 자넨 손님한테 바가지 씌울 때 미리 알려 주고 씌우나? 자, 자, 어서 결정하게. 이름을 올릴 거야, 말 거야?」

「아니, 안 올릴래.」 방드레스 말했다.

「좋아. 강요할 수는 없는 일이니까. 그래도 잘 생각해 보게. 난 자네가 유대인을 감쌀 줄은 몰랐네.」

방드레스가 화난 듯 버럭 소리쳤다.

「감싸는 게 아냐!」 그러고는 보다 차분한, 약간 망설이는 목소리로 덧붙였다. 「하지만 곤란한 문제가……. 페탱이 우리에게 말하는 날…….」

「안심하게. 오래 기다리게 하지는 않을 테니.」

파아르스는 방드레스와 알맹이 없는 형식적인 대화 몇 마디를 더 나누었다. 그러고는 가게를 나섰다.

방드레스는 자신의 작은 사무실 안을 오랫동안 왔다 갔다 했다. 마침내 작업실로 들어가기 전, 그는 벽 중앙에 걸린 원수의 천연색 초상화에 마지막으로 눈길을 던졌다. 「난 거짓말이 싫어……」

그는 페달식 압축기에 통지서를 밀어 넣는 다코스타를 바라보았다.

그는 작업실에 가서도 없는 파이프를 찾기 위해 호주머니를 뒤져 가며 또다시 오락가락했다. 다코스타 쪽을 흘긋거려 가며 두툼한 입술을 끊임없이 꼼작거렸다.

결국 그는 아무 말도 하지 않았다.

*

다코스타는 전쟁 직전에 결혼을 했다. 그에게는 곧 세 살이 되는 아들과 스무 달 된 딸이 있었다.

그들은 몽파르나스 묘지를 보고 서 있는, 프루아드보 가의 깨끗하고 볕이 잘 드는 아담한 집에 살았다. 그들은 일요일

마다 방드레스를 불러 함께 점심을 먹었다. 창문 앞에는 아연으로 된 지붕과 철제 난간이 있는, 일종의 작은 테라스가 있었다. 방드레스와 다코스타는 날씨가 좋을 때면 그곳으로 나가 커피를 마셨다. 그들은 묘지가 슬퍼 보이지 않는다는 사실에 동의했다.

어느 일요일 11시경, 방드레스가 집을 나서기 전에 면도를 하고 있는데 누군가 초인종을 눌렀다. 파아르스였다. 오, 신경 쓰지 말고 면도나 마저 하게. 지나가는 길에 잡담이나 나눌까 해서 잠시 들렀네.

파아르스는 속이 옆으로 약간 삐져나온 작은 가죽 의자에 거대한 엉덩이를 걸쳤다. 굵은 두 팔을 어디에 둬야 할지 난감해하는 것 같았다. 부스럼으로 뒤덮인 뒤룩뒤룩한 볼은 깜찍한 나비넥타이로 장식한 뻣뻣한 목깃 위에 축 늘어져 있었다. 그는 가자미의 것처럼 눈꺼풀 속에 잘못 박힌, 약간 이상한 눈을 가지고 있었다.

「어때, 여전히 유대인 편인가?」 그가 싱겁게 웃으며 말했다.

방드레스는 얼굴에 거품을 칠한 채 투덜거림일 수도, 웃음일 수도 있는 뭔가를 내뱉었다.

「봤지, 페탱 원수. 내가 뭐라고 했나, 응? 비시에서 제정된 법들, 자네도 봤지?」 파아르스가 의기양양하게 말했다.

「페탱은 자기 뜻대로 못 하고 있어. 얼핏 그 법들에 찬성하지 않는다고 말한 것 같던데.」 방드레스가 대꾸했다.

「이 단추 좀 보게. 알아보겠나?」

파아르스가 단추를 쥐고 내밀었다. 방드레스는 비시 정부의 도끼 문장을 알아보았다.

「원한다고 아무나 가질 수 있는 게 아니야.」 파아르스가 말했다.

「요즘 잘나가는 모양이지?」

「그런 셈이지. 구리 배급을 담당하고 있거든. 그랑데가 나한테 그 일을 맡겼어. 그 친구 알아? 몰라? 어쩌면 안면이 있을지도 몰라. 베르됭 전우회와 드롱클 연맹에서 설치고 다녔으니까. 자네도 알잖나. (그가 웃었다.) 그들이 사용하는 용어로 과두 정치, 카굴……[6] 그가 페탱 원수에게 내 얘길 했어. 내가 인쇄업계 사정을 잘 아니까. 정치적인 관점에서 말이야. 그리고 그랑데가 구리로 여기저기서 크게 판을 벌이는데, 내가 도와줄 수 있거든. 간단히 말해, 자네가 우러러 마지않는 그 페탱 원수를 내가 직접 만났다는 얘기야. 그랑데가 그에게 인쇄업 분야 큰 건수들의 분산과 관련해서 내가 좋은 아이디어를 갖고 있다고 했대……. 그래서 내가 그에게 유대인들 얘길 꺼냈지……. 〈그들을 박살내야 합니다.〉 그랬더니 그가 말하더군. 〈당신 분야에서 해야 할 일은 당신이 알아서 판단하도록 하시오.〉 그래서 내가 다시 말했지. 〈원수님께서 참전 용사들 때문에 그들을 살짝 보호해 주신다는 소문이 돌고 있습니다.〉 그가 그 특유의 웃음을 지어 보였어. 한쪽 눈을 찡긋하면서 말이야. 그러고 나서 말했지. 〈난 대중의 감수

---

6 *Cagoule*. 눈만 보이는 복면이라는 뜻으로, 여기서는 단원들이 모두 복면을 쓰고 활동했던 비밀 극우 단체를 의미한다.

성에 신경을 써야만 하오. 지금 프랑스에서는 모든 사람이 같은 방식으로 생각하지 않소. 그래서 난 내 생각을 자유롭게 밝힐 수가 없소. 아주 미묘한 입장에 처해 있지.〉 그러더니 내 어깨에 손을 얹더라고. 정말이라니까. 마치 막역한 친구 사이인 것처럼. 그러고서 말하더군. 〈늘 나라의 안녕을 위해 행동하시오. 내가 당신 뒤에 버티고 있을 테니.〉 무슨 말인지 알겠지? 그러니 아직 께름칙한 게 있다면 —」

「이거야 원, 난 도통 무슨 소린지 모르겠군! 물론 자기 좋을 대로 생각할 수도…… 주장할 수도 있겠지만……. 그러니까 그는 자넬 독려하면서도, 독려하지 않으면서 독려한 거네. 어째 영 석연치 않아.」

「도대체 자네에게 필요한 게 뭔가?」

「난 그 이상이 필요하네. 그가 자네에게 한 말은 귀에 걸면 귀걸이 코에 걸면 코걸이 아닌가.」

「어쨌거나.」 파아르스가 불쑥, 거의 무례할 정도로 과격하게 말했다. 「그는 나에게 분명히 말했네. 〈당신 분야에서는 당신이 알아서 판단하도록 하시오〉라고. 그러니까…….」

그는 이 마지막 말을 하면서 짧고 날카롭게 손짓했다.

그가 조끼에서 시가 두 대를 꺼내 한 대를 방드레스에게 내밀었다. 시가에 불을 붙이는 동안, 호의를 사고자 하는 야비한 웃음이 파아르스의 펑퍼짐한 얼굴을 더 펑퍼짐하게 펼쳐 놓았다.

「자네에게 얘기하고 싶었던 게 또 한 가지 있네. 내가 한 아이한테 관심이 있는데…… 열여섯 살짜리 꼬마일세. 학교는 나왔어. 그 녀석 어미는 한때 내 가게에서…… 오, 내가 나중에 설명을 해줌세. 예전에…… 내 가게에서 일하던 젊은 타자수가 있는데…… 아 글쎄, 그것이 덜컥 아이를 가지고 말았다네. 그 아들 녀석의 앞길을 터주고 싶어서 생각해 봤는데…….」

그가 검지로 윗옷에 떨어진 담뱃재를 털었다. 그러고는 천을 열심히 긁어 댔다.

「자네 가게가 그 녀석한테 제격인 것 같아서 말이야. 더군다나…….」

그가 방드레스에게 사람 좋아 보이는 웃음을 지었다.

「자네도 나이가 들 만큼 들었으니 조만간 은퇴해야 할 것 아닌가. 그러니 누이 좋고 매부 좋은 일이잖나.」

방드레스가 안경을 벗어서 천천히 닦고는 붉은 코끝에 다시 걸쳤다.

「그럼, 그럼. 나도 충분히 이해하네. 다만…….」

방드레스가 일어나 방 안쪽으로 가서 재떨이를 가져오더니 둘 사이에 있는 탁자 위에 놓고 재를 털었다.

「자네, 내가 혼자가 아니라는 건 알고 있지?」

「그럼, 물론이지.」 파아르스가 대답했다.

그는 부스럼과 분으로 얼룩진, 축 늘어진 볼을 부드럽게 쓰다듬었다. 그러고는 말했다.

「다코스타라는 친구, 유대인이지? 안 그런가?」

「아니, 천만에.」

방드레스는 차분하게 대답하고는 안락의자 깊숙이 몸을

묻은 채 천천히 시가를 빨며 꼼짝도 않고 앉아 있었다.

「이름이 그따위인데? 이상하군. 난 그저…… 이름만 보고……. 예전에 이탈리아에서 쫓겨나지 않았나?」

「그래, 아주 오래전에. 하지만 그건 그 친구 문제지. 여기선 아주 잘하고 있어. 나도 만족하고 있고.」

「음, 그래? 그럼 할 수 없지 뭐.」 파아르스가 말했다.

그가 말없이 시가를 두세 모금 빨았다.

「할 수 없지 뭐. 일이 꼬여 유감스럽긴 하지만. 그 녀석은 자리를 잡아 주기가 힘들어. 어떤 면에서는 약간 모자라거든. 그리고 걔 어미가……. 자네 가게 같은 작은 사업장이 그 녀석한테는 제격인데……. 그 얘긴 그만하세. 자네가 그 다코스타라는 친구를 마음에 들어 한다니까.」

그가 시가 꽁초를 재떨이에 비벼 끄고는 웃으며 덧붙였다.

「자네가 무슨 일을 하고 있는지는 자네가 더 잘 알겠지. 안 그런가?」

방드레스 역시 웃었다. 그는 가자미 눈의 불안한 시선을 피하지 않고 버텨 냈다.

*

그는 프루아드보 가에 약간 늦게 도착했다. 다코스타 부인이 어른 시중에 아이들까지 돌보느라 분주하게 움직이는 동안 그는 거의 입을 열지 않았다. 방드레스는 그녀를 쳐다보았다. 늘 촉촉하게 젖어 있는 깊고 새까만 눈과 수줍게 웃는 입술이 돋보이는 그 갸름한 얼굴은 매번 그에게 부성애를 불러일으켰다. 오늘, 그 얼굴은 그 어느 때보다 쉽사리 상처받을 것처럼 보였다.

점심 식사가 끝나자, 다코스타 부인은 두 사람을 아연 지붕 테라스에 남겨 두고 물러갔다. 그들은 말없이 담배를 피웠다. 옅은 가을 안개가 햇빛 찬란한 서글픔으로 묘지를 흐려 놓았다. 방드레스는 담배 연기를, 다코스타는 방드레스를 바라보고 있었다. 다코스타 부인이 커피를 가져다주고 집 안으로 들어갔다. 그들은 말없이 커피를 마셨다. 다코스타는 궐련을 말았고, 방드레스는 파이프를 꾹꾹 눌러 채웠다.

「세상에는 개자식들도 참 많아.」 마침내 그가 입을 열었다.

「그러게……」 다코스타가 말했다. 그리고 아무 말도 덧붙이지 않았다.

방드레스가 파이프에 불을 붙이고는 불이 번지도록 뻑뻑 빨아 댔다.

「오늘 아침에도 한 놈 봤어. 지독한 놈이야.」

「아!」 다코스타가 응수했다.

「그 더러운 놈이 글쎄……」 얘길 시작하려던 방드레스는 흥미롭다는 표정으로 자신을 바라보는 다코스타의 눈길을 보고는 말을 끝맺지 못했다.

곧 다코스타 부인이 그들 곁에 와서 앉았다. 약간은 따분한 대화가 셋 사이에 다시 이어졌다.

*

그 후 며칠 동안 방드레스는 거의 말이 없었다. 수시로 일어나 오락가락하고, 기물을 정리했다. 고심하는 기색이 역력했다. 다코스타는 눈치채지 못했거나 그런 척하고 있었다.

그다음 주 월요일 10시경, 방드레스가 갑자기 모자를 꺼내 쓰더니 알레지아 가의 동료 인쇄업자를 만나러 갔다. 이런저런 이야기를 나누다가 방드레스가 물었다.

「그들이 왜 베머를 체포했대?」

「뻔하지 뭐. 자네도 짐작하고 있잖나.」

방드레스의 얼굴이 벌겋게 달아올랐다.

「그래그래, 그렇겠지……. 그래도 말해 보게.」

그는 베머를 좋아하지 않았다. 베머는 통지서를 전문으로 하는 작은 인쇄소 사장이었다. 나이 많고 돈만 밝히는.

「별을 안 달고 다녔대. 신분증에도 손을 댔고.」

「독일 놈들이 잡아갔어?」 방드레스가 물었다.

「천만에.」

「프랑스인들이?」

「물론이지. 그 양반, 손님 많았거든. 그 양반 없어진다고 손님도 덩달아 없어지는 건 아니잖아. 이해할 만해. 어쩌겠어, 폴락이라는 성 가진 놈들이 파리 떼처럼 우글거리는걸. 자네도 그놈들 안 좋아하잖아.」

「안 좋아하긴 하지만 그래도 이건 심하잖아.」 방드레스가 말했다.

방드레스는 파사주 당페르로 돌아갔다. 그는 라스파유 가에서 또다시 걸음을 멈췄다. 검은 테두리를 친 붉은 벽보 앞, 본보기로 총살당한 공산주의자와 유대인, 각각 열 명씩의 명단이 게시되어 있는 음산한 그 벽보 앞에서.

다코스타는 활자를 고르고 있었다. 홍보 문구를 조판하는 중이었는데, 페탱 원수가 후원하는 전쟁 포로를 위한 시위에 쓰일 거라 입이 한 자는 족히 나와 있었다(그들은 그날 아침 그 문제로 이미 한차례 심한 언쟁을 벌였다). 방드레스는 천천히 모자와 외투를 벗었다. 그러고 나서 주머니에 손을 넣은 채 짧은 다리로 건들거리며 다가가 기침을 했다.

「저기, 있잖아……」

다코스타가 눈을 들어, 보기 딱할 정도로 난감해하는 둥글고 선한 얼굴을 쳐다보았다. 그가 웃으며 말했다.

「이만하면 됐어? 이대로 판에 걸어?」

방드레스는 그만 말문이 막히고 말았다. 그는 아무 말도 하지 못한 채 들었던 한쪽 손을 슬그머니 내려놓았다. 다코스타는 차분하게 일을 다시 시작했다.

「지금 꾸며지는 짓거리들을 내가 짐작하지 못했다고 생각한다면……. 처음부터 이렇게 되리라는 걸 내가 몰랐을 것 같아? 자네가 자네 페탱과 ―」

「페탱은 가만히 좀 내버려 둬. 아무 잘못도 없으니까. 개자식들이 설쳐 댄다 해도 그의 잘못은 아니야……」

「그래, 그 고집불통 영감 때문에 또 싸우지는 말자고. 내가 이해한 게 맞다면, 여기도 분위기가 심상찮아진 거지?」

「아무래도 그런 것 같아. 그 돼지 같은 파아르스, 정말 개자식이야. 내가 멍청했어. 자네가 유대인으로 등록하겠다고 했을 때 말렸어야 했는데……」

「안심해. 그랬다고 사정이 더 나아지지는 않았을 테니까. 우린 조만간에 모두 걸려 들어갈 거야. 어쩌면 지금 잘못되는 편이 나을지도 몰라. 나중에는 사정이 더 나빠질 수도 있어.」

「파아르스는 타자수를 건드려서 낳은 얼간이 때문에 자네 자리를 탐내고 있어. 자기 자식이라고 인정은 하는데, 어떻게 해야 할지를 모르겠나 봐. 모자란 녀석은 아무도 안 데리고 있으려 하거든. 그리고 눈치를 보아하니, 내가 그 멍청이한테 일 가르치느라 남은 머리까지 하얗게 세고 나면 좋건 싫건 싼 가격에 가게를 인수할 속셈인 것 같아. 내가 법을 무시하고 자넬 데리고 있는 걸 빌미로 삼아. 그는 우리의 목줄을 쥐고 있어.」

「그럼 어떡하지? 문을 닫아?」

「아니. 문을 닫으면 가게는 파아르스 손에 넘어가게 될 거야. 내 눈에 흙이 들어가기 전에는 절대 그렇게 못해. 자네가, 자네가 달아나. 여긴 자네 없이도 한동안은 돌아갈 거야. 마치 잠시 근처에 볼일 보러 나간 것처럼 소지품은 놓고 가. 다짐하건대, 이 가게는 자네와 자네 아들한테 돌아갈 거야. 난 독일인이든 유대인이든 상관없어.」

다코스타가 그를 품에 안고 뺨에 입을 맞추었다.

「그래도 참 안타까워……」

「뭐가?」

「당신처럼 좋은 사람이 그렇게 쉽게 속아 넘어간다는 게.」

「누구한테?」

「위선자들한테. 특히, 내가 이 아름다운 순간을 망치지 않기 위해 굳이 이름을 밝히지는 않을 우두머리 위선자한테. 이건 드물게 아름다운 순간, 어쩌면 마지막 아름다운 순간이 될지도 몰라. 아무리 그래도 하던 일은 끝마쳐야지. 짐은 일 끝낸 다음에 쌀게.」

그가 활자 케이스가 있는 곳으로 되돌아갔다. 방드레스가 말했다.

「카드 좀 줘 봐.」

「카드?」

「그래, 신분증.」

다코스타가 신분증을 꺼내 내밀었다. 방드레스가 한참 들여다보더니 말했다.

「다른 게 있어야겠어. 이걸로는 자유 지역[7]에 가서도 곤란을 겪게 될 거야.」

다코스타는 기다렸다. 피어오르려는 미소가 입술을 간질댔지만 그는 참았다.

「이런 짓 하는 거 역겹지만, 엄청나게 싫지만, 내가 하나 만들어 줘야 할까 봐. 그래, 역겨워. 역겨운 짓이야. 파아르스, 그 개자식만 없었어도······.」

방드레스가 필요한 활자를 찾기 위해 이 칸 저 칸을 뒤적였다. 그는 그것들을 신분증 활자와 비교했다. 다코스타는 참고 있던 미소가 활짝 피어나도록 내버려 두었다. 방드레스

---

[7] 제2차 세계 대전 당시 프랑스는 독일군이 직접 관할하는 북부 점령지와 비시 정권이 통치하는 남부 자유 지역으로 나뉘어 있었다.

가 이를 악물고 반복해 말했다.「역겨운 짓이야, 내 나이에 신분증 위조하는 거. 그것도 마침내 깨끗해진 프랑스에서. 정말 역겨워.」통통하고 민첩한 그의 손가락들이 식자용 자를 조작했다. 다코스타가 말했다.

「하지만 직인은?」

「맙소사, 그러고 보니 직인이 없네.」

「걱정 마. 찍을 수 있는 곳을 아니까.」

「가짜 직인을?」

「응, 가짜 직인.」

「그럼 가짜 신분증도……」

「그래, 그것도 어디서 구할 수 있는지 알아낼 수 있겠지. 하지만 난 자네 손으로 직접 만든 게 훨씬 마음에 들 것 같아.」

그가 또다시 웃었다. 방드레스의 얼굴이 벌게졌고, 손가락들이 머뭇거렸다.

「아이들도 맡아 줄 거야?」갑자기 다코스타가 물었다. 그는 더 이상 웃고 있지 않았다. 그의 두 눈은 어두웠다.

방드레스의 손가락이 다시 작업을 시작했다.

「그래. 그럴 거라는 거 자네도 잘 알잖아. 안심하고 떠나도 돼.」

「안심하고 떠나라……. 그 애들 역시 유대인이네. 애들 엄마도 그렇고. 혹시라도…….」

방드레스가 그를 쳐다보며 말했다.

「오! 아무리 그래도 그렇지, 설마하니!」

「자넨 이미 한 번 오판했잖아.」다코스타가 말했다. 방드레스는 말없이 줄 하나를 끝마쳤다. 두툼한 입술이 끊임없이 꼼작거렸다. 그가 투덜댔다.

「오판은 무슨 오판! 재수 더럽게 그 돼지 같은 파아르스, 그 개자식한테 걸려든 것뿐이야. 자넨 지금 제정신이 아니야. 아내와 애들 때문에! 날 믿고 안심하고 떠나도 돼. 늙은이가 지키고 있는 한 —」

「늙은이가 지키고 있는 한, 난 편할 날이 없을 거야. 결코. 그래도 그들을 돌봐 줄 거야? 그들에게 불행이 닥치지 않게 해줄 거야?」

「자넨 더없이 건강한 그들과 재회하게 될 거야. 내가 약속할게. 자, 어서 가봐. 신분증은 내가 직접 집으로 갖다 줄게. 자네가 떠나고 나면 내가 자네 아내와 있어 줄게.」

다코스타가 사장을 쳐다보았다. 한참 동안 물끄러미 쳐다보았다. 손가락으로 짧은 콧수염을 끊임없이 쓸면서. 그의 오른손이 허리 높이에서 망설임과 체념이 엿보이는 작고 유연한 원을 그리는 동안, 입술 한쪽이 두세 번 가벼운 경련으로 일그러졌다. 방드레스는 헬쑥해진 얼굴로 그 모든 것을 지켜보았다. 그 상황에서도 다코스타는 애써 미소를 지었다. 방드레스 역시.

「좋아, 그렇게 해.」 다코스타가 마침내 말했다. 그가 돌아서서 나갔다.

방드레스는 조판대 위에 앉아 다리를 늘어뜨린 채 두 손으로 턱을 감쌌다.

II

 어떻게 그가 나에게 도움을 청할 생각을 했을까? 나로서는 도무지 감이 잡히질 않는다. 아마 내가 늘 다코스타 편을 들었기 때문이었을 것이다. 어쨌거나 그날 아침 그가 우리 집 초인종을 눌렀다. 그 눈!
 방드레스는 푸른색 눈, 천진난만한 푸른색 눈을 갖고 있었다. 그날 아침, 그의 눈은 검었다. 잘 설명할 수가 없다. 자세히 들여다보면 여전히 푸른색이었지만, 얼핏 보면 마치 검은색 같았다.
 그는 단도직입적으로 말했다.
 「전단을 인쇄하고 싶어요.」
 그러고는 의자에 앉아 숨을 몰아쉬더니 무릎을 만지작거리기 시작했다.
 「이런, 놀라운 일이네요.」 내가 말했다.
 그가 묘한 목소리로 대답했다.
 「그래요, 놀라운 일이죠.」

나에게는 생각할 시간이 필요했다. 그래서 말했다.

「말도 안 돼요! 당신 같은 골수분자가? 〈페탱이여, 프랑스를 구하소서〉, 〈원수님, 우리가 여기 있습니다〉, 〈원수를 따르자〉, 〈프랑스를 프랑스인들에게〉를 주장하는 당신 같은 사람이? 내가 제대로 이해한 건가요, 아니면 내 귀가 어떻게 된 건가요?」

방드레스는 아무 말도 하지 않았다. 그는 약간 불안한 표정으로 꼼짝 않고 앉아 나를 바라보았다. 그의 눈은 검었다. 나는 결정을 내렸다.

「전단이라……. 좋아요, 어디 해봅시다. 어떤 위험이 따르는지는 알고 있죠?」

「예.」

「오, 총에 맞아 죽는 정도가 아니라, 예를 들어 저나 다른 사람들의 이름을 대라는 취조를 당할 수도 있어요.」

그가 잠시 망설이다가 말했다.

「그들이 어떻게 하는데요?」

나는 안락의자에 몸을 뒤로 젖히고 앉아 다리를 꼬고 팔짱을 꼈다.

「예를 들어, 불에 지진 나무 끝으로 손톱 밑을 찔러요. 혹은 손을 압축기에 집어넣고 서서히 으스러뜨리기도 하죠. 그런 종류로 다른 것들도 많이 있어요. 아니면 탐조등을 켜놓고 이틀이나 사흘 동안 쉬지 않고 심문하기도 하죠. 그것도 아니면 —」

「됐어요.」 그가 말을 끊었다. 그러고는 곰곰이 생각해 보는 것 같았다.

「전 마음이 여린 편이에요. 그리 용감하지 못하죠. 그래도 어쩌면……」 그는 마치 무슨 물건을 찾는 것처럼 문 위쪽을 쳐다보았다. 「물론 탐조등이…… 사흘 동안 눈을 쬐면……」 그가 그 두툼한 입술로 묘한 소리를 냈다. 「거의 장님이 되어 버리겠죠?」

「거의 그렇겠죠.」 내가 대답했다.

「세상에, 머리가 얼마나 아플까!」

나는 그가 자주 두통에 시달린다는 사실을 떠올렸고, 왜 그가 탐조등을 떠올리기만 해도 소름 끼쳐 하는지(그것은 그가 잘 아는 고통이었다) 이해할 수 있었다. 문득 나는 그가 추위를 많이 탄다는 사실을 떠올리고는 덧붙였다. 「몇 시간에 걸쳐 얼음처럼 차가운 물속에 연거푸 집어넣기도 해요.」

그가 천천히 반복했다. 「얼음처럼 차가운 물속에……」 그러고는 멍한 눈길로 고개를 절레절레 흔들더니 나를 쳐다보며 심각하게 말했다. 「좋아요, 좋아. 좋다고요……」

내가 부드럽게 물었다. 「괜찮겠어요?」

그의 눈이 푸른색을 띠었다. 「괜찮아요.」

나는 일어섰다. 그리고 그를 바라보며 물었다.

「무슨 일 있었어요?」

그가 소스라치듯 놀랐다. 마치 내가 그의 따귀를 후려치기라도 한 것처럼.

그의 얼굴이 벌겋게 달아오르더니 이내 창백해졌다. 사람들이 가슴에 총을 맞고 쓰러지기 직전에 짓는 놀란 표정으로, 그가 나를 쳐다보았다. 마침내 그가 눈을 내리깔며 나지막하게 털어놓았다.

「그들이 잡아갔어요. 그녀와 아이들을 말이에요.」

「다코스타 부인과 아이들을요?」

그가 고개를 끄덕이고는 눈을 들어 나를 쳐다봤다.

「예, 다코스타의 아내와 아이들을요. 엄마와 아이들을 따로. 그녀는 창문으로 몸을 던지려 했어요. 그들이 못하게 막았죠. 난…….」

그가 무릎을 만지작거렸다. 그의 눈이 내 눈에 매달렸다. 나에겐 그 눈이 잉크처럼 검어 보였다.

「멍청이. 한심한 멍청이. 난 그 강도들을 믿고 있었어요. 다코스타가 저에게 귀띔을 해줬죠. 나에게 미리 알려 줬어요. 조심하라고. 미리 어떻게 해볼 수도 있었을 텐데……. 어떻게 해봤어야 했는데……. 멍청하게도…….」

그가 벌떡 일어서더니 방안을 오락가락하기 시작했다. 밝은 곳에서 보니, 놀랍게도 그는 평소와 달리 면도도 하지 않은 상태였다. 그가 목 한쪽을 천천히, 벌겋게 변할 정도로 힘을 줘서 주물렀다. 눈물이 코를 따라 흘러내려 굵은 콧수염 속으로 사라졌다. 그 광경은 우스꽝스러우면서도 비장했다.

「이사를 시키거나, 아니면 우리 집이나 다른 곳에서 재웠을 거예요. 하지만 난 다코스타의 말을 믿지 않았어요. 오, 하느님 맙소사. 어떻게 그 말을 믿을 수가…….」

그가 갑자기 나를 향해 돌아섰다.

「그가 나에게 뭐라고 대답했는지 아세요?」

「누가요?」

그가 눈썹을 치켜뜨며 말했다. 「아, 그렇지······」

그는 다시 오락가락하다가 거울 앞에 멈춰 서서 눈물에 젖은 자신의 얼굴을 바라보며 웃기 시작했다. 참담한 광경이었다.

「그제, 아니, 그 전날 그들이 가게로 먼저 들이닥쳤어요. 불한당 같은 놈들! 그놈들이 가게를 난장판으로 만들어 놓았죠. 뭘 찾기 위해? 단순히 파괴하는 즐거움을 누리기 위해서.」

「누가요? 독일군이요?」

「천만에요! ······그들이 저에게 말했죠. 〈이런, 당신, 베르됭 참전 용사군!〉 대가리에 피도 안 마른 놈들이었어요. 내가 말했죠. 〈너희들이 베르됭하고 무슨 상관인데?〉 그들이 화를 냈어요. 〈우린 페탱 원수를 섬기고 있소!〉 그래서 내가 대꾸했죠. 〈나도 그래.〉 그들이 소리쳤어요. 〈아닌 것 같은데! 그 유대인 어디 있나? 소지품이 있는 걸 보니 멀리 가진 않은 것 같은데.〉 내가 말했어요. 〈직접 찾아봐.〉 그러자 더벅머리에 여드름이 난 가장 어린 녀석이 말했어요. 〈상관없어. 못 찾으면 마누라하고 애새끼들 끌고 가면 되니까.〉 전 비웃었어요. 그리고 말했죠. 〈어디 한번 해보지 그래.〉」

방드레스가 말을 멈추고는 나를 쳐다보았다. 안경이 걸쳐 있는 작은 코끝이 벌겋게 달아올라 있었다.

「〈어디 한번 해보지 그래.〉 내가 그렇게 말했어요.」 그는 다시 한 번 반복하고는 날 쳐다보았다. 「그리고 그들을 비웃었어요!」 그가 격렬하게 외쳤다. 나는 그의 이 가는 소리를 들었다. 「왜냐하면 난 베르됭 전우회 사무총장 투르니에와 잘 아는 사이였거든요.」 그가 말을 멈추고 나지막하게 반복했다.「투르니에하고 잘 아는 사이······.」그러고는 웃음 같기도 하고 치를 떠는 소리 같기도 한, 두 번의 〈허! 허!〉를 짧고 빠르게 반복했다. 그가 고개를 절레절레 흔들며 말했다.「난 당장 그곳으로 달려갔어요. 다코스타가 베르됭 전투에 참전했다는 걸 증명하는 서류를 챙겨서. 그리고 투르니에에게 알아듣게 모두 얘기했어요. 〈아무리 그래도 그러면 안 되잖아, 응? 그 친구 같은 용사를······. 있을 수 없는 일이잖아. 어때, 위험은 없겠지?〉 그가 웃으며 대답했어요. 〈그럼, 그럼. 우리가 잘 해결할게.〉 실제로 이튿날은 아무 일도 없었어요. 그런데 어제······.」

그가 말을 멈췄다. 나는 그의 등을 보았다. 살짝 굽은, 넓고 양순한 등짝을. 손은 보이지 않았지만, 팔의 움직임으로 보아 주먹을 불끈 쥐었다 폈다를 반복하고 있다는 걸 짐작할 수 있었다. 그는 마치 말과 같은 동작으로 고개를 들었다. (분홍색의 포동포동한 목덜미에 살집이 잡혔다.) 훌쩍이는 소리가 들려왔다. 그가 다시 고개를 떨어뜨리고는 책상을 짚었다. 그는 여전히 내게서 등을 돌리고 있었다. 잘 쥐어지지도 않는 작은 주먹으로 책상을 내리치며, 그가 가슴에 쌓인 울분과 통곡을 토해 냈다.

「빵집 할멈이었어요······.」그는 다시 입을 열었지만 목소리가 잠기는 바람에 코를 풀어야만 했다. (인간은 참 묘한 동물이다. 그 작고 붉은 코를 푸는 소리가 너무나 우스워서 나는 웃음을 참느라 애를 먹었다. 하지만 가슴은 더없이 먹먹했다.)「그 할멈이 글쎄 아침 7시에 우리 집 문을 마구 두드렸어요! 그녀가 반복해 소리쳤죠. 〈방드레스 씨! 방드레스 씨! 그들이 끌고 가요!〉 내가 외쳤어요. 〈누굴요?〉 하지만 그녀의 대답을 들을 필요조차 없었죠. 난 침대에서 벌떡 일어났어요. 아직 날이 밝지 않아 어두웠죠. 아무리 급해도 옷은 챙겨 입어야 했어요!」 마치 내가 그것을 비난할까 봐 두려운 듯 그가 말했다. 그의 눈길이 좌우로 움직이다가 고대풍의 여인 셋이 잠들어 있는 수베르비[8]의 작은 그림에 가서 멈췄다. 영원에 가 닿는, 죽음처럼 안락해 보이는 평온이 순수한 그림의 선에서 뿜어져 나왔다. 방드레스는 그림을 쳐다보았다(틀림없이 눈에 들어오지 않았을 테지만). 그의 입술이 높은 콧수염 아래서 부들부들 떨렸다. 시공을 초월하는 그 평온이 번뇌하는 그의 가슴에 위안으로 오는지, 아니면 더 큰 고통으로 오는지 생각해 보고 있는 것 같았다.

「당연히 난 너무 늦게 도착했어요.」 그가 입을 열었다. 「아이들은 이미 아무도 모르는 곳으로 끌려가고 없었어요. 그리고 애들 엄마는…….」 그가 이상한 소리를 냈다. 울음으로 가득한 웃음과 억눌린 외침의 작은 조각들이 내 가슴에 날아와 박혔다. 「그녀가 울부짖었어요. 그들은 조용히 하라며 주먹으로 그녀의 얼굴을 때렸죠. 내가 소리를 지르며 달려들었어요. 하지만……」 그가 턱을 들어 피멍이 든 상처를 보여 주었다. 「……난 보도 가장자리에서 정신을 차렸어요. 차들은

---

[8] Jean Souverbie(1891~1981). 프랑스의 화가로, 현대적인 기법의 누드화와 정물화를 주로 그렸다.

이미 떠나고 없었죠. 여드름이 난 갈색 머리 꼬마 녀석이 킬킬대며 말했어요. 〈어디 한번 해보라기에 해봤어요.〉 그 녀석이 독일어로 뭐라고 덧붙이자, 함께 온 독일군 두 명도 킬킬대며 웃었어요. 그들은 나를 거기 버려 두고 가버렸어요. 사람들이 날 일으켜 약국으로 데려갔죠. 그들은 아무 말도 하지 않았어요. 모두 입을 다물고 있었어요.」

갑자기, 어디든 앉아야 할 만큼 그는 지쳐 보였다. 편안한 휴식을 받아들일 수 없다는 듯, 그는 내 안락의자 끝에 걸터앉았다.

「당연히 난 베르묑 전우회로 달려갔죠. 당연히 아무도 없었어요. 당연히 투르니에도 없었고요. 〈여행 중이세요. 돌아오시면 연락드릴게요.〉 난 말했어요. 〈회장을 뵙고 싶소.〉 사람들이 눈을 휘둥그레 뜨고 날 쳐다봤어요. 〈회장이요?〉 난 말했어요. 아니, 소리쳤어요. 〈그래, 회장! 회장 나오라고 해!〉 난 회장이 누구인지 까맣게 잊고 있었어요. 페탱이 회장이라는 걸 잊고 있었어요. 나중에야 기억해 냈죠. 난 계속 소리를 질러 댔어요. 누가 됐든, 책임자를 만나고 싶다고 말했어요. 그들은 날 방으로 데려갔어요. 그러고는 30분인지 1시간인지 모르겠지만 아무튼 기다리라고 했어요. 난 모조리 부숴 버리고 싶었어요. 마침내 어떤 작자가 왔어요. 그는 난처한, 정중하지만 아주 난처한 표정을 짓고 있었어요. 내가 서류를 꺼냈어요. 아마 말을 더듬었던 것 같아요. 그가 말했죠. 〈예, 저도 압니다. 투르니에 씨한테 들었어요.〉 그가 안됐다는 표정으로 두 손을 들어 보였어요. 〈어떻게 해볼 도리가 없습니다.〉

내가 다시 소리를 지르기 시작하자 그는 〈쉿…… 쉿……〉거렸어요. 그리고 마침내는 서류를 꺼내 보여 줬어요. 난 정신이 혼미해서 이해할 수가 없었어요. 그가 설명을 해줬지만 이해할 수 없었어요. 〈보세요. 우리도 어떻게 해볼 도리가 없습니다.〉 그의 손가락이 계속 같은 문장을 가리켰지만, 그 낱말들은 내 머릿속으로 들어오지 않았어요. 〈아래 명기된 법률에 따라, 유대 종족에 속하는 전우회 회원은 합법적으로 제명될 것이다. 따라서 그들은 더 이상……〉 마침내 난 그 문장이 뜻하는 게 무엇인지 이해했어요. 난 서명을, 회장의 서명을 보기 위해 서류를 뒤집었어요. 서명이 거기 있었어요. 그게 거기 있었어요.」 그가 소리쳤다. 「그게 거기 있었어요!」 그러고는 갑자기 침울한 목소리로 말했다. 「이렇게 된 거예요.」 그리고 반복했다. 「이렇게. 이렇게.」 그는 나를 향해 입이 뒤틀린 가엾은 얼굴을 들었다. 그리고 페탱을 보듯 나를 노려보며 얼굴에 대고 마지막으로 소리쳤다. 「이렇게!」 그의 어깨가 다시 떨어졌고, 그의 주먹이 눈언저리를 짓눌렀다. 그가 실컷 울 수 있도록 나는 창가로 자리를 피해 주었다.

*

나는 아주 난처했다. 저주스러운 내 신중함이란! 하지만 내가 용케 살아남을 수 있었던 것은, 그리고 내 주변의 누구도 체포되지 않았던 것은, 분명히 그 철두철미한 신중함 덕분이었다. 난처했지만 그에게 말해야만 했다. 나는 그가 코를 풀고 눈물을 닦을 때까지 기다렸다. 그리고 입을 열었다.

「가엾은 양반. 미안하지만 안 되겠어요.」

그가 물었다.

「뭐가요?」

내가 대답했다.

「전단이오. 전단을 인쇄하는 건 불가능해요. 잘 알고 있겠지만, 당신은 그들에게 이미 찍혔어요. 그들은 당신을 가만 내버려 두지 않을 겁니다. 그건 당신에게, 나에게, 우리 모두에게 너무 위험해요.」

그는 나를 잠시 쳐다보다가 일어섰다. 묘한 표정을 짓고 있었다. 그에게서 처음 보는 표정이었다. 맙소사, 난 나의 방드레스를 알아볼 수 없었다. 그는 차분하게 말했다.

「좋아요. 괜찮아요, 알아들었으니. 다른 데 가서 알아볼게요. 다코스타의 친구들한테 가볼게요.」

나로서도 이번에는 웃지 않을 수가 없었다.

「다코스타의 친구들이오, 방드레스? 그 볼셰비키들한테요?」

그는 미소 짓지도, 웃지도 않았다. 그가 말했다.

「그래요, 그 볼셰비키들한테요. 코닌크를 만나러 갈 거예요.」

내가 웃음을 거두고 잘라 말했다. 「안 돼요!」

「왜요?」 그가 물었다.

그는 이미 문턱에 서 있었다.

「이리 와요. 당신은 코닌크도, 다른 어느 누구도 만날 수 없어요. 코닌크는 감옥에 갇혔어요.」

잠시 침묵이 흘렀다. 그가 천천히 말했다.

「코닌크가 감옥에 갇혔어요?」

「그래요. 오래전에. 석 달도 더 됐어요.」

「석 달······. 하지만 다코스타는······.」

「당연히 아무 말도 안 했겠죠.」 내가 부드럽게 말했다. 「그때는 당신에게 말할 수가 없었을 거예요.」

그의 얼굴이 해쓱해졌다. 그는 믿을 수 없이 불행해 보였다. 나는 생각했다. 〈이것 참, 할 수 없지 뭐. 방법을, 묘책을, 뭔가를 찾아봐야겠어.〉

「그래도 너무 애태우지 말아요. 나 몰라라 하지 않을 테니.」 내가 큰 소리로 말했다. 「집으로 돌아가서 기다리고 있어요. 내가 사람을 보낼게요. 약속할게요. 제발 그사이 허튼 짓은 하지 말아요.」

나는 나 자신에게 (변명처럼) 말했다. 〈그래, 아무래도 그를 내 조직에 두는 편이 낫겠어.〉

*

필요와 정황이 아이디어를 떠올리게도 한다. 나는 곧 크게 위험하지 않아 방드레스에게 적합한 〈묘책〉을 찾아냈다. 그것은 다름 아닌 부고(訃告)였다. 친구들에게 말하자, 모두 그 기발한 아이디어를 무척 재미있어했다. 게다가 그 묘책에는 전단이 무난하게 배포되리라는 확신(서신 검열관들이 하루에 수만 통씩 발송되는 부고를 어떻게 일일이 확인할 수 있겠는가?)과 전단이 창고에 보관될 몇 달(전단은 그 후에야 배포될 터였다) 동안 방드레스가 아무 위험 없이 인쇄할 수 있는 가능성 등, 여러 가지 장점이 있었다. 우리는 서른 가지 견본을 준비했다. 하나같이 큰 활자로 이름이 인쇄되어 있었고, 그 아래 작은 활자로 우리가 전하고자 하는 내용이……. 우리는 그 작업을 하면서 실컷 웃었다. 내 우려대로 그들은 석 달 동안 방드레스의 인쇄소를 두 차례나 수색했다. 그들은 아무것도 찾아내지 못했다. 부고 꾸러미 여러 개가 진짜와 가짜가 섞인 채 쌓여 있었지만, 그것을 읽어 볼 엉뚱한 생각을 품은 사람은 아무도 없었다.

석 달이 지나 서른 가지 견본이 각각 수만 통씩 인쇄되었을 때, 나는 방드레스에게 우리가 그것들을 배포하는 몇 주 동안 입 다물고 가만히 있으라고 단단히 일러두었다. 그리고 곧 다른 일거리를 주겠다고 약속했다. 탄로 날 염려는 전혀 없었다.

연락책 라비슈가 조직 안팎에서 일어난 사건들을 보고하기 위해 매일 나를 찾아왔다. 어느 날, 보고하던 중에 그가 말했다. 「아, 방드레스 말이죠.」 내가 물었다. 「그가 왜?」 「체포됐어요.」

내 가슴이 옥죄어 왔다. 나는 곧장 파아르스를 떠올렸다. 「밀고?」

「그럴 가능성이 커요. 하지만 제 생각엔 그가 바보짓을 한 것 같아요. 부고 꾸러미를 가지러 갔던 사람들 말로는, 그가 이것저것 캐물었대요. 정체를 알 수 없는 집단과 관계를 맺었던 것 같아요. 그제 그들이 가택 수색을 했어요. 게슈타포가……. 바보처럼. 벌써 세 번째였는데, 조심을 했어야지……. 가게는 전단으로 가득했대요.」

「우리 전단 말고?」 내가 깜짝 놀라 외쳤다.

「예, 우리 것 말고요.」

그는 세 번이나 다른 감옥으로 이송되었지만, 우리는 그가 있는 곳을 찾아내는 데 성공했다. 당연히 나도 거처를 옮겨야만 했다. 탐조등과 차가운 물을 조심해야 했으니까.

하지만 그는 끝내 입을 열지 않았다. 우리는 그들이 그를 고문했다는 사실을 알고 있었다. 그는 짧은 메모를 전달하는 데 성공했다. 〈현인(그건 나였다)에게 안심하라고 전해 줘요. 끝까지 입을 열지 않았으니까. 탐조등은 농담이었나 봐요. 그런 말은 없었거든요. 차가운 물은, 다행히도 금방 정신을 잃고 말았어요. 그들이 발로 내 손가락을 짓이겼어요. 지금 손톱이 빠지고 있어요.〉

그는 일곱 달 동안 파리 인근 프렌 교도소에 갇혀 있다가 독일로 이송되었다.

1944년과 1945년, 두 차례 그의 소식을 접했다. 그리고 4월에 동지들이 마지막으로 그를 목격했다. 수감자들이 열을 지어 수용소에서 나왔다. 무서울 정도로 야윈 그는 힘겹게 걸음을 옮겼다.

그 후로는 아무 소식도 없었다. 가련한 그의 시신은 아마 독일의 어느 길가 구덩이에 묻혀 있을 것이다.

다코스타 부인은 아우슈비츠 가스실에서 살해당했다. 아이들에 대해서는 아무 소식도 없었지만, 틀림없이 죽었을 것이다.

나는 아이들 아버지에 대해서도 아는 바가 없다. 들리는 말로는 카시노 수도원 앞에서 체포되었다고 한다. 그를 다시 만나는 생각만 해도 나는 소름이 끼친다. 그래서 가끔 그가 돌아오지 않기를 바라기도 한다. 나는 어떤 일들에 대해서는 아주 비겁하다.

방드레스의 인쇄소는 그가 체포된 후에, 술에 절어 사는 한 늙은 식자공의 손에 넘어갔다. 그는 묘하게 생긴 견습공, 머리가 지나치게 크고 도통 말이 없다가 갑작스레 분노를 폭발시켜 이웃들을 질겁하게 만드는 소년을 데리고 일한다.

파아르스는 해방 후 체포되어 사흘 동안 구금되어 있었다. 하지만 영향력 있는 사람들이 보증인을 자처한 덕에 풀려났다. 1943년 말 이후로 그가 몇몇 조직에 막대한 자금을 댔던 것이다. 게다가 그는 전기 분해 구리와 관련한 문제라면 뭐든지 알고 있었다. 사람들은 그 없이는 곤란할 거라고 말했다. 그는 지금 조달청을 쥐락펴락하는 거물이 되어 있다.

1945년 8월

별을 향한 행진

I
신앙과 빛

광기보다 더 먼 곳까지 우리를 이끄는 것이 있다.
그것은 이성이다.
그런데, 가장 먼저 신의 왕국과
정의를 찾는 것보다 더 이성적인 것이 뭐가 있겠는가?

— 폴 클로델(생루이)

이 글이 전하는 삶을 살았던 사람을 기리며

> 자기 자리를 찾는 방법은 단 한 가지뿐이다.
> 말 그대로 한 발짝도 움직일 수 없는 곳에 도달하는 것이다.
> ― 폴 클로델(생루이)

대부분의 경우 사랑은 처참한 최후를 맞아 소멸하고 만다. 가끔은 죽임을 당하기도 한다. 그때 그 죽음은 우리의 폐부를 찌른다. 질투의 흉포한 타격 아래 스러진 오셀로의 사랑이 그렇다. 오, 숙명적인 오해. 데스데모나를 비난하다니! 가슴이 아려 오고 반항심이 울컥 치솟는다.

토마에게 죄를 지은 자는 누구일까? 그의 사랑과 생명을 난자한 자는? 만신창이가 된 영혼으로 죽음과 마주하게 만든 자는? 프랑스를 비난해야 할까? 오! 천만에. 오! 천만에. 그것은 거짓이다. 그렇다, 그 역시 끔찍한 오해였다. 그 생각을 하면 눈물이 솟구친다. 연민이 아니라 분노의 눈물이.

그를 처음 알았을 때, 나는 아직 어린 꼬마였다. 그는 아득한 과거의 일부로 내 추억들과 뒤섞여 있다. 이 이야기를 이루는 내용, 나는 그것을 세월과 함께 조각조각 알게 되었다. 나는 그 모든 것을 끌어모아야만 했다. 그리고 너무나 잘 알고 있는 사람을 묘사하는 것보다 어려운 일은 없다는 것을 깨달았다. 어디서부터 시작해야 할까?

사람들이 흔히 연대기라 부르는 쉬운 길을 좇아야 할까? 그것은 기댈 만한 방법이긴 하지만 예술성이 없다. 그런데, 이 이야기가 과연 예술일까? 제발 그것만은 아니기를!

이야기는 머나먼 곳에서 시작된다. 내가 알고 있는 내용은 빈약하다. 우선 개종(改宗)이, 주교의 자리에 오른 조상이 있었다. 야심만만한 그에게 신교도 가족들은 껄끄러운 존재였다. 뮤리츠 집안으로 하여금 고향 보주의 수정 가공소를 떠나 보헤미아에 정착하게 만든, 은근하고 집요한 압력은 쉽게 상상할 수 있다. 주교의 조카는 그곳에서 브륀 지방 출신의 한 처녀와 결혼해 터전을 잡는다. 1860년경, 그의 증손자 중 하나가 프레스부르크[1]에서 부유한 선주로 위세를 떨친다. 그의 고객들이 다뉴브 강을 누비고 다닌다. 머나먼 프랑스는 이제 까맣게 잊힌 것만 같다. 여자들은 독일어와 체코어, 혹은 헝가리어나 슬로바키아어를 한다. 그렇지만 대대로 남자들은 다른 언어들과 더불어 프랑스어도 배운다. 선주는 슬하에 아들 하나와 딸 여섯을 두었다. 딸들은 슬로바키아어와 독일어를 하지만, 외아들은 전통에 따라 프랑스어도 익힌다. 그의 이름은 토마다.

1878년 토마가 열두 살일 때, 아버지가 사망한다. 여자만 무려 일곱인 뮤리츠 가족은 힘든 시기를 보낸다. 어머니는

---

[1] 현재 슬로바키아의 브라티슬라바.

프레스부르크에 있는 모든 것을 정리해, 빠듯하게 살아갈 각오를 하고 데빈의 한 낡은 고택에 정착한다. 딸들이 시집을 가기 시작한다. 선박 사업을 인수한 것은 토마의 삼촌이다. 토마가 공부를 마치면 뒤를 봐주기로 하고. 그러나 데빈의 낡은 고택이 토마의 운명을 바꿔 놓는다.

낡은 고택? 아니, 운명을 바꿔 놓은 건 그 방이다. 남서향의 높은 창문들을 통해 비치는 석양에 장정들의 가죽이 금빛으로 번쩍이는 원형의 방. 바로 그곳에서 이야기가 시작된다. 토마 뮤리츠의 마음을 온통 사로잡고, 끔찍한 고통 속에서 생명과 함께 비로소 그를 떠난, 집요한 열정과 끝없는 사랑이 탄생한 곳이 바로 거기다.

*

뮤리츠 부인은 주로 그곳, 책으로 뒤덮인 서가들 사이에서 토마를 발견했다. 그녀는 짐짓 화난 척했지만 속으로는 기뻐했다. 정작 자신은 책을 거의 읽지 않았지만 아들이 그 열정에 빠져드는 것을 기특해했다. 그 악덕이 아들과 자신을 그렇게 빨리 헤어지게 하리라고는 상상하지 못했으니까.

서재의 반은 독일어 책, 반은 프랑스어 책으로 채워져 있었다. 토마는 어느 책이건 어려움 없이 읽어 냈다. 그의 삼촌이 내게 말해 주었다. 「도기 난로 앞에 배를 깔고 엎드려 늘 책을 읽었어.」 그가 근 반세기가 지난 후까지 기억하고 있는 토마의 모습이었다. 체코 정부는 화물 수송 문제를 논의하기 위해 토마의 삼촌을 프랑스로 파견했다. 그가 프랑스에 발을 들여놓은 건 전쟁 이후 처음이었다. 나는 전문가 같은 표정으로 코냑(내가 기른 포도로 만든)을 홀짝거리는 그를 바라보았다. 「내가 그 아이 엄마를 만나러 갈 때마다 늘 그랬다네. 매일 그렇게 배를 깔고 엎드려 책을 읽고 있었지. 다른 모습을 본 적도 있었겠지만 다 잊어버렸어.」 그의 다른 쪽 손, 포동포동한 작은 손이 짧고 섬세한 동작으로 그 망각을 표현했다. 그의 몸에서 표정을 갖고 있는 건 손뿐이었다. 그 큰 얼굴, 늙어 등이 굽은 몸에 비해 지나치게 커 보이는 얼굴은 늘 잠들어 있는 것 같았다. 그가 부처처럼 자비롭게 웃었다.

「그 아이에게 그런 문인 취향이 있다는 게 재미있지 않나? (그는 느리지만 많은 말을 했고, 서툰 프랑스어 발음을 조금도 창피해하지 않았다.) 환갑을 바라보는 지금도 알렉상드르 뒤마를 즐겨 읽는다는 게? 하지만 내 생각에, 자넨 아마 이해할 수 없을 걸세.」 무거운 눈꺼풀 뒤로 그의 굵은 눈망울이 나를 비꼬듯 응시하는 것 같았다. 「뒤마? 흥! ……뒤마가 아니야. 그건…… 그건…… 〈프랑스〉야!」 그가 잔을 마저 비우고 눈을 감은 채 마지막 한 방울의 맛을 음미했다. 「그 아이는 프랑스에 순정을 품었고, 그걸 지금도 간직하고 있지. 일편단심을 비웃어서는 안 되네.」 그가 진지하게 말하고는 무거운 눈길로 나를 바라보았다. 「알겠나. 당시에는 나도 몰랐어……. 그 아이가 읽는 게 알렉상드르 뒤마가 아니라…… 그러니까…… 프랑스 역사라는 걸 단번에 깨닫진 못했지. 당시 데빈에는 티에르[2]의 『프랑스 혁명사』말고는 프랑스사가 없었네. 당시 그 아이는 열세 살이었어. 하지만······.」 그가 손가락을 세 개만 들어 보였다. 그것만으로도 나는 금세 그가 다른 주제로 넘어가리라는 것을 알아차렸다. 「당신네 프랑스 사람들은 당연히 뵐뢰니를 모르겠지······. 산도르 퍼르커시 뵐뢰니[3] 말이야. 그는 자유를 찾아······ 그러니까······.」 그는 생각을 고쳐먹는 듯했다. 그리고 입술로 물고기가 거품을 내뿜는 소리를 냈다. 「그 아이에게 그 책을 읽어 보라고 준 사람이 나라는 걸 생각하면! ······그 뵐뢰니가 자유를 찾아 그것이 있는 곳으로 떠났거든. 떠났다고. 이해하겠나?」 그가 웃었다. 표정 변화는 전혀 없이 배만 크게 요동쳤다. 「질베르 역시 떠났지, 뒤마의 소설 『조셉 발사모』에서. 기억나나? 모험을 즐기는 멋진 질베르······. 그 역시 걸어서 파리로 떠났지.」 그가 오동통한 검지를 내게 겨눈 채 자신의 말에 박자를 맞춰 까딱거렸다. 「떠났어, 걸어서, 파리로······. 물론 그걸로 충분하지는 않았을 거야. 그런데 위고가 있었어. 위고가! ······도기 난로 앞에 배를 깔고 엎드려 날마다 위고를, 알렉상드르 뒤마를, 발자크를, 외젠 쉬를 탐독했다네! 그야말로 닥치는 대로 읽었지······. 자네는 그랬지. 〈재미있게도 그는 문학을 뒤죽박죽으로 좋아해요〉라고. 우선 그건 뒤죽박죽이 아닐세. 왜냐하면 그 아이 나름대로 그 이름들을······ 프랑스 말로 뭐라고 하더라? ······그

---

2 Louis-Adolphe Thiers(1797~1877). 프랑스 정치인이자 역사가로, 제3공화국 초대 대통령을 역임했다.
3 Sándor Farkas Bölöni(1795~1842). 헝가리의 작가. 저서 『북미 여행』을 통해 미국을 지상 천국으로 묘사하고 독립 혁명을 찬양했다.

래, 서열화했으니까. 하지만…… 무엇보다 자네가 그의 어린 시절을, 그의 열정을 몰라서 그래……『파리의 비밀』……[4] 프랑스, 정의, 자유……. 알겠나? 다뉴브의 어린아이에게 그것들은 가슴에 불을 지르는 말들이었다네! 그는 결코 잊지 않았어. 누구보다 신념이 있는 아이였으니까……」 그가 갑자기 진짜 웃음을 터뜨렸다. 두 눈은 번뜩였다. 「이것도, 자넨 이것도 모를 거야. 〈퐁데자르의 고아〉[5]라는 독일 시 말이야……. 지은이가 누군지는 잊어버렸어. 아마 그릴파르처[6]일 거야. 토마에게 물어보게. 아마 처음부터 끝까지 토시 하나 틀리지 않고 암송해 줄 테니……」 그는 큰 기쁨의 표시로 활달하고 짧은 동작으로 무릎을 비볐다. 「예술의 다리! ……아들 녀석이 같은 책을 반복해 읽으면 조심하게. 뭔가 꾸미고 있는 게 분명하니까. 그때는 나도 아직 젊어서 몰랐지. 심지어는 그 아이가 어느 날(누이들과 심하게 다퉜던 날인 것 같아) 나에게 이렇게 물었을 때조차. 〈벨라 삼촌, 저도 약간은 프랑스인이죠? 안 그래요?〉 나는 너털웃음을 터뜨리며 대답했네. 〈그래, 약간이 아니라 많이 프랑스인이지. 내가 터키인인 것만큼. 내 할머니의 할머니의 할머니가 우스쿠브[7] 출신이니까 말이야. 그러니까 넌 프랑스인, 난 터키인인 셈이지.〉 그 아이는 웃지도, 화를 내지도 않은 채 말했네. 〈그래도 전 약간은 프랑스인

---

4 외젠 쉬의 소설.
5 퐁데자르 *Pont des Arts*는 〈예술의 다리〉라는 뜻이다.
6 Franz Grillparzer(1791~1872). 19세기 오스트리아의 작가.
7 마케도니아의 수도 스코페의 옛 이름.

이에요〉라고. 그러고는 난롯가로 되돌아갔지…….

남자들은 누구나 언젠가는 뭔가에 큰 열정을 품게 돼. 나도…… 지금은 볼품없는 영감탱이에 불과하지만…… 한때는 여자들을……. 그래, 여자에 푹 빠진 적이 한두 번이 아니었지…….」 그는 갑자기 옆얼굴을 보이고 나른한 손가락으로 귀 근처를 어루만졌다. 가늘고 흰 흉터가 희끗희끗한 머리카락 속을 달리고 있었다. 「실패했지만…… 아마도 약간은 고의였을지도 몰라. 하지만 그래도…… 토마는, 적어도 그 나이에는 여자가 아니었어. 그 아이의 열정은…… (그가 옹색한 동작으로 통통한 검지를 내 가슴을 향해 뻗었다.) 당신들이었어. 당신네 프랑스인들.」 그의 배가 또다시 소리 없는 웃음으로 들썩였다. 「당신네들한테 그럴 만한 자격이 있을까? 다뉴브 강 이쪽과 저쪽의 대답이 다르겠지. 트리아농 조약[8] 때문에 말이야……. 하지만 당시에는…… 어쨌거나 그랬어. 그 아이는 당신네 프랑스인들에게 푹 빠져 있었어. 난 그냥 웃고 말았지. 그 아이 엄마도 그랬고. 그 아이가 위고의 시를 암송했을 때도 그랬어. 뭔가 심상치 않았는데도 우린 웃기만 했지.」

그는 다시 한 번 되뇌었다. 「그냥 웃고 말았어.」 그러고는 코끼리처럼 느리게 무거운 눈꺼풀을 들었다. 「어쩔 수 없는 일이었을까?」 그가 덧붙이는 동안, 나는 그 두툼한 눈두덩

---

8 1920년 헝가리와 연합국이 제1차 세계 대전의 종결에 합의한 조약. 프랑스의 트리아농 궁전에서 맺은 이 조약으로 헝가리는 독립을 인정받는 대신 체코슬로바키아, 유고슬라비아, 루마니아에 영토를 나눠 주기로 했다.

사이로 악의 없는 조롱의 빛이 스쳐 지나가는 것을 보았다.

*

토마의 열에 들뜬 몽상을 결심의 씨앗 비슷한 뭔가로 변모시킨 것은, 아마 그가 열여섯 살이 거의 다 되었을 무렵 데빈의 낡은 고택에서 어머니와 삼촌이 그의 장래에 대해 합의를 본 때였을 것이다. 그게 얼마나 잔인한 일인지 인식하지 못한 채 그들이 그의 운명을 결정짓는 동안, 그는 유리창에 이마를 기대고 절벽 아래를 바라보았다. 모라바 강이 다뉴브 강, 장차 그의 삶의 무대가 될 바로 그 다뉴브 강의 흙탕물에 자신의 푸른 물을 들여보내기 위해 힘겨운 시도를 거듭하는 것을. 무시무시한 다뉴브! 아! 그는 그 강을 사랑했다. 〈왜 넌 프랑스에서 흘러오지 않는 거니?〉 그는 생각했다. 적어도 가끔이나마 그 유명한 서구의 나라에서 삼색기를 휘날리며 오는 짐배나 예선을 볼 수 있다면! 하지만 눈에 띄는 것이라고는, 오로지 오스트리아와 독일의 깃발뿐이었다. 그리고 가끔 약이라도 올리듯 푸른색과 붉은색 사이에 노란색 띠를 끼운 루마니아 깃발도…….[9]

사촌 라찌의 죽음도 그의 결심에 한몫을 했다. 사실 토마는 그를 전혀 좋아하지 않았다. 부다페스트 사관 학교 생도였던 라찌의 자존심은 교량 책임자였던 자신의 아버지, 그 거만하기 짝이 없는 세체니 왕실 고문 외에는 감히 겨룰 자

---

[9] 프랑스 삼색기에는 푸른색과 붉은색 사이에 흰색 띠가 있다.

가 없었다. 그는 사관 학교 생도가 아닌 자에게는 눈길을 줄 가치조차 없다고 생각했다. 어느 날, 문을 지나다가 한 동료가 그를 밀쳤다. 라찌는 사과를 요구했다. 사과? 슬로바키아 사람한테? 동료는 그의 발에 침을 뱉었다. 라찌는 장갑을 벗어던지고 결투를 청했다. 상대방은 그의 장갑을 거들떠보지도 않았다. 주변을 둘러보며 증인을 찾았지만 다들 눈길을 피했다. 다른 슬로바키아 출신 생도들조차. 격분한 라찌는 주변에서 맥 빠진 저항을, 그리고 자신의 발이 혼란스러운 뭔가에, 내리깐 눈과 거북한 웃음의 불가사의 속으로 빨려 들어가는 것을 느꼈다. 결국 한 동료가 작심을 했다. 그리고 사관 학교에서 그를 제외한 모두가 아는 사실, 왕의 조언자인 아버지가 어리석은 허영심으로 그에게 숨겨 온 사실, 다시 말해 신앙심 깊은 그의 어머니 라디슬라스 세체니가 유대인이라는 사실을 라찌에게 귀띔해 주었다.

사관 학교 생도 세체니가 유대인의 자식이라니! 동료들을 본받아 유대인을 거리에 떠도는 비렁뱅이 개보다도 멸시했던 그가, 기차에서 좌석을 차지하기 위해 유대인들을 일어나게 만들었던 그가! 밤새 참혹한 고통에 시달렸을 어느 날 새벽, 그는 침실에서 목을 맨 모습으로 발견되었다.

삼촌의 비서는 토마에게 그 모든 이야기를 귓속말로 들려주었다. 토마는 충격을 받아 말 그대로 앓아눕고 말았다. 뭐라고! 미개인들 같으니! 자유로운 사람들의 나라, 눈부시고 관대하고 지적이고, 그리고 공정한 프랑스가 지척에 있는데, 이 덜떨어진 나라에서, 겉만 번지르르한 야만인들 사이에서 평생을 보내야 한다니!

 사람들은 아마 토마의 결정을 홧김에 내린 것으로 치부하고 싶어 할 것이다. 내 생각에 그 판단은 틀렸다. 우선, 그 결정은 순간적인 충동이 아니라 사랑에 의해 내려진 것이다. 한 소년이 계획을 세워 몇 달 동안 한 푼 두 푼 모을 때, 그리고 (전날 밤까지 결정을 내리지 못했다 하더라도) 그 계획을 마침내 실행에 옮길 때, 홧김에 저지른 일이라고 말할 수는 없을 것이다. 지혜와 이성과 결단으로 이끌어 온 누군가의 전 생애가 어떤 행위의 엄정한 결과일 때, 그 행위는 아무리 경솔해 보일지라도 이성적인 결정의 산물일 가능성이 크다.

 토마 뮈리츠는 그날 밤 바로 짐을 꾸렸고, 새벽에는 다뉴브 강 너머, 비엔나로 향하는 길을 걷고 있었다. 프랑스로 가는 가장 빠른 길이 아니라 바그람[10]을 거쳐 가는, 북쪽으로 약간 치우친 길이었다. 바그람에서 하룻밤을 보내기를 그는 늘 꿈꾸어 왔다……

 오! 그는 무작정 길을 나선 게 아니었다. 전혀 아니었다. 그는 몇 달 전부터 여정을, 여행 구간과 예산을 연구했다. 예산은 빠듯했다. 기차 여행은 엄두도 못 낼 만큼. 잠은 곳간에서 자고(5월이라 날씨가 따뜻했다) 마을에서 산 약간의 빵, 햄이나 소시지, 과일로 끼니로 때울 작정이었다. 약간의 쌈짓돈으로 일단 트루아까지 가는 게 목표였다. 그런 다음 최

---

[10] Wagram. 나폴레옹이 오스트리아군과 싸워 승리를 거둔 곳이다.

종적으로 그곳에서 기차를 탈 심산이었다.

 길의 먼지와 산의 안개와 하루가 끝날 무렵의 끔찍한 피로는 받아들일 수 있어도, 억센 비와 세찬 바람과 정오의 뙤약볕과 뻣뻣한 신발 속에서 피가 흐르는 발과 맨땅에 누워 지새우는 밤과 땀과 갈증은 받아들일 수 있어도, 적어도 여행의 종착지로 지정한 곳에 지친 다리를 이끌고 도착하는 것은 받아들일 수 없었으니까. 배고픔은 중요하지 않았다. 하지만 말끔하고 생기발랄한 상태로 도착해야만 했다! 왜냐하면 무엇보다 목적지가 프랑스였으니까. 더 구체적으로 말하면, 파리였으니까. 그보다 더 구체적으로 말하면, 그의 생각을 사로잡고 그의 꿈에 자양을 제공했으며 그의 영혼을 열광케 했던, 세상에 단 하나뿐인 위대한 그곳, 〈예술의 다리〉였으니까.

 여기서 빙긋이 웃는 사람들도 있을 것이다. 그가 행복과 휴식과 가정의 온기와 사랑하는 어머니(그는 그녀를 평생 사랑했다)와 쉽고 확실한 미래를 포기한 것이, 숱한 위험과 가혹한 피로와 이주의 불안(그는 비참한 신세가 되리라고는 생각하지 않았지만 타향살이의 고생을 예상하지 못할 정도로 어리석지는 않았다)을 무릅쓰고 무모한 여행을 감행한 것이, 고작 예술의 다리에 가기 위함이었다니……! 오! 물론 이런저런 직책을 맡아 책상에 앉은 채 딱히 경멸하지도 그렇다고 신뢰하지도 않는 사람들을 맞이하고, 스스로를 변호하고, 꾸미거나 에둘러 말하고, 1천 프랑짜리 지폐 몇 장을 위해 드잡이를 하느라 하루를 보낸 당신은 빙긋이 웃을 수도 있다. 하지만 난 그럴 수 없다. 왜냐하면 나는 그 불균형에 따라 사랑을 가늠하기 때문이다. 그리고 사랑은 나를 빙긋이 웃게 만들지 않는다. 더군다나 한 아이의 사랑은.

어린아이는 무서울 정도로 진지하다는 사실을 잊어서는 안 된다. 어린아이는 자신의 전 존재를 건다. 심각하고 성숙한 어른인 우리는? 우리는 무엇에 우리의 전 존재를 걸 각오가 되어 있는가? 우리 어른들은 소중한 몸뚱어리에 지나치게 집착한다. 이미 보지 않았는가. 번쩍이는 계급장을 단 부르주아들이 전투에 패한 그들의 부대를 방치한 채, 15마력짜리 자동차에 가족과 금고를 가득 싣고 꽁지가 빠져라 달아나는 것을. 그렇다, 예술의 다리에 대한 토마 뮈리츠의 막연한 동경은 날 빙긋이 웃게 만들지 않는다. 그보다는 내 가슴속에 뜨거운 애정을 불러일으킨다. 언젠가 나마저 빙긋이 웃게 되는 날은 오지 않기를. 이것이 내가 나 자신에게 바라는 바다.

그렇다, 소중한 그림자여. 순정을 바친 찬란한 나라를 향해 먼지 자욱한 길을 따라 고집스럽게 나아가는 당신을 상상하면 나는 늘 폐부를 찌르는 애정을 느끼게 된다. 너무 무거운 배낭이 어깨를 잡아당기면, 당신은 목을 앞으로 쑥 내민다. 서툰 손을 흔들고 연약한 발을 질질 끈다. 내가 당신을 알았을 때, 당신은 아직 어렸다. 아니, 이미 청년의 모습을 갖춰 가는, 하지만 더위와 행군을 견뎌 내지 못하는 약간은 느리고 서툰 소년이었다. 세상 그 무엇도 당신이 행군과 운동을 즐기는 날렵한 소년이었다고 믿게 할 수는 없을 것이다. 그리고 나는 그 길에서 피로에 절은 당신의 모습 외에는 상상할 수가 없다. 하루하루 힘겹게 그 고집스러운 행진을 이어가는 모습 외에는. 당신 입으로도 말한 적이 있다. 「정말 힘들었지.」 표현하기 어려울 때면 으레 그러하듯, 묘한 방식으로 말을 줄여 가며 당신이 이야기했다. 「정말 힘들었어. 하지만…… 위고가!」 그 이름이 모든 것을 이해하게 해주었다. 당신이 그 힘든 시련을 견뎌 낼 수 있었던 것은 기진맥진한 십자군과 성인들을 지탱해 주었던 것과 같은 것, 사랑과 믿음 덕분이었으니까.

그것은 꿈에 그리던 예루살렘의 찬란한 모습 덕분이기도 했다. 토마는 인간애와 역사가 살아 숨 쉬는 파리, 뒤마와 발자크와 외젠 쉬의 소설에 생생하게 그려진 그 건축물, 거리, 동네들에 완전히 매료되어 있었다.

*

〈머리로만 하는 사랑〉? 이런 같잖은 말로 날 괴롭히지 말기를. 선량한 사람들로 하여금 그리스도의 무덤을 향해 달려가게 한 그 사랑이 머리에서 나온 거라고? 세상 사람들이 프랑스를 사랑하는 방식은 그것과는 다른 거라고? 프랑스는 여느 나라와 똑같은 나라가 아니다. 프랑스는 자격이 있든 없든 단지 운이 좋아 대대로 그곳에 살았기 때문에 사랑하게 되는 그런 나라가 아니다. 우리가 프랑스를 사랑하는 건 짐승이 사육장에 대해, 게르만인이 자기 무리에 대해 가지는 것과 같은 애착 때문만은 아니다. 우리는 구세주에 대한 기독교도의 신앙으로 프랑스를 사랑한다. 날 이해하지 못한다면, 당신은 가엾은 사람이다.

그가 프랑스 국경에 도착할 때까지 겪은 일에 대해서는 나로서도 별로 아는 게 없다. 한 달 넘게 걸린 그 힘겨운 여정에 대해 내가 간직한 건 한 가지 단조로운 기억뿐이다. 그는 웃으며 그것을 〈별을 향한 행진〉이라 불렀다. 그리고 동방 박사들처럼, 그를 안내해 준 별 외에는 그 무엇에도 눈길을 줄 수 없었다고 덧붙였다. 「하지만 티롤은요?」 내가 외쳤다. 누구나 나만큼 그 산을 좋아할 거라고 생각했으니까. 그가 대답했다. 「그래, 그곳을 넘어 왔지. 산비탈은 올라갈 때나 내려올 때나 마찬가지로 힘이 든다네.」 그가 티롤에 대해 한 말은 이게 전부였다. 나는 놀라지 않을 수 없었다. 「중요한 건 도착하는 거였거든.」 그는 설명하려 애썼다. 「경치에 감탄하려면 멈춰 서야 하잖아. 모든 지체는 내 기쁨을 위험에 빠뜨렸을 거야.」 그의 미소가 단정하게 자른 짧은 턱수염을 환하게 밝혔다. 「난…… 난 충분한 돈을 가지고 프랑스에 도착해야만 했어. 웃지 말게나. 난 프랑스에서 보내는 첫날 밤을 침대에서…… 프랑스 침대에서 보내고 싶었네…….」

그는 해냈다. 그의 사랑이 요구하는 것을 그는 언제나 해냈다. 성(聖) 요한 축일에 그는 델에서 프랑스 국경을 넘었다. 그는 남은 돈을 환전해 세어 보았다. 40여 프랑. 모든 게 순조로웠다. 여관에서 식사다운 식사(길을 나선 후 처음으로!)를 하고 하룻밤을 보내는 데 3프랑을 쓸 작정이었다. 그건 길을 나설 때 스스로 다짐했던 일이다. 그런 다음 다시 돈을 아껴 가며 여행을 계속하기로. 그는 하루에 2프랑만으로 버틸 생각이었다. 그리고 트루아에서 기차를 탈 생각이었다. 그 역시 처음부터 다짐했던 일이다. 그러면 12프랑이 넘는 돈을 손에 쥔 채 파리에 도착하게 될 터였다. 그 정도 돈이면 여유를 가지고 낯선 상황에 대처할 수 있을 것 같았다.

하느님은 사랑에 빠진 사람들을 보호하고, 뜨거운 심장을 가진 사람들에게 보상을 준다. 그런데 어떤 사람들은 모든 것을 당연하게 여기고 그 보호와 보상을 알아차리지 못한다. 반대로 어떤 사람들은 그 모든 것을 자신의 분에 넘치는 황홀한 선물로 받아들인다. 토마는 그런 사람 중 하나였다. 그는 하루 종일 황홀해했다. 온화한 날씨, 넓고 평탄한 길, 녹음이 우거진 숲과 벌판. 그에게는 모든 것이 넉넉한 환대, 그가 프랑스에 기대한 넉넉한 환대의 표식 같았다. 그는 태양이 키 큰 포플러 너머로 저물었을 때 숙소를 잡았다. 그리고 그 여인숙 아래로 잔잔히 흐르는 강의 이름이 〈라 사부뢰즈〉[11]라는 사실에 황홀해했다. 여인숙에도, 계란을 무려 열두 개나 풀어 만든 오믈렛(프랑스 요리!)에도 황홀해했다. 그는 여인숙 주인이 놀란 눈으로 지켜보는 가운데, 식인귀의 식욕으로 그것을 모조리 먹어 치웠다. 온 식구가 나눠 먹어야 할 음식이 그렇게 사라지는 걸 뻔히 보면서도 주인은 아무 말도 하지 않았다. 그 사실을 알아차린 토마는 그의 후한 인심에 또 황홀해했다. 잠시 후 주인은 그를 더욱 황홀하게 만들었

---

11 *la savoureuse*. 프랑스어로 〈맛있는 것〉이라는 뜻이다.

다. 그 여인숙 주인과의 만남은 토마에게 평생 잊을 수 없는 추억으로 남은 게 분명했다.「그가 모든 걸 휩쓸어 버렸네. 체코인을 생각하면 늘 구레나룻으로 이어지는 금색 콧수염을 기른 카렐 삼촌의 얼굴이 떠올라. 바보 같지. 나도 잘 알아. 그건 체코인보다는 오스트리아인에 훨씬 가깝거든. 그런데 프랑스인을 생각하면 바로 그 얼굴이, 약간 피곤에 절은 그 선량한 빨간 머리 사내의 얼굴이 떠오른다네. 그 길고 붉은 코, 윗입술을 덮는 그 빨간 콧수염, 잔을 비운 다음 스펀지 소리를 내며 수염을 핥던 그 입이. 특히 몽상과 고집이 동시에 엿보이는 그 푸른 눈, 자유롭고 합리적이며 따지기 좋아하는 자유로운 존재의 온화한 눈이……」

여인숙 주인이 그에게 다가와 웃었다. 눈가에 자글자글한 주름이 잡혔다.

「이제 좀 살 것 같나? 배가 많이 고팠던 모양이네?」

토마는 그의 반말에 놀라지 않았다. 자신이 어려서 반말을 하는 게 아니라고 생각했으니까.[12] 토마가 진지하고 뜨거운 어조로 대답했다.

「그렇습니다, 시민.」

그러자 빨간 콧수염이 올라가며 뾰족하고 아주 흰 이가 환히 드러났다. 그가 긴 의자를 성큼 넘어 토마와 마주 앉았다.

「오스트리아에서 오는 길인가?」 그가 물었다.

---

12 이어지는 토마의 대답에서 알 수 있듯이, 당시 공화국 시민끼리는 말을 놓았다.

「모라비아에서요.」 토마가 대답했다.

「프랑스에는 오래 있을 예정인가?」

「영원히.」

여인숙 주인이 웃었다. 그러자 콧수염이 빗살처럼 갈라졌다. 그가 물었다.

「그곳에는 이제 가족이 없는 모양이지?」

「아뇨, 있어요. 어머니와 누이들이. 선주인 삼촌도 계세요. 그래서 왔어요.」

「그래서 오다니?」

「안 왔으면 프레스부르크에서 평생을 보내야 했을 테니까요.」

여인숙 주인의 얼굴에 갑자기 먹구름이 끼었다.

「도망쳐 온 거야?」

「프랑스는 자유로운 나라잖아요, 시민.」

콧수염은 더 이상 웃지 않았다. 푸른 눈이 불안이 묻어나는 묘한 눈길로 그를 뚫어져라 쳐다보았다. 〈의심할 여지가 없어. 머리를 굴리고 있는 거야.〉 토마는 생각했다. 그는 곧 헌병들 손에 넘겨져 가족에게 돌려보내지는 자신의 모습을 상상했다.

그런데 갑자기, 여인숙 주인이 외쳤다.

「빌어먹을, 자네 말이 백번 지당해! 그래, 프랑스는 자유로운 나라지. 암, 그렇고말고. 마리에트!」

어둠의 한 형태가 어둠에서 불쑥 튀어나왔다. 온통 검은 옷을 입은, 젊지도 예쁘지도 않은 한 형태가. 하지만 그 얼굴이 짓고 있는 표정만은 맑고 평온했다.

「여기 이 청년 보여? 아 글쎄, 다뉴브 강에서 왔대. 거기 다 놔두고. 어머니와 재산까지. 왜 그랬는지 알아? 프랑스가 자유로운 나라이기 때문이래.」

「그래서 잘했다고 등 두드려 주고 있는 거예요?」 아내가 차분하게 대꾸하고는 토마에게 말했다. 「젊은 총각, 내 말 믿고 어서 집으로 돌아가요.」

「하하!」 사내가 웃음을 터뜨렸다. 「내 말이 그 말이라니까. 여보게, 저 여편네 말 명심하게나.」

「자유로운 나라? 그렇게 말하기에는 아직 일러요. 적어도 10년! 저 철없는 남정네들에게 자유란 아직 새로운 장난감에 불과하니까.」 그녀가 고갯짓으로 여인숙 주인을 가리키며 말했다.

「마리에트!」 남편이 버럭 소리를 질렀다.

「부서지고 닳을 때까지 실컷 가지고 놀다가 싫증이 나면 팽개치는 게 장난감이에요. 그러니 공연히 말려들지 말아요, 낭패 보니까! 그건 이곳 남자들에게도 아주 위험해요. 저 양반이 〈자유의 나무〉 심는 걸 보여 준다며 내 어린 딸을 데려간 걸 생각하면……! 여섯 살도 채 안 된 내 티틴을!」

「그 애는 평생 기억할 거야.」 남자가 말했다.

「사방에서 노리는 것도 모르고 자유를 무슨 훈장처럼 흔들어 대는 걸 보면 몸서리가 쳐진다니까! 그러다 발 한번 삐끗하면 우르르 다 무너질 거야. 혹시라도 그때 거기 있지 말아요, 젊은 총각!」

「잘 들었지?」 남자가 일어서며 말했다. 「자넨 지금 〈신중〉의 목소리를 들은 거야. 자, 이제 내 말 좀 들어 봐. 저 여편네가 말하지 않은 것 하나를 말해 줄 테니. 그건 바로 정의야. 저 여편네는 그걸 잊고 있어······.」

「나 잊은 거 아무것도 없어요.」 그녀가 어둠 속으로 되돌아가며 말했다. 「불쌍한 양반. 정의는 무슨······!」

「······그걸 저 여편네는 잊고 있어. 그게 자유보다 먼저지. 정의를 위한 게 아니라면 자유가 무슨 소용이 있겠어? 그렇다고 우리 마누라를 욕하진 말게나. 괜찮은 여자니까. 단지 겁이 나서 그러는 거야. 험한 꼴을 많이 봤거든. 험한 꼴이야 나도 못지않게 봤지. 정의가 없었다면 아마 나도 똑같이 두려움에 떨었을 거야. 바로 그것 때문에 사나이는 두려워할 권리가 없어. 그래, 그건 여자들의 이야기가 아닐지도 몰라. 우리 사나이들이 풀어야 할 문제지. 난 자네가 오길 잘 했다고 생각하네. 왜냐하면 내가 보기에는, 아닌 게 아니라 바로 그 정의가 이 나라의 문제인 것 같거든. 내 생각에 프랑스는 정의를 지키는 병사라네. 우린 그 프랑스의 병사들이고. 그 병사는 아무리 많아도 충분하지 않을 거야. 자네가 그중 하나가 되기 위해 이곳에 왔다면 대환영일세.」

「전 그중 하나가 되기 위해 왔습니다.」 뜨거운 눈물이 솟구치는 것을 느끼며 토마가 말했다.

「그렇다면 오늘부터 자넨 우리 중 하나일세.」 여인숙 주인이 토마의 어깨를 움켜쥐고 선언하듯 말했다. 「언젠가 비탄에 빠지면 날 생각하게.」

*

〈자넨 우리 중 하나일세!〉 바로 이것이 그와 애길 나눈 첫 프랑스인이 해준 말이었다! 여인숙 주인의 말이 약간 과장되어 있다는 걸 감지했다 해도, 토마는 신경 쓰지 않았을 것이다. 바로 그 한마디 때문에. 그리고 나는…… 그렇다. 털어놓자면, 거창하게 과장된 말이라도 그것이 순박하고 정직한 마음에서 나온 것이면 나는 종종 감동을 받곤 한다. 그래도 부끄럽지 않다. 나는 그 여인숙 주인을 사랑한다. 다들 짐작하겠지만, 토마는 굳이 비탄에 빠질 때가 아니더라도 그를 자주 떠올렸다. 평생 잊지 않았다. 하지만 그날이 왔을 때, 토마가 죽음을 향해 걸어가면서 보았던 것이 그가 평생 잊지 않은 그 얼굴, 〈선량한 빨간 머리 사내〉의 얼굴이었음을 정황상 믿지 않을 수 없을 때, 형언할 수 없는 비탄을, 수치심을 느끼는 건 바로 나다.

트루아에서 탄 기차는 해가 질 무렵에야 역으로 들어왔다. 해는 이미 지평선 위에 낮게 깔려 있었고, 집들은 붉게 물든 여름 해의 금빛 광채로 은은하게 채색된 지붕 아래 꼭대기 층까지 어둠에 잠겨 있었다. 토마 뮈리츠는 시간을 낭비하지 않았다. 배가 고팠고, 바랑은 무거웠다. 식당과 호텔부터 찾아? 해는 기다려 주지 않을 터였다. 안 돼. 그는 결연하게 스트라스부르 대로로 접어들어(그는 파리 지도를 훤히 외우고 있었다) 세바스토폴 대로, 튀르비고 가, 레 알, 루브르 가를 따라 성큼성큼 걸어 내려갔다. 그리고 마침내 일몰과 동시에 여행의 종착지, 프레스부르크로부터 길의 먼지와 계곡의 추위와 산 정상의 돌풍과 움직이기 힘든 사지에 끊임없이 가해지는 고문을 버텨 내게 해준 희망의 목적지, 다양한 모습을 지닌 그의 사랑을 요약해 주는 대상, 〈예술의 다리〉에 도착했다. 그가 거기 와 있었다! 〈그가 거기 있었다!〉 그는 소원이 이루어졌음을 느꼈다. 책들은 그를 속이지 않았다. 그의 사랑 또한 그를 속이지 않았음을 인정해 주기를! 그 사랑은 그가 가슴에 품은 갈망의 중심, 고개를 살짝 돌리면 프랑스 학사원과 루브르 궁전과 시테 섬과 강둑의 헌책 노점들과 튈르리 공원과 팡테옹까지 뻗은 라틴 언덕과 콩코르드 광장까지 흐르는 센 강을 한눈에 품을 수 있는 지점으로 그를 곧장 이끌었다. 그 놀라운 광경은 그윽한 압박으로 그의 가슴을 부풀어 오르게 했다. 파시[13] 너머에서 붉게 타오르는 마지막 태양광이 노트르담 대성당의 첨탑을 물들이고 루브르 궁의 돌출부에 매달리는 동안, 그는 마냥 그렇게 서 있었다. 그의 발아래, 찬사를 받기 위해 다뉴브 강이나 몰다우 강처럼 굳이 자태를 뽐내야 할 필요가 없는 강이 도도하고 조신하게 흐르고 있었다. 그 시각, 강물은 무지갯빛 수은처럼 눈부시고 무거웠다. 거룻배들이 유유히 지나갔다. 강둑에서는 화가들이 가방을 쌌다. 낚시꾼들은 서두르는 기색 없이 자리를 지켰다. 대학생과 노인들은 헌책 장수들이 늘어놓은 책 상자를 뒤지고, 바람기 있는 여공들, 당시 사람들이 〈공순이〉라 불렀

---

13 파리 서쪽에 위치한 구역.

던 아가씨들은 곁을 지나가며 세련된 용모를 지닌 그 청년에게 놀라움과 관심이 묻어나는 눈길을 던졌다. 하지만 주변의 광경에 넋이 빠진 그는 그들에게 눈길 한 번 주지 않았다.

아무래도 여기서 내가 개입해야 할 것 같다. 지금 하고 있는 이야기가 내 머리에서 나온 영웅이 아닌, 피와 살로 된 한 남자의 이야기라는 점을 분명히 밝혀야 할 것 같다. 소설가와 전기 작가의 권리와 의무는 서로 다르다. 특히 소설가에게는 함부로 사용하지 못하는 우연의 일치, 우연한 만남들이 있다. 자신이 이야기의 주인인 만큼, 그러한 경우 자기 예술의 진실을 왜곡하는 죄인이 되고 말 터이기 때문이다. 전기 작가조차 그런 것들은 빼버리고 싶은 유혹을 종종 느낀다. 사실임 직하지 않다는 비난이 두려우니까. 나라고 해서 다른 사람들보다 특별히 더 과감하지는 않다. 나는 그의 아내와 아들과 친구들이 내게 들려준, 이 이야기의 주된 내용을 이루는 토마의 여행기에서, 그 순간 예술의 다리에서 생긴 일을 아무 말 않고 슬그머니 지나쳐 버렸을지도 모른다. 토마가 그 다리 위에서 가진 만남이 믿을 수 없을 만큼 뜻밖의 것이었고, 그 만남에 대해 그가 보인 반응이 너무나 독특하지 않았다면 말이다. 내가 보기에 토마의 사랑을 그보다 더 자연스러우면서도 놀라운 색채로 조명할 수 있는 건 아마 없을 것이다. 더 마음을 짠하게 하는 것도. 토마가 거기, 예술의 다리 한가운데 〈프라하의 낡은 다리에 서 있는 근엄한 왕들 중 하나처럼 꼼짝도 않고 똑바로〉 서 있었다고, 그날 그곳에서 그를 만났던 사람이 여러 해가 지난 후에 나에게 말했다. 그 사람의 이름은 갈레랑으로, 당시 론-다뉴브 상회의 대표였다. 토마는 아버지와 삼촌의 회사에서 그를 자주 봤다고 회상했다. 정확하게 말해서, 그는 토마가 파리에서 아는 유일한 사람이었다. 〈갈레랑이 날 도와줄 거야.〉 그는 파리로 향하는 길 위에서 수차례 생각했다. 그런데 어디서 그를 찾지? 방도를 알지 못했지만, 그는 그 문제로 전혀 골머리를 앓지 않았다. 그런데 그에게서 열 발자국 떨어진 곳에 멈춰 서서 그를 골똘히 바라본 사람이, 바로 그 어디서 찾아야 할지 알 수 없었던 갈레랑이었다. 기막힌 우연? 그럴지도. 하지만 내 삶처럼 그리 파란만장하지 않은 삶조차 상당 부분이 우연에 의해 좌우되었다는 점을 고려하면, 믿기지 않는 우연이 하나 더 있었다고 해서 그리 호들갑을 떨 일은 아닐 것이다. 그보다 나는 그 순간 토마 뮈리츠가 보인 반응이 더 놀랍다. 갈레랑이 그 순간을 회상하며 신기해했던 것도 바로 그것이다.
「그가 깜짝 놀랐을 것 같지? 충분히 놀랄 만한 상황이었으니까. 안 그런가? 난 그가 화들짝 놀라며 탄성을 내지를 거라고 예상했네. 그렇게 예상하며 혼자 미소를 지었지. 그런데 천만에, 전혀 아니었어. 고개를 돌리다 나를 발견한 그는 환하게 웃으며 차분한 말투로 말했지. 〈안녕하세요, 갈레랑 씨!〉 그러고는 모자를 벗어 인사를 했네. 마치 프레스부르크의 상가(商街)에서 마주치기라도 한 것처럼. 그의 입을 통해 모든 사연을 전해 들었을 때, 그가 해질녘에 부모도, 친구도, 묵을 곳도, 할 일도 없이, 그가 자랑스레 내보인 5프랑짜리 동전 두 개 말고는 돈도 없이, 거기, 낯선 도시에 와 있다는 것을 알았을 때, 그래서 내가 〈맙소사! 너 제정신이니? 만약 여기서 날 만나지 않았다면 도대체 어쩌려고 그랬어?〉라고 외쳤을 때, 그는 그제야 처음으로 놀란 표정을 지으며 이렇게 말했네. 〈갈레랑 씨를 만날 거라고 생각했어요!〉」

사실 토마는 깜짝 놀랐다. 하지만 그를 놀라게 만든 건 갈레랑의 호들갑스러운 반응이었다. 예술의 다리에서 만나는 게 뭐가 그리 놀랍지? 예술의 다리가 아니라면 어디서 만나지? 파리에 살면서 기회가 생길 때마다 예술의 다리를 지나가지 않을 수 있을까? 그가 품은 사랑의 힘은 그런 것이었다. 그리고 그 사랑은 너무나 견고해서 40년이 지난 후에도 그는 종종 그곳에서 사람들 눈에 띄었다. 누구라도 토마 뮈리츠를 만나고 싶은 사람이라면 사시사철, 약간의 인내심을 발휘하는 것 외에는 별다른 노고 없이 가장 확실하게 그를 만날 수 있었던 곳도 거기였다.

갈레랑은 그를 자신의 집으로 데려갔다. 그리고 미래에 대해 생각해 본 적이 있는지, 장차 무엇을 하고 싶은지 물었다. 당연히 토마에게는 생각이 있었다! 그에게는 한 가지 생각밖에, 단 하나의 목표밖에 없었다. 예술의 다리는 그 첫 번째 단계에 불과했다. 그는 발자크와 위고와 외젠 쉬의 작품들이, 그에게 빵이자 술이며 자신을 발견하게 해준 도취의 음료였던 그 작품들이, 파리와 프랑스와 프랑스인과 사랑과 정의에 바쳐진 그 시들이, 수없이 읽고 또 읽었던 그 빛나는 페이지들이 자신으로 인해 농부들의 누추한 초가와 노동자들의 변변찮은 거처에까지 전파되기를 원했다. 그리고 그는 그 일을 해냈다! 이미 말했듯이, 그는 사랑이 그에게 요구하는 모든 것을 해냈다. 그는 갈레랑에게 서점에서 일할 수 있게 도와 달라고 부탁했다. 큰 어려움 없이 서점 점원 자리를 얻을 수 있었다. 그는 심부름도 하고, 책 포장도 하고, 헌책을 사들이기도 했다. 머지않아 제법 규모가 큰 출판사로 자리를 옮겼고, 곧 그곳에서 배송을 관리하는 직책을 맡았다. 나중에 그는 프랑스 전역을 돌아다니며 서적 중개인으로 일했다. 경험을 충분히 쌓았다고 판단한 그는 한 푼 두 푼 모은 돈을 밑천 삼아 뮤리츠 출판사를 차렸다. 뮤리츠 출판사. 아직도 그 출판사를 기억하는 사람이 누가 있을까? 그 출판사는 까맣게 잊혔다. 몇 년 만에 없어져 버렸으니까. 적어도 그 이름으로는 말이다. 번데기로 긴 세월을 보낸 후에 오로지 알을 낳기 위해 변태를 하고는 죽어 가는 나비처럼, 토마 뮤리츠는 출판사를 세우고 그 업계에 종사하면서 터득한 방식으로, 그가 아꼈던 발자크와 위고와 외젠 쉬의 소설들을 주말 연재물의 형태로 수백만 가구에 보급하는 대중 판매 시스템을 구축했다. 그리고 목표를 달성하자마자 더는 출판에 관심을 보이지 않았고 출판사를 팔아 버렸다.

  바로 이것이 열정의 힘이자 그 한계이기도 하다. 그래서 나는 열정을 좋아하지 않는다. 열정은 무시무시할 정도로 파괴적이다. 그것은 그것을 품은 사람의 머리에서 고정 관념이 아닌 모든 것을 파괴해 버린다. 열정은 충동과 개념들을 엄청난 속도로 소비함으로써 만족을 모르는 자신의 암 덩어리에 자양을 제공한다. 운 좋게 (충족되거나) 혹은 운 나쁘게 (소진되어) 사라지면 그것은 자신이 머무르던 집에 황폐한 공허만 남기고, 그 집주인에게서 새로운 열정의 노예가 되고자 하는 갈증을 제외한 모든 욕망을 박탈해 버린다.

다행스럽게도 토마 뮈리츠는 임무를 완수했을 때 찾아오는 공허를 느낄 겨를이 없었다. 그래서 그는 재난에 가까운 그 후유증을 피할 수 있었다. 그의 열정이 두 얼굴을, 즉 파리와 그것을 그에게 보여 준 작가들이라는 두 얼굴을 가진 덕분이었다. 장장 15년이라는 세월을 바쳐 그 작가들에게 경의를 표했을 때, 그리고 더 이상 어디에 써야 할지 모를 힘이 아직 그의 내부에서 들끓고 있었을 때, 적어도 그에게는 그 대도시에 대한 자신의 사랑을 펼치는 일이 남아 있었다. 그는 시인들에게 경의를 표하기 위해 동분서주했을 때처럼 열렬하게 그 일에 몰두했다. 파리에는 그가 지나가지 않은 길, 그가 밟지 않은 포석이 없었다. 그 느리고 애정 어린 소유의 행위를 통해, 그는 그 사랑하는 살 위에 자신이 거쳐 갔다는 흔적을 찍어 놓고 싶었던 것일까? 그는 해냈다. 그는 새로운 길을 뚫었고, 그 길 양쪽에 집들을 세웠다.

그는 결코 지치지 않았다. 그의 사랑은 결코 약해지지 않았다. 그것은 언제나 엄격하고도 극단적인 사랑이었다. 오, 가족의 손에 이끌려 산이나 바다로 휴가를 떠난 그가 더위와 추위와 태양과 비와 바람, 그리고 권태, 그 견딜 수 없는 권태에 힘들어하며 굽은 등과 슬픈 눈으로 돌아갈 날만을, 사랑하는 파리와 재회할 날만을 손꼽아 기다릴 때의 그 침울한 얼굴! 그는 애지중지하는 대상과 떨어져서는 아무것도 즐기지 못했다. 그 때문이었다. 시골에 가서는 해가 고개만 내밀어도 불평을 늘어놓으면서, 뙤약볕이 내리쬐는 카루셀 광장을 매일, 그것도 가장 뜨거운 시각에 가로지르기 위해 서둘러 파리로 돌아가고자 한 것도. 알프스의 안개에는 질겁하면서, 차가운 가을비로 번들거리는 생페르 거리의 골동품 가게들을 따라 거닐고 싶어 한 것도. 태양의 단조로운 출렁임 앞에서는 한없이 따분해하면서, 물결치듯 쉴 새 없이 흘러가는 온 세상 젊은이들을 시간 가는 줄 모르고 바라볼 수 있는 생미셸 대로의 테라스에 대해 걷잡을 수 없는 향수를 느낀 것도.

그는 마침내 프랑스인이 되었다. 내 아버지가 그 소식을 그에게 전하던 날 기뻐 어쩔 줄 모르던 그의 모습이 아직도 눈에 선하다. 법무부 근처 어느 카페의 테라스에서였다. 뜨겁게 내리쬐는 태양, 먼지 자욱한 거리, 시청에서 나온 살수차가 떠오른다. 우리가 다가가자 불안을 감추려 갖은 애를 쓰던 그 눈길, 그 미소도. 당시 나는 어린아이였다. 그들은 둘 다 압생트를 마셨고, 그 때문에 나는 카페테라스에 앉아 어른들의 세상을 구경하는 흔치 않은 즐거움을 망쳐 버렸다. 알코올 중독 예방을 위한 홍보 영화를 보고 또 본 탓에 아버지와 토마가 미쳐 버리지 않을까, 내가 보는 앞에서 그렇게 변하지 않을까 두려웠기 때문이다. 나는 비워지는 잔들을 겁에 질린 눈길로 바라보았다. 염려했던 신호들이 나타날까 봐 조마조마한 심정으로 그 두 음주자의 얼굴을 염탐했다. 하지만 토마 뮈리츠의 얼굴에 드러난 건 오로지 마르지 않는 기쁨뿐이었다. 「프랑스인, 난 이제 프랑스인이야.」 그는 반복해 말했다. 마치 그 멋진 소식을 들은 이후로 모든 것이 변해 버린 것처럼, 놀란 눈으로 주변을 둘러보았다. 놀라기는 나 역시 마찬가지였다. 프랑스인이 되는 게 뭐 그리 대단한 일인지, 당시에는 전혀 알 수 없었으니까. 지금의 나는 토마 뮈리츠처럼 정말로 그것이 대단한 일이라고 중얼거리지 않는 날이 단 하루도 없다.

그가 결혼을 했다. 그의 결혼마저도 프랑스에 바치는 그 긴 찬가의 한 소절이었다. 나는 이번에는 파리가 아닌 프랑스라고 말했다. 파리 여자에게 끌리기는 했지만, 그에게 추파를 던진 파리 여자가 한둘이 아니었지만, 그는 파리 여자를 아내로 원하지 않았다. 그가 배우자에게서 발견하고자 한 것은 무엇보다 시골 여자의 덕성이었다. 특히 배우자는 프랑스의 늙은 땅 출신이어야 했고, 그녀에게서 얻을 아이들은 그 땅에 단단한 뿌리를 박고 있어야 했다.

그는 그것마저도 해냈다! 열정의 신과 우연의 신은 그가 파리 삼촌 댁으로 휴가를 보내러 온 식당 주인의 조카딸에게서 꿈에 그리던 배우자의 모습을 발견하도록 힘을 모았다. 그녀는 아름답고 겸손하고 쾌활하고 순진하고 감상적이고 정숙했다. 게다가 성(姓)은 샹보르[14]였다! 그녀는 외제니 그랑데[15]처럼 술통 제조인(외제니의 아버지처럼 떼돈을 벌지는 못했

---

14 프랑스 부르봉 왕조의 성.
15 발자크가 쓴 동명 소설의 주인공.

지만)의 딸이었다. 방년 스무 살인 그녀는 베리 지방의 작은 마을 방되브르에서 유치원을 운영하고 있었다.

아름답고 정숙한 데다 샹보르라는 성까지! 그녀 역시 생김생김은 섬세하지만 턱수염이 남성적인, 우아하지만 소박하고, 대담하지만 신중하며, 몽상적이지만 생각이 깊은, 그리고 그녀로서는 지도에서 정확하게 짚을 수조차 없었던 모라비아라는 지역에서 온 남자가 내미는 구혼의 손길을 뿌리치지 않았다.

이야기할 수 있으면 좋겠다. 그 결혼을. 그가 그녀에게 한 점잖고 감동적인 청혼을. 크리스마스 휴가 때 치른 약혼식을. 자신에게 일어난 일을 못 미더워하면서도 미래에 대한 확신으로 가득한 그녀, 그리고 갑자기 비장하면서도 주눅 든 모습을 보인 그를. 그가 자신과 그녀에게 강요한, 하지만 스스로 무척 견디기 힘겨워한 여름까지의 이별을. 짬이 나기만 하면 삼륜 모터사이클(최신 제품)을 타고 오를레앙 문을 지나, 손가락에 잉크를 묻힌 아이들에게 에워싸인 약혼녀를 상상하며 방되브르 〈방향으로〉 10~20킬로미터를 내달리다가, 그렇게 잠시 그녀와 가까워진 것을 행복해하며 파리로 되돌아오던 그의 모습을……. 당시의 그가, 나름대로 진지한 남자들이라면 한자리 차지하는 데 더 관심이 많은 나이와 사회적 지위에 도달해 있었다는 사실을 잊어서는 안 된다.

결혼식 자체를 이야기할 수 있으면 좋겠다. 신부 유모 남편의 농장에서 열린 결혼식 피로연을. 처음에는 낯 뜨거운 민요를 앞다퉈 부르다가 점점 가난한 자들의 시름, 부자들의 이기심, 그리고 짓밟히는 정의를 애달파하는 민초들의 한탄을 홍얼거린 하객들을……. 〈좋은 사람들!〉 토마는 가슴에서 뭔가가 뜨겁게 치미는 것을 느끼며 생각했다. 하객들의 포옹과 농담과 애정 어린 토닥거림 속에서 그는 라 사부뢰즈 강 위의 여인숙 주인, 그에게 〈자넨 우리 중 하나일세!〉라고 말했던 그 선량한 빨간 머리 사내를 떠올렸다.

II
인색한 자들의 시대

베풀 수 없다면 태양을 소유하는 것으로도 충분하지 않다.
— 폴 클로델(생루이)

프랑스를 위해 죽은 앙드레에게,
큰 부상을 당한 그의 동생 조르주에게,
프랑스를 위해 죽은 막스에게,
프랑스를 위해 죽은 뤼시앵에게,

두 전쟁에 나가 용감히 싸운
로베르, 레몽, 앙리 Henri, 모리스,
앙리 Henry, 벤자멩, 장 리샤르,
피에르, 레몽, 그리고 뤼디에게,

리비아의 병사 에티엔에게,

그리고 그들처럼 내 오랜 친구, 내 형제는 아닌
모든 이들에게.

이 깊은 상처. 배신이 아니라면 네가 무엇으로
내게 이토록 깊은 상처를 줄 수 있었겠느냐?
— 폴 클로델(생루이)

그가 그 결혼으로 프랑스의 늙은 땅에 단단하게 뿌리 박은 자식들을 얻길 원했다고 나는 말했다. 그의 아들을 붙들고 있던 뿌리는 너무 깊어, 결국 그를 땅속으로 끌고 들어가 버렸다.

오, 앙드레. 네 부대로 쏟아진 죽음의 포탄에 뒤덮여 25년 동안이나 차가운 땅속에 누워 있는 내 소중한 단짝 친구. 넌 내 기억 속에 온전히 살아 있다. 찬란하게 빛나던 네 얼굴을 어느 누가 잊을 수 있을까? 너의 상냥함, 쾌활함, 열렬함, 그리고 번뜩이는 총명함을. 내 아버지는 네 응수가 재미있어서 걸핏하면 널 골려 주려 드셨지. 그분은 너의 모든 것을 마음에 들어 하셨어. 그 맹목적인 애국주의마저도. 네가 너 자신에게 걸었던, 독일을 떠올리게 하는 것에는 절대 손을 대지 않겠다는 그 우스꽝스러운 내기(호텔 측에서 〈바바리아〉[14]라는 이름

---

[14] 독일 남부 지방.

을 붙였다는 이유로 후식조차 입에 대지 않을 정도로)마저도. 그런데 어느 날 네가 맹세를 위반하다 현장에서 걸리고 말았지. 넌 생제르맹[15] 포타주를 맛있게 퍼먹었으니까……. 넌 웃으며 대꾸했어. 「일부러 그러는 거야. 이렇게 먹어 치우겠다는 걸 보여 주려고.」

기억나니(아! 난 마치 네가 곁에 있기라도 한 것처럼 말하고 있구나)? 1914년 스위스의 한 어두운 계곡 깊숙한 마을에서 보낸 우리의 마지막 휴가 말이야. 바로 거기서 우린 전쟁이 터졌다는 소식을 접했지. 그 전쟁으로 누구보다 큰 충격을 받은 건 네 아버지였어. 전쟁은 그를 두려움에 떨게 했지. 그는 너나 그 자신 때문에 두려워한 게 아니었어. 넌 아직 너무 어렸고, 그는 이미 너무 늙었으니까. 그는 프랑스 때문에, 그 나라와 국민 때문에 두려워했어. 밤새 그의 이빨이 딱딱 부딪히고 침대가 덜덜 떨렸지. 우리 중, 사랑하는 사람들을 위협하는 고통을 떠올리며 치를 떤 건 아마 그뿐이었을 거야.

우린 웃으면서 헤어졌어. 네가 내 귀에 대고 슬쩍 말했지. 「대학 입학 자격 시험만 통과하면 바로 자원입대할 거야.」 토마는 널 보내 줬어. 그가 어떻게 붙들 수 있었겠니? 너에게 그 뜨거운 사랑을 불어넣은 것이 바로 그였는데.

전설이 영웅들의 모습을 빚어내고 그것을 실제보다 더 진정한 것으로 만들어 놓는 것처럼, 내가 너에 대해 갖고 있는 추억은 아마 살로 된 진짜 네 얼굴보다는 퐁텐블로의 한 동료

---

15 〈제르맹〉은 〈게르만〉이라는 뜻이다.

가 남긴 작품, 그 사랑스러운 캐리커처와 더 견고하게 이어져 있을 거야. 너무나 큰 사랑을 받은 그 캐리커처는 우편엽서에 실리기도 했지. 허리를 한껏 뒤로 젖힌 당당한 자세, 루이 15세의 어릴 적 모습을 닮은 웃음 띤 매력적인 얼굴, 그림 안에서 넌 제복 차림으로 계란 껍질을 깨고 나왔지. 〈햇병아리,[16] 프랑스에서 가장 어린 장교〉 엽서에는 이렇게 적혀 있었어. 그리고 넌 머지않아 가장 어린 전사자가 되고 말았지.

〈아들을 프랑스에 바쳤다〉고 자랑하는 아버지들에 대해 내가 느끼는 것은 혐오감뿐이다. 네 아들의 죽음을 발판 삼아 영예의 자리에 오른 추악한 늙은이 두메르[17]는 내겐 마땅히 혐오의 대상이었다. 만약 그런 식으로 토마 뮈리츠에 대한 사람들의 호감을 얻어 내야 했다면, 나는 세상 무슨 일이 있어도 그 희생을 입에 올리지 않았을 것이다. 하지만 아버지의 고통은 애국자의 자부심을 훨씬 능가했다. 내가 아직 기억하고 있는 그의 유일한 자부심이라면, 사람들이 자신을 여느 프랑스인과 똑같은 프랑스인으로 여기지 않으면 어떡하나 하는 그의 두려움이 영원히 사라졌다는 것이다.

왜냐하면 저녁 식사, 회합, 카드놀이 모임을 하는 중에, 애국자 행세를 하는 떨거지가 토마 앞에서 〈수입 프랑스인〉들에 대한 경멸감을 내비친 적이 한두 번이 아니었으니까. 토마는 초대해 준 사람을 배려해, 실언이나 무례를 지적하거나

---

16 *poussin*. 사관 학교 1학년 생도를 뜻한다.
17 Paul Doumer(1857~1932). 프랑스의 정치인. 제1차 세계 대전 후 내각 재무 장관, 상원 의장을 거쳐 대통령이 되었으나 암살당했다.

그 좀스러운 자의 멱살을 잡아 벽에 몰아세우거나 우연히 프랑스에서 태어난 것 말고 프랑스인으로서 내세울 만한 어떤 행동을 했는지 말해 보라고 몰아붙임으로써 상처 입은 마음을 달래는 것을 거부했다. 토마 뮤리츠는 행동을 통해 자신이 선택한 조국에 대한 사랑을 증명했다. 그 역시 생루이 드 클로델처럼 프랑스에 솔직하게 물을 수 있지 않았을까?

네가 원하는 것이 내 몸뿐이더냐? 그보다는 내 영혼이 아니더냐?
넌 말하지 않느냐. 내 가슴속에 네가 권리를 취한 곳은 감각적인 세상 저편이라고.
시간이 아무 소용 없고, 이별이 불가능한 바로 그곳이라고.
소박한 욕구에 불과했던 것이 이제는 탐구와 자유로운 선택과 명예와 맹세, 그리고 합리적인 의지가 되었다.
정신이 잠든 사이의 그 입맞춤, 이제 그 자리에 채워지지 않는 길고 긴 욕망이 싹텄다
존재하지 않기에 너무나 도달하기 어려운, 전 존재의 이해가 걸려 있는 천국에 대한 욕망이.
내가 너를 사랑하는 것은 결코 우연이 아닌, 정의와 필연에 의한 것이니……

〈내가 너를 사랑하는 것은 결코 우연이 아닌, 정의와 필연에 의한 것이니……〉 그는 입을 닫았다. 하지만 입을 닫고 있는 자신을, 자신의 침묵을, 상대방의 말만큼이나 원망했다.

그는 참담한 심정으로 앉아 있었다. 「다행스럽게도……」 그는 동사를 생략하는 특유의 어법으로 부드럽게 말했다. 「다행스럽게도 언제나 똑같은 종류의 사람들이……. 번드르르한 옷차림, 오! 자기 자신에 대해서 대단히 흡족해하는 표정, 매끄러운 머리카락을 곱게 가른 가르마……. 하느님 덕분에 선량한 빨간 머리들은 결코 그따위…….」 자신이 소중하게 여기는 그 모든 선량한 민초들이 모두 빨간 머리인 양 그는 복수형을 사용했다. 어느 날, 내가 그것을 지적했다. 물론 여인숙 주인에 대해서는 나도 알고 있었지만 그래도…….

「다른 빨간 머리들이 있었네.」 그는 대답했다. 「빨간 머리들은 늘 내게 행운을 가져다줬어. 그보다는…… 마치 프랑스가 장난을……. 마치 그 재미있고 선량한 민초들을…… 매번 내게 대사(大使)로 파견하며…… 장난을 치는 것 같았지. 그 민중에게 있는 최고의 것을 대표하는 대사 말일세……. 예를 들면, 페레[18]가 처형당한 날 승합 마차에 타고 있던 그 빨간 머리 사내처럼 말이지! 페레 기억나나?」

「어떤 빨간 머리 사내요?」 내가 물었다. 「그리고 페레 얘긴 읽어 본 것 같아요. 하지만 기억은 잘 안 나요.」

나는 그에게 말을 시키는 것이 좋았다. 하지만 발동이 걸리게 만드는 건 쉬운 일이 아니었다. 그가 마음을 먹고 몇 마디 이상 말을 풀어 놓는 경우는 드물었다. 그가 그렇게 할 때

---

18 Francisco Ferrer(1859~1909) 세계 최초의 자유 학교인 〈모던 스쿨〉을 설립한 스페인 교육자. 무정부주의 사상으로 인하여 박해를 받다가 군사 반란 혐의로 법정에서 유죄 선고를 받고 총살당했다.

는 그럴 만한 가치가 있기 때문이었다.

「자네, 『빌레트의 백포도주』[19]를 읽어 보게.」 그가 말했다. 「생생하게 그려져 있으니까. 정말 그랬어. 재판만으로도 울컥 반항심이 들었지. 심지어 그들이 그를 총살했을 때는! 사상 때문에 사람을 죽이다니! 아무리 스페인에서 일어난 일이라 해도 그렇지. 신문에서 그걸 읽었을 때 난 너무 놀라 소스라쳤다네. 지금도 기억나. 당시 난 오퇴이유 생쉴피스 승강장에 있었어.」

「철로 위를 달렸던 버스 말이에요? 언덕을 오를 때는 말이 끌기도 했던?」

「그래, 자네도 기억나나?」

「그러면 빨간 머리는요?」

「내가 펼쳐 든 신문을 옆에서 힐끔거리던 가난한 배관공이었어. 이미 말했듯 빨간 머리였지. 내 여인숙 주인을 닮았다고 말할 수는 없지만……. 그처럼 주름이 자글자글한 얼굴과 붉은색의 긴 콧수염……. 그가 제목을 읽고는 〈오!〉 하고 외치며 날 쳐다봤어. 그가 날 쳐다본 건 묘한 일이었지. 왜냐하면 난 당시 우아함을 뽐내고 다녔거든. 회색 중산모에 각반까지 차고 다녔으니까. 그가 보기에 난 격식 따지지 않고 어울릴 만한 종류의 사람이 아니었을 거야. 아마 내가 소스라치는 걸 봤을 테지. 아니면 스스로 너무 큰 충격을 받아 누군

---

19 쥘 로맹(Jules Romains, 1885~1972, 프랑스 소설가, 대표작으로 『선의의 사람들』이 있다)의 소설. 페레의 총살형으로 촉발된 민중 시위를 그렸다.

가의 눈길을 찾지 않을 수 없었거나. 어쨌거나 그가 날 쳐다봤고, 나도 그를 쳐다봤어. 그러고는 둘 다 고개를 절레절레 흔들었지. 우리는 한동안 그렇게 고개를 젓고만 있었어. 아마 둘 다 할 말을 아무것도 찾아내지 못했었나 봐. 지금 생각해 보면, 당시 우리 모습이 아주 우스웠을 거야. 하지만 우린 웃고 싶은 마음이 전혀 없었어.」

「그래서 서로 아무 말도 안 했나요?」

「아니, 결국 그가 내게 물었어.

〈그들이 그를 언제 죽였답니까?〉

〈어제 아침에.〉

〈더러운 놈들.〉 그가 이빨 사이로 바람 소리를 내며 말했어. 그러고는 어금니를 앙다문 채 다시 고개를 절레절레 흔들기 시작했지. 그것만으로도 나는 그가 무슨 생각을 하고 있는지 알 수 있었어. 그게, 혼자서만 분을 삭이고 있지 않아도 된다는 게 큰 위안이 되더군. 아마 그도 같은 걸 느꼈던 것 같아. 아무튼 그가 갑자기 내 팔을 쥐더니 비통하면서도 격한 어조로 말했지.

〈동료들을 만나 봐야겠어요.〉

그가 버스에서 내렸고, 나도 아주 당연한 듯 따라 내렸어. 생샤를 광장 근처였지. 우리는 걷기 시작했어. 열띤 대화를 나누며 길을 따라 걸었지. 이윽고 우린 어느 선술집에 들어갔어. 그곳은 텅 비어 있었네. 사람들은 종종 선술집을 안 좋게 말하지만, 그곳이 텅 비어 있는 걸 본 나는 때때로 선술집이 그들에게 어떤 역할을 하는지 깨달았지. 술집 주인이 말했어. 〈알베르한테 가보게나.〉 우린 다시 출발했어. 어느 현관을 지나 마당 안쪽에 도착하자 내 배관공은 어느 작업장, 먼지 쌓인 커다란 작업대들이 줄지어 놓여 있고 그 위에 상자들이 쌓여 있는 작업장으로 나를 데리고 들어갔어. 여섯 명 가량이 이미 모여 있더군. 배관공은 날 소개하지도 않았어. 경계하는 눈초리로 나를 흘끗거리는 사람들도 있었지만 모두 극도로 흥분한 상태라 2분도 채 지나지 않아 몇몇은 내게 말을 놓기도 했다네. 그사이 다른 사람들이 또 들어왔지. 사람들이 귀를 기울이는 가운데 내 빨간 머리 배관공이 많은 말을 했어. 날 증인으로 삼기 위해 수시로 내 쪽을 돌아보면서 말이야. 서로 그랬지. 우린 깊은 눈길로 서로를 바라봤어. 그곳에 얼마나 오래 있었는지는 나도 모르겠네. 나가는 사람들도 있었고, 새로 들어오는 사람들도 있었지. 새로 들어오는 사람들에게서 우린 거의 매번 똑같은 말을 들었다네. 우린 그런 식으로 잇몸이 아플 때처럼 끊임없이 아픈 곳을 누르며 고통을 달랬어. 결국 우린 헤어져야 했지. 하지만 약속을 안 해도 다시 만나게 되리라는 걸 알고 있었어. 그리고 다시 만났을 때, 우리의 열의는 조금도 식어 있지 않았네. 내 새로운 친구는 마치 그 모든 분노가 우리 두 사람에게서 생겨난 것인 양 즉시 내 곁에 섰어. 그러고는 다시 말을 하기 시작했지. 서로 아픈 잇몸을 눌러 주지 않을 수 없었으니까. 우린 뭔가를 기다리긴 했지만 정확하게 뭘 기다리고 있는지 알지 못했어. 결국 껄다리 하나가 들어왔어. 맙소사! 그 역시 켈트족식(式)의 붉은 콧수염을 기른 녀석이었지. 그가 외쳤어.

〈그들이 대사관으로 몰려가고 있네!〉 그러고는 곧장 나가 버렸지. 난 〈그들〉이 누굴 가리키는지는 알지 못했지만 그 대사관이 어느 대사관인지는 어렵지 않게 알 수 있었네. 우리는 모두 자리를 박차고 나갔어. 내 빨간 머리 배관공은 잠시도 내 곁을 떠나지 않았지. 나 역시 그의 곁을 떠나고 싶지 않았어. 그르넬 대로에 도착한 우리는 어둠 속에서 삼삼오오 짝을 지어 샹드마르스를 향해 걸어 올라가는 사람들을 알아볼 수 있었어. 가끔은 우리처럼 십여 명이 무리 지어 가기도 했지. 골목에서마다 사람들이 몰려나왔어. 우린 그렇게 센 강을 건넜네. 쿠르라렌에 도착하자, 그렇게 모여든 사람들이 운집한 군중의 형태를 갖춰 가기 시작했어. 벌집처럼 윙윙거리는 것이 정말 굉장했다네. 마치 내 발밑에서 파리 전체가 들고일어나는 것 같았지. 몽테뉴 가는 이미 사람들로 꽉 차 있었어. 발 디딜 틈조차 없을 정도로. 여기저기서 함성이 터져 나왔어....... 우리도 소리를 질러 댔지. 결코 대사관에 접근할 수는 없었지만 우린 목이 터져라 소리를 질러 가슴 속의 울분과 반항심과 절망을 토해 냈다네....... 왜 이 모든 걸 자네에게 얘기하는지 나도 모르겠네. 그때를 떠올리면 가슴이 벅차올라. 아마...... 아마...... 그래, 말해도 부끄러운 일은 아니잖은가? 지금 생각해 보면 그날 밤보다 행복했던 적은 결코 없었던 것 같아.」

*

하지만 이제 그 이야기를 떠올리는 것보다 더 나를 불행하게 만드는 것은 아무것도 없다. 단 한 사람의 부당한 죽음으로 촉발된 프랑스 양심들의 그 고귀한 봉기, 그 아름다운 반항! 오! 프랑스의 양심이 오늘날에도 그 엄정함을 간직하고 있었다면……. 이로써 난 우리가 상실한 모든 것, 그들이 우리에게 강요한 비겁한 퇴보를 가늠하게 된다.

마침내 가장 가슴 쓰라린 대목에 다가가야 하는 지금, 나는 그 타락을 잔인할 정도로 아프게 느낀다.

많은 사람들이 그랬듯, 휴전 협정이 맺어졌을 때 나는 자유 지역에 있었다. 나는 비교적 일찍 점령 지역으로 돌아갔지만, 그럼에도 파리에는 오랫동안 발을 들여놓지 않았다. 파리의 치욕에 치가 떨리지 않을까 하는 두려움, 교통수단의 부재, 하찮지만 가혹한 수많은 어려움들이 군대와 약탈에 몇 주 동안이나 방치된 집에 나를 붙들어 두었다. 나는 많은 친구들의 소식을 접하지 못한 채 여러 달을 보냈다. 토마 뮈리츠에게 편지를 썼지만 답장을 받지는 못했다. 그는 어디에 있었을까? 사실, 난 다른 많은 친구들에 대해 그랬던 것처럼 토마 때문에도 특별히 괴로워하지는 않았다. 그 무감각, 그 강요된 무관심은 우리 내부의 가장 훌륭한 부분마저 겪어야 했던 가장 큰 타락이었다.

기차 운행이 재개되자, 나 역시 아주 드물기는 했지만 다시 파리를 들락거리기 시작했다. 하지만 결코 파리에서 48시간 이상 보내지 않았다. 오, 고통스러운 지하 묘지여. 그 어느 때보다 아름답고 그 어느 때보다 폐부를 찌르는, 그리고 그 어느 때보다 음산한 너의 텅 빈 거리들을 돌아다닐 용기가 나에게는 없었다. 무엇보다 나에게는 마주할 용기가 없었다.

이런저런 치욕들을. 깃발과 벽보와 신문을. 그리고 나중에는 그 별들을…….

유월의 어느 맑은 날 아침, 나를 향해 다가온 건 바로 그 별들 중 하나였다. 늘 그렇듯, 나는 얼굴을 붉혔다(얼굴을 붉히지 않고서는 결코 그것을 마주 볼 수 없었다). 나는 내 굴욕감을 덜어 줄 수 있는 유일한 방법, 우애의 메시지를 담은 눈길을 보내지도 못한 채, 비겁하게도 이미 고개를 돌리고 있었다. 나도 모르게 바닥을 향해 미끄러지던 내 눈길이 도중에 짧고 새하얀 턱수염, 넓고 맑은 이마, 온화함으로 가득한 웃음 띤 눈길에 매달렸다.

뭐지, 저 별은……. 깜짝 놀란 나는 기억을 더듬어 토마 뮤리츠의 가족에 대해 알고 있는 모든 것을 떠올렸다. 그 조상들, 그 신교도들…….

나는 문득 예전처럼 너그러운 프랑스를 향해 힘겹게 나아가고 또 나아가는 그를 떠올렸다……. 〈별을 향한 행진…….〉 오, 맙소사! 그것이 진정 끝내 저 별이어야만 했을까?

그가 내 팔을 잡고는 정겨운 말투로 나와 식구들 소식을 물으며, 시테 섬과 생루이 섬이 한눈에 들어오는 센 강 강둑의 그 작은 광장으로 통하는 층계로 이끌었다. 많이 야위었지만 그 자신을 꼭 닮은 고운 노인으로 변한 그를 만난 반가움, 그리고 별을 달고 있는 그를 보는 데서 오는 당혹감. 상충하는 그 두 감정을 추스르려 애쓰며 나는 제대로 대답하지 못하고 우물거렸다. 내가 점점 더 심하게 말을 더듬자, 그는 부드러운 손길로 내 팔을 짚으며 벤치에 앉았다. 그가 편안한 미소를 지어 보였다. 그 미소에 쓰라린 회한의 흔적은 조금도 배어 있지 않았다.

「언젠가 자네 아니면 앙드레의 늙은 수학 선생이 수업 중에 캉브론 장군의 말[20]을 다뤘다지, 아마? 그렇게 하는 것이 이웃에게 모욕을 주는 방법이라고 믿는다면 단단히 착각을 하는 걸세. 오물로 뒤덮히는 건 바로 자기 입이니까.」

「맞아요!」 내가 외쳤다. 「그래서 저도 저 자신이 —」

「자네가 그것과 무슨 상관이 있나? 정복자가 스스로를 더럽히도록 그냥 내버려 두게. 결국 프랑스에 이로운 일이니까.」

「안 그래도 프랑스는 내버려 두고 있다고요! 우리가 그러고 있고, 저 역시 —」

「자넨 아직도 저들의 탱크에 자네 가슴을 바치고 싶은가? 아니면 도대체 뭔가? 자네 가슴에 별을 달고 싶은가? 지금 감옥에서 서서히 죽어 가고 있는 그 젊은 대학생들처럼?」

「그럼 아저씨는요? 아저씨는 왜 달고 계시죠? 아저씨는 전혀 —」

「신교도는 어쨌거나 유대인일 수 있다고 생각해야 하네. 어느 정도냐? 나야 전혀 모르지, 관심이 없으니까. 모친이 유대인이셨네. 그럼 부친은? 남자 쪽 가계는 모두 신교도지. 여자들 쪽에는 아직도 유대인들이 있어. 그건 나도 알아. 몇 명

---

20 워털루 전쟁 당시 수세에 몰린 나폴레옹 휘하의 캉브론 장군은 영국군의 항복 요구에 〈당신의 질문에 다섯 글자로 대답하겠소, M-E-R-D-E〉라고 대답했다고 한다. merde는 〈똥〉이라는 뜻으로, 프랑스인이 가장 많이 사용하는 욕설이다.

이나? 어떤 여자들이? 그 모든 걸 뒤지러 가기에 모라비아는 너무 멀어. 게다가 자네도 알다시피 난 그런 것 따위에는 관심이 없다네.」

「전 아저씨를 이해할 수가 없어요. 이해할 수가 없다고요!」 내가 반박했다(그리고 이해가 안 되는 것은 사실이었다).「완전한 유대인이면서도…… 별을 달지 않는 사람들이 있어요. 전 그들을 지지해요, 열렬히 지지한다고요! 그런데 아저씨는 별을 달지 않을 이유가 충분한데도 —」

「오! 나는, 여보게, 난 너무 늙었잖나.」

잠시 침묵이 이어졌다. 그가 말하고자 하는 바를 내가 단번에 알아차리지 못했으니까. 무엇을 하기에 너무 늙었다는 말일까? 별을 달지 않기에? 그게 나이와 무슨 상관이…….

「이 나이에 기차를 폭파하거나, 벌판을 가로질러 무기를 나르거나, 무엇이든 그런 종류의 일을 할 수는 없지 않겠나? 그렇다고 푹신한 안락의자에 몸을 묻고 불구경하듯 지켜보고만 있을 수도 없고…….」

「그러니까 아저씨 말씀은……」

「그렇다네, 어떤 식으로든 자신을 바쳐야만 한다는 말이네. 사람들이 박해를 당할 때, 무엇으로 프랑스인을 알아볼 수 있겠는가? 그리고 프랑스 자체가 고통을 겪고 있을 때, 무엇으로 그 자손들을 알아볼 수 있겠는가? 자기 한 몸 온전하게 지키는 것, 그것도 아주 훌륭한 일이지. 적어도 나중에 봉사할 수 있는 힘을 기르기 위해서라면 말이야. 그렇지 않다면, 기력이 쇠해 어떻게 해볼 수 없다면, 그때는 자기 대열에,

자기 가족들 곁에 남아 십자가를 함께 져야지……」

「하지만 희생이 헛될 때는요? 아저씨의 경우처럼 그것이 아무 소용도 없을 때는요?」

「그것은 결코 헛되지 않아. 자네도 알고 있지 않나. 자네 혹시 프랑스가 이미 진 전투에 잘못 뛰어들었다고, 홀로코스트에 스스로를 바쳤다고 판단하는 자들 중 하나인가? 패배가 보여 주는 비열하고 치욕스러운 모든 것에 눈이 멀어, 장차 프랑스가 찌든 모습이 아닌 더 위대해진 모습으로 이 고난을 벗어나리라는 것을 보지 못하는 자들 중 하나인가?」

「전 모르겠어요.」 내가 솔직하게 말했다. 「더 위대해진다고요? 저도 그렇게 확신하고 싶어요. 진창에는, 아무튼 진창에는 아주 깊이 빠져 버린 것 같아요……. 전 두려워요……. 그 흔적이 사람들의 기억 속에 오래 남을까 봐……」

「무엇의 흔적? 패배? 집단 탈출? 약탈?」

「오! 아뇨. 그 모든 건…… 그래요, 그 모든 건 잊히겠죠. 보기 흉하고 딱하긴 해도 일회성으로 끝나는 것들이니까요. 그러니까 제 말은 군사적인 실패와 연관되어 있다는 뜻이에요. 그러니까, 제가 생각하는 건…… 품위를 실추시키는…… 회복할 수 없는 것들이에요. 예를 들면…… 아저씨가 가슴에 달고 있는 것과 같은. 또는 로렌 지방을 양도한 것이나 (나는 목소리를 낮췄다.) 정말이지 치가 떨리게도, 정치적 난민들을 넘겨준 그런 ─」

「뭐?」

그것은 탄성이 아니었다. 외침조차 아니었다. 그것은 마치 개가 짖는 소리 같았다. 내가 깜짝 놀라 그를 돌아보았다. 그의 얼굴은 벌겋게 달아올라 있었고, 두 눈은 약간 튀어나와 있었다. 나는 가끔씩 앙드레를 겁에 질리게 만들었던 그 급작스러운 분노를 알아보았다.

「자네가 그런 말을 입에 담는가? 자네가 어떻게 감히……! (그가 지팡이로 바닥을 내리쳤다.) 그 가증스러운 거짓말을!」

나는 말문이 막히고 말았다. 그는 놀란 기색이 역력한 내 표정을 보고 나서야 약간, 겨우 마음이 진정되는 것 같았다.

「자네 멍청한 건가, 아니면 경박한 건가? 자네 입으로…… 그 말도 안 되는 헛소문을 퍼뜨리다니……」

「하지만 아저씨…….」

「자네, 누구 장단에 놀아나고 있는 건가? 이해하지 못하겠나? 헛똑똑이 같으니. 독일인들이…… 독일 프로파간다가…… 그들이 그 참혹한 짓거리를 우리에게 뒤집어씌워 ―」

「하지만 아저씨, 그건 사실이에요! 불행하게도, 흉측하게도 사실이란 말입니다!」

이번에는 내가 치미는 분노를 다스리지 못했다. 고백하건대, 그때만큼 내게 직관력이 부족했던 적은 아마 없었을 것이다. 사랑하는 토마 아저씨! 그때 아저씨를 이해하지 못한 것에 대해…… 전 지금도 저 자신을 원망하고 있어요.

그가 한결 누그러진 표정으로, 고집을 피우는 아이를 꾸짖을 때와 같은 초조한 눈길로 나를 바라보았다.

「아닐세. 여보게, 그건 사실이 아닐세. 그건 사실이 아니야. 사실일 수가 없어. 아무리 그래도 그렇지!」

그가 내 무릎을 토닥였다.

「암, 그걸 말이라고! 나도 페탱을 좋아하진 않네. 내가 그를 좋아하지 않는다는 것은 주님께서 아셔. 하지만 아무리 그래도…… 그럴 리가 있나! 프랑스의 원수가! 그럼, 그럼. 그럴 리가 없지. 〈프랑스의 원수〉가……!」

선량한 토마, 친애하는 토마. 아! 당신은 우리보다 얼마나 더 순수한지. 오, 그 뜨거운 머리에 각인된 역사. 그리고 그 역사와 관련된 낱말들의 전능함이란! 프랑스의 원수……. 그래요, 친애하는 토마. 아저씨 말이 맞아요. 그래요, 프랑스의 원수가 설마……. 이렇게 생각하며 나는 말했다.

「그럼 아저씨는 아직도 철석같이……」

그렇게 말하지 말았어야 했다. 그렇게 빨리 받아들이는 모습을 보이지 말았어야 했다……. 거기서도 나에겐 직관력이 부족했다. 마음이 아파도 그렇게 빨리 양보하지 말았어야 했다…….

「암, 그렇고말고.」 그가 또다시 말했다. (그는 고개를 약간 숙였다.) 「물론이지, 그걸 말이라고……」

그가 지팡이로 모래에 동그라미를 그렸다. 즉시 뭔가 할 말을 찾아야만 할 것 같았다. 하지만 찾아낼 수가 없었다. 그리고 침묵이 이어졌다. 약간 버거울 정도로 오래.

토마가 침묵을 깼을 때의 그 심산한 그 목소리. 망설임이 묻어나는 그 목소리…….

「왜냐하면…… (아무것과도 연결되지 않는 그 낱말이 얼마나 많은 것을 말해 주던지……) 왜냐하면…… 언젠가 내 믿음을…… 내 믿음을 버려야만 한다면…….」

그는 더 이상 말을 잇지 않았다. 그가 고개를 들고는 섬 너머, 강둑 너머, 생즈느비에브 언덕을 기어오르는 집들을, 그리고 그 돔 지붕,[21] 아래에는 역사적 위인들이 잠들어 있고, 주변에는 고등학교, 그랑제콜, 대학들이 모여 있는 그 돔 지붕을 바라보았다.

*

스타니의 사무실 창을 온통 채우고 있는 것이 바로 그 돔 지붕이 굽어보는 역사적 기념물들이었다. 그 기념물들은 나를 압도한다. 스타니의 인격과 지성 역시. 성인들과 교류하는 것은 범부에겐 힘겨운 일이다. 얼마나 무시무시한 거울인가! 너무나 큰 선의는 범부의 허영심이 감당하기에는 잔인할 만큼 버거운 법이다.

나는 그 늦가을의 하늘만큼이나 무거운 심정으로 4층까지 층계를 걸어 올라갔다. 그 위에서 나누게 될 이야기, 나는 그것의 핵심을 이미 알고 있었다. 더 선명한 빛은 더 큰 고통을 가져다줄 터였다. 하지만 아무리 끔찍하다 하더라도, 어떻게 빛을 거부할 수 있겠는가?

스타니가 직접 문을 열어 주었다. 그는 단 며칠만, 더 안전한 피신처가 마련될 때까지만 그곳에 머물 예정이었다. 그는 그곳에서 아직 눈 한 번 못 붙이고 있었다.

---

21 팡테옹을 가리킨다.

우리는 그를 막 감옥에서 빼냈다. (우리라고 말하기가 망설여진다. 그의 석방을 위해 내가 한 역할은 수완 좋은 친구들의 모임을 주선한 것밖에 없었으니까.) 각종 서류, 세례 증명서. 하자는 전혀 없었다. 전혀 위조하지도 않았고. 하지만 좀 더 신중을 기해야만 했다. 적의를 품은 누군가가 그를 폴란드계 유대인으로 고발했으니까. 그게 누군지는 알 수 없었다.

스타니에게 적이 있다니! 믿을 수밖에 없다. 그렇다. 부나 행복처럼, 성스러움과 위대함도 증오를 부추기는 게 분명하다. 맙소사, 비열한 영혼들이 얼마나 많은지!

그를 고발한 자와 그를 적에게 넘긴 공무원 중 누구의 영혼이 더 비열할까? 〈내일 아침까지 50명!〉 그러자 난리가 난다. 누굴 넘기지? 어떤 시민 중에서 고르지? 귀화한 유대인들! 웬 떡이람!

그렇게 해서 그 훌륭한 인물이 적의 손에 넘겨졌다. 재능에 감탄한 교수들의 요구에 지체 없이 귀화 허락이 떨어져 월름 가[22]에 들어갈 수 있었고, 다가(多價) 백신을 개발해 지금도 매년 프랑스인 수천 명의 목숨을 구하고 있으며, 두 번의 전쟁에 참전해 일개 병사로 복무하길 원했고, 너무나 잘 복무하는 바람에 한 전쟁에서는 훈장을 얻고, 다른 전쟁에서는 한쪽 팔을 잃은 그가.

〈필요 없어!〉 드랑시에서 그가 가방 쌀 시간을 달라고 청했을 때, 그들은 이렇게 대답했다. 그 순간 그는 어떤 운명이

---

22 월름 가에는 그랑제콜이 모여 있다.

자신을 기다리고 있는지 깨달았다.

「어쩌면 나는 그들의 과잉 충성 덕분에 목숨을 건진 걸지도 몰라.」그가 내게 말했다. 「아침까지 50명을 채우지 못할까 봐, 그들이 150개의 이름을 댔거든. 좀 넘치긴 했지만 계산은 나름대로 정확했지. 그 음산한 헛간으로 1백 명 남짓한 사람들이 끌려갔으니까……. 독일군들이 모조리 죽이라고 하지 않은 게 나에겐 천만다행이었어. 인원이 남았으니까……. 선택을 해야만 했으니까……. 그들이 어떻게 했는지 알고 있나?」

내가 고개를 저었다. 그는 흔히 〈클럽〉이라 부르는 푹신한 안락의자 중 하나에 나를 앉혔다. 그 따뜻한 분위기 속에서, 양탄자와 책과 그림들 한가운데서 느껴지는 안락과 나태가 그의 이야기를 끔찍할 정도로 현실적인 동시에 기이할 정도로 비현실적인 것으로 만들어 놓았다.

스타니는 서 있었다. 지친 표정으로 방 안을 천천히 거닐었다. 나는 초췌해진 이목구비와 깊이 파인 주름에도 한없는 부드러움을 온전히 간직하고 있는 그 성(聖) 장밥티스트의 얼굴에서 찬탄의 눈길을 거둘 수가 없었다.

「그들의 입장보다는 차라리 끌려간 내 입장이 나았다는 생각이 드네. 프랑스 헌병들! 그들 역시 불쌍한 작자들이었거든.」

「아니, 아니에요!」내가 외쳤다. 「그들은 비열한 자들, 그 외엔 아무것도 아니에요.」

스타니가 슬픈 미소를 띤 채 어깨 너머로 나를 향해 고개를 돌렸다. 그는 눈을 감고 어깨를 약간 흔들었다.

「그들은 명령을 받았네. 평생 복종을 명예로 여기도록 훈련받은 사람들이지. 범죄는 어디서 오는가? 계급의 어떤 단계에서? 그것은 어디서 시작되는가? 그리고 어디서 끝나는가? 그 불쌍한 작자들이 느꼈을 당혹감을 난 충분히 상상할 수 있네. 〈딱 50명만!〉 그런데 우린 1백 명이 넘었지. 이런 황당한 경우가! 그들에겐 다시 지시를 받으러 갈 시간이 없었네. 아니, 난 독일군들이 또 한 번 잔인함을 발휘해 프랑스 헌병들이 직접 희생자들을 고르게 한 게 아닌가 하는 생각이 드네……」

「아니면 경멸이거나. 스타니, 경멸 말이에요.」

「경멸이라…… 그럴지도……. 그런데 누구에 대한 경멸? 겁에 질린 그 불쌍한 헌병들에 대한? 아니면 그들을…… 지휘하는 우두머리들에 대한……」

「모두에 대한 경멸이에요, 스타니. 그 치욕스러운 이기주의……. 또다시 〈요셉을 팔아넘긴 그 비열한 형제들〉에 대한. 이 불행한 행성의 모든 민족들 가운데 위대한 모습을 보여야 마땅한 사람들이 자기 형제를 팔아넘겼다고요, 스타니. 함께 나눌 게 메마른 바위 몇 개, 악취 풍기는 늪 몇 개밖에 없는 사람들의 경우라면 많은 것을…… 몰인정하고 비천한 짓을 용서할 수 있어요. 하지만 프랑스인의 경우는! 하느님의 축복에는 낯을 붉히지 않고는 외면할 수 없는 의무들이 포함되어 있어요……. 오! 스타니! 어떤 치욕 속에서……. 시련을 받아들이길 거부하는 이 인색하고 치졸한 나라! 떨리는 손으로 자신의 양자를 적에게 바치는……」

「오! 나도 아네, 나도 알아……. 하지만 나라에 무슨 죄가 있겠는가? 몇몇 사람들이 문제일 테지. 가엾은 사람들에게 그들이 줄 수 있는 것 이상을 요구하진 말게.」

안달이 난 나는 반박하지 않을 수 없었다.

「당신은 너무 관대해요, 스타니. 당신의 관대함은 —」

그가 맥 빠진 동작으로 내 말을 막았다. 그러고는 내게서 등을 돌리고 창가에 가서 섰다. 그의 길고 호리호리한 그림자가 유리창에 비쳤다. 그가 돌아섰다.

「내가 그 형리들을 불쌍히 여기기 때문에? 비참한 형리들……. 자네가 그들을 봤다면……!」

그의 입술에 씁쓸한 미소가 떠돌았다.

「그들이 문을 열었을 때……. 그게 그들이 찾아낸 해결책이었거든. 그래, 그들은 문을 열고 우리에게 나가라고만 말했네. 우리는 독일 헌병들이 기다리고 있을 거라고 예상했지. 우리가 프랑스인들을…… 그 헌병들, 우리네 헌병들을 보았을 때…… 난…… 난……. 그렇다네, 나마저도 잠시 희망을 품었다네……. 하늘, 나무, 자유……. 우린 희망과 조바심으로…… 서로 약간 밀치기까지 했다네. (그가 슬픔이 배인 냉소를 지어 보였다.) 그래, 서로 밀쳤지. 먼저 나가려고. 마치…… 마치…….」

그가 공기 한 모금을 들이쉬고는 이빨 사이로 천천히 내뱉었다.

「그런데 먼저 나간 50명이…….」

「오! 스타니, 너무 끔찍해요.」

「그래…… 끔찍하지…….」

그의 깊고 부드러운 회색 눈이 오랫동안 내 눈에 고정되어 있었다. 마침내 나는 말할 수 있었다. 아니, 말하지 않을 수 없었다.

「토마 뮈리츠도…… 거기…….」

그는 아무 말 없이 눈꺼풀을 천천히 닫아 긍정했다.

「믿을 수 있겠나?」 그가 불쑥 말했다. (그는 다시 지친 걸음으로 벽 사이를 오락가락하기 시작했다.) 「내가 거기서 그를 봤을 때 몹시 기뻤다고 털어놓는다면 말일세!」

그가 내 맞은편에 멈춰 서서 손을 벌리고는 희끗희끗한 머리를 절레절레 흔들었다.

「기뻤다네. 혼자가 아닌 것이! 인정해야만 하네……. (그가 다시 거닐기 시작했다.) 우리 모두가 자기밖에 모르는 지독한 이기주의자라는 것을. 적어도…… 적어도 인간이라는 족속에게…… 죽음이 바로 저쪽에서 자신을 기다리고 있음을 〈실감하는〉 능력…… 그 능력이 있는 한 말이야. 난 막연히 동료를 다시 만난 게 기쁘기만 했네. 군대에 있을 때와 다르지 않았지……. 그랬던 것 같아. 그런데…… 그는 거기서 나를 보고 질겁한 것 같았네. 그리고 더듬거리며 말했지. 〈맙소사! 스타니! 그들이 자네를…… 그들이 자네를…….〉 아마 그는 나보다 더 깊이 〈실감하고〉 있었던 것 같아. 나이가 나이인 만큼……. 알다시피 아직 혈기왕성하다고 느낄 때는 모든 환상에서 벗어나기가 어렵잖은가.」

「하지만……」 그는 다시 입을 열었지만 잠시 망설였다. 「환상. 그 자신이 그것을 품지 않았다면…… 도대체 왜……. 그가 겁을 먹었다고는 감히 말 못하겠네만…….」

그는 여전히 반쯤 등을 돌린 채, 마치 내게 뭔가를 기대하는 것처럼, 내 얼굴에서 어떤 신호를, 어떤 움직임을 읽으려는 것처럼 나를 바라보았다. 하지만 나는 꼼짝도 않고 앉아 있었다.

「그는 그 암울한 몇 시간 동안 우리에게 훌륭한 본보기가 되어 주었네.」 이렇게 말하고 그는 다시 한 번 창으로 다가가 이마를 기댔다. 「그 평온함, 그 초연함! ……거기 있었던 모든 사람이…… 오! 그들 모두가 아름다운 광경을 보여 주지는 않았네. 많은 이들이 한탄을 늘어놓았지. 다른 이들은……. 뮤리츠가 그들을 입 다물게 했네. 프랑스를 욕보이는 말이 단 한 마디만 나와도 그가 어떻게 변하는지는 자네가 잘 알 걸세. 결국 우리는 모두 그를 중심으로 모였지. 그리고 문이 열렸을 때, 독일 헌병 대신 프랑스 헌병들을 봤을 때…….」

그는 한참 동안 말없이 서 있었다. 마치 지워져 버린 어떤 오래된 비문을 해독해 내려는 것처럼, 맞은편에 서 있는 거대한 벽을 집요하게 바라보았다.

「웅성거림이, 미친 듯한 희망이, 먼저 나가려는 아우성이 있었네…….」 그가 다시 말을 이었다. 「거의 마지막으로 문을 나선 뮤리츠는 눈으로 날 찾았네. 그러고는 나를 향해 의기양양한 미소를 지어 보였지……. 도대체 왜…….」

마치 나에게 답변을 요구하기라도 하듯 스타니가 묘한 목소리로 중얼거렸다. 「누구라도…… 누구라도 눈치챌 수 있었을 거야……. 우리에게 문을 열어 준 그 불행한 헌병들을, 그들의 가엾은 얼굴을 보기만 해도. 개중에…… (그가 주머니에 손을 넣고 다시 거닐기 시작했다.) ……얼굴이 새하얗게 질린…… 어리벙벙한 표정의 빨간 머리 풋내기가 있었지…….」

「오! 스타니…… 빨간 머리는…….」

「빨간 머리는?」

「대사들…… 아! 당신이 알 리가……. 나중에 설명할게요. 계속해 보세요.」

「그 빨간 머리 풋내기만 봐도 상황을 이해할 수 있었네……. 맹세컨대 난 금방 깨달았어! 뮤리츠는…… 그는 바로 그 풋내기에게 다가갔어. 그 선한 미소를 띤 채. 그 특유의 선한 미소를 띤 채로 말일세. 그가 다가가서는 뒤에서 그의 어깨를 친근하게 두 번 톡톡 두드렸지……. 그가 놀라 펄쩍 뛰는 것을 자네가 봤다면!」

「누가요? 그 빨간 머리 풋내기가요?」

「그래. 그야말로 소스라쳤지! 잠시 후, 그는 뮤리츠의 옆구리에 권총을 들이댔네. 불쌍한 헌병 녀석! 완전히 겁에 질려서는…… 〈벽으로 가! 벽으로 가!〉라고 외쳐 댔지. 그러고는…….」

스타니가 걸음을 멈췄다. 그가 나를 바라보았다. 가끔 사람들이 보지 않은 채 바라볼 때처럼 멍한 눈길로. 그러고는 손가락 하나로 천천히 이마를 쓸었다.

「나머지는 그리 보기 좋지 않았네. 뮤리츠가 갑자기……

아! 나도 모르겠어. 그가…… 그가…… 갑자기…… 처신을…… 처신을 완전히 잃어버렸네. 난 결코 잊을 수가 없어. 너무나…… 보기 애처로웠거든. 그는 그 헌병을, 그 빨간 머리 풋내기를, 넋이 나간…… 멍한 눈으로 바라보았네. 그러고는 끝없이 〈아냐…… 아냐……〉라고 웅얼거렸어. 그에게 손을 내밀면서……. 그에게서 도대체 뭘 기대했을까. 맙소사! 난 사람을 그런 식으로 바라보는 걸 한 번도 본 적이 없어……. 그런데 갑자기 뮈리츠가 주먹으로 자기 관자놀이를 때리기 시작했네. 절망에 빠져서, 눈물을 흘리며…… 통곡을 하며……. 맙소사! 나는 보고 싶지 않았네……. 난 결코 원하지 않았어…….

그런 다음, 그들이 문을 닫았지. 〈아냐!〉라고 외치는 뮈리츠의 목소리가 다시 들려왔지. 그러고는…….」

그가 전율했다.

「호치키스 기관총들이…….」

내가 무엇을 더 덧붙이겠는가? 슬픔과 회환으로 목이 멘 나는 그 눈물이, 그 비명이, 극도의 공포로 인한 것이 아님을 스타니에게 이해시키려 애썼다. 나는 가슴이 찢어지는 듯 아팠다. 그것은 살해당한 한 사랑이 최후의 순간에 내뱉은 비탄, 절망, 혐오의 단말마였다.

오, 주여, 왜 토마를 끝까지 눈멀게 하지 않으셨나요? 왜 그로 하여금 그 마지막 눈길의 찰나에 그 끔찍한 얼굴, 국가든 인간이든 우리 모두가 내부에 품고 있는 얼굴, 언제나 맘몬[23]의 것이었던 그 절망의 얼굴을 보게 하셨나요? 무엇 때문에 그를 벌하셨나요? 혹은 무엇 때문에 절 벌하셨나요? 왜냐하면, 그가 더 이상 존재하지 않게 된 그날 이후로 매일 그 존재의 실재성이 절 짓누르니까요. 제가, 우리가, 그의 사랑에 값하는 모습을 보였던 사람들이 모면하게 해줄 수 없었던 죽음의 순간과 맞닥뜨린 그 존재의 실재성이.

오, 주여, 제가 앞으로 영원히 그 최후의 눈길에 대한 기억을, 상상이긴 하지만 끔찍할 정도로 집요하게 뇌리를 떠나지 않는 그 기억을 간직해야 한다면, 왜 그것으로 조국에 대한 제 순수한 사랑을 벌하시나요? 왜냐하면, 저는 이제 그 사랑이 뭔가 변질되었다는 것을, 예전에 프랑스를 떠올리며 느끼던 순수한 기쁨을 더는 맛볼 수 없으리라는 것을 뼈저리게 알고 느끼니까요. 오! 프랑스가 아니라 그 눈길 때문에.

하지만 저는 이것 또한 알고 있습니다. 그 눈길이 한껏 거드름을 피우는 사람들, 땅에 두 발을 단단히 딛고 서서 자신의 이익에 따라 나라의 위대함을 가늠하는 교활한 자들의 마음만큼은 휘저어 놓지 않으리라는 것을. 심지어 그들은 아마 제가 방금 털어놓은 말을 이용하기까지 하겠죠. 〈우리의 사랑은 그따위 것으로 꺾이지 않는다!〉라고 의기양양하게 외치기 위해. 나아가 그들은 저에게 애국심을 가르치려 들겠죠. 제가 무슨 말을 하겠습니까? 그들은 저보다 강하니까요. 그들은 제 입을 막아 버리겠죠.

---

23 *mammon*. 신약에서 물질적 부, 혹은 탐욕을 가리킬 때 사용하는 말. 하느님에 대립하는 우상을 뜻한다.

분노와 부끄러움, 그리고 저항의 기록

〈기억되지 않는 역사는 되풀이된다〉라는 말이 있다. 그 역사가 비극적일수록, 피해자나 가해자나 기억에서 지우고 싶은 것이 인지상정이겠지만, 우리가 그것을 기록으로 남기고 날을 정해 다시 떠올리는 것은 그 비극을 두 번 다시 되풀이하지 않기 위함이다.

소설집 『바다의 침묵 *Le Silence de la Mer*』은 베르코르 Vercors가 프랑스 역사상, 나아가 인류 역사상 가장 암울했던 시기, 나치의 반인류적 만행이 자행되던 시기에 쓴 일곱 편의 단편을 묶은 책이다. 각 단편에는 온몸을 던져 나치즘에 저항한 한 지식인의 생생한 기억이 담겨 있다. 비극적 역사의 현장에서 선량하고 힘없는 민초들이 느꼈던 분노와 부끄러움과 회한과 자책이, 절규나 다름없는 말줄임표와 가슴에 날아와 박히는 느낌표들을 통해 고스란히 전해진다. 우리의 굴곡진 역사와 참담한 현실 때문일까? 먼 거리와 세월을 건너뛰어 들려오는 피맺힌 증언이 역자의 가슴에 맺힌 응어리를 건드려 또다시 뜨거운 눈물을 쏟게 한다.

장 브륄레르Jean Bruller, 일명 베르코르는 1902년 헝가리에서 이주해 온 아버지와 프랑스인 어머니 사이에서 태어났다. 베르코르는 필명으로, 브륄레르가 레지스탕스 활동을 펼쳤던 산악 지대의 이름이자 그곳에서 활동한 저항 단체의 이름이기도 하다. 제2차 세계 대전이 발발하기 전 만화가 겸 삽화가로 활동하며 여러 편의 에세이를 쓴 평화주의자 브륄레르는, 프랑스가 전쟁에 패하고 비시 정권이 들어서자, 친구 피에르 드 레스퀴르Pierre de Lescure의 권유로 레지스탕스에 투신한다. 그리고 그와 함께 비합법 지하 출판사 〈심야총서Éditions de Minuit〉를 설립하는데, 1942년 심야총서에서 내놓은 첫 문예지인 『심야총서 *Éditions de Minuit*』 제1권을 통해 발표한 작품이 바로 프랑스 국내외에서 큰 반향을 일으킨 「바다의 침묵」이다.

「바다의 침묵」이 발표되었을 때 프랑스 국내외의 반응은 극명하게 엇갈렸다. 뉴욕과 런던의 일부 독자들은 그 작품을 두고 독일 게슈타포가 침략 전쟁을 정당화하고 미화하기 위해 대독 협력자를 사주해 쓰게 한 것이라 의심하기도 했다. 그들에게 나치는 〈절대 악〉이었고, 그런 적에게 호감을 품는 것은 추문거리였으니까. 하지만 독일 강점하의 프랑스에서 독일군을 악마로 묘사하는 것 역시 우스꽝스러운 일이었을 것이다. 적어도 강점 초기, 그러니까 「바다의 침묵」이 집필된 1941년까지만 해도 〈패배의 굴욕을 겪었지만 점령군의 교양과 정중한 태도에 놀라고, 진정으로 평화를 바랐으며, 볼셰비즘의 망령에 시달리고, 페탱의 연설에 현혹되었던〉[1] 프랑스인에게 일상적으로 접하는 독일군은 〈우리와 같은 인간〉, 심지어 프랑스 문화에 애정을 품은 예술인이기까지 했으니까.[2] 그래서 침묵을 고수하는 조카딸에게 삼촌은 말한다.

「그에게 단 한 마디도 해주지 않는 건 어쩌면 비인간적인 일인지도 몰라.」

사실, 작품 속에서도 언급되듯, 「바다의 침묵」은 「미녀와 야수」의 한 변주라 할 수 있다. 「미녀와 야수」의 이야기 구조는 〈동의된 강간 viol consenti〉이라는 형용 모순적인 용어로 요약된다. 다시 말해 미녀를 범한 야수가 그녀의 사랑을 얻음으로써 폭행을 용서받고 멋진 기사로 재탄생하게 된다는

---

[1] 장 폴 사르트르 Jean-Paul Sartre, 『문학이란 무엇인가 Qu'est-ce que la Littérature?』중에서

[2] 「바다의 침묵」과 거의 같은 시기에 집필되었지만 2004년에야 발굴되어 출간된 이렌 네미로프스키 Irène Némirovsky의 미완성 장편 『프랑스 조곡 La Suite Française』에도, 음악을 사랑하는 독일군 장교와 문학에 심취한 프랑스인 며느리 사이에 연정이 싹튼다는, 「바다의 침묵」과 신기할 정도로 유사한 상황이 설정되어 있다. 「바다의 침묵」이 발표된 1942년에 이렌 네미로프스키는 이미 원고가 들어 있는 가방을 들고 유대인 강제 수용소로 끌려갔기 때문에, 두 작가가 서로에게 영향을 미쳤을 가능성은 거의 없다. 그렇다면 당시 남자들이 없는 마을에서 프랑스 여자와 독일군 사이에 염문이 싹트는 경우가 드물지 않았다고 봐야 할 것이다. 독일군에게 〈유혹당한〉 여자들은 영화 「히로시마 내 사랑 Hiroshima Mon Amour」에서 볼 수 있듯이, 해방 후 삭발을 당한 채 끌려 다니며 공개적인 망신을 당했다.

것이다. 삼촌과 조카딸이 사는 집(프랑스)을 강점한 독일군 장교는 나지막한 읊조림으로 독일과 프랑스의 결합이 빚어낼 위대한 미래를 역설하며, 조카딸(프랑스 공화국의 상징인 마리안[3]의 분신)을 향해 독일의 남성성과 폭력성을 프랑스의 여성성과 섬세함으로 길들여 달라고 청원/청혼한다. 하지만 조카딸은 계속 도도한 침묵으로 맞선다. 암시적인 묘사와 애매모호한 태도에서 드러나듯, 그 침묵에는 분노와 안타까움이 뒤섞인 깊은 고뇌가 담겨 있다.

조카딸이 겪는 혼란의 근본 원인은 독일군 장교의 이중적인 정체성에 있다. 그는 강자/약자, 야수/신사, 강간/청혼의 경계를 함부로 넘어 다니기 때문이다.[4] 야수의 탈(군복)만 벗으면 자신도 그들과 똑같은 인간이라는 듯, 장교는 저녁마다 사복 차림으로 두 사람을 만나러 온다. 그래서 마침내는, 화자도 그를 〈선생(신사)〉이라고 칭하게 된다.

나는 왜 〈선생〉이라고 덧붙였을까? 적군 장교가 아닌, 신사를 초대했다는 것을 나타내기 위해?(65면)

---

3 1792년 프랑스 왕정이 폐지되면서 프랑스는 새로운 정체인 공화국을 시각적으로 표현할 방식을 창조해 내야 했다. 이에 혁명 정부는 고대 그리스 로마 문화로부터 물려받은 서유럽의 문화 전통인 알레고리에 의거하여, 마리안Marie-Anne이라는 여성을 자유의 초상으로 삼고 프랑스 정신의 의미를 부여했다.
4 롤랑 바르트는 『S/Z』에서 이 경계(/)를 넘는 것이 왜 추문거리가 되는지 분석한 바 있다.

하지만 마지막 장면, 파리에서 동료들을 만나고 온 장교는 보란 듯이 군복을 입고 나타난다.

나는 그가 그 어느 때보다 군복 차림이었다고 말하겠다. 그가 우리에게 보여 주겠다는 확고한 의도를 가지고 그 차림을 한 것이 명백해 보였다는 의미로 말이다(65면).

자신이 야수의 탈을 쓴 인간이 아니라 인간의 탈을 쓴 야수 중 하나라는 사실을, 그 야수들이 미녀의 몸을 범하고 정신마저 말살하리라는 사실을 깨달았으니까. 그는 분노로 절규하고 부끄러움으로 고개를 들지 못한다. 하지만 아이러니컬하게도 이 범죄의 고백을 통해 그는 자신이 그토록 간절히 바랐던 것을 얻는다. 그가 모든 것을 체념하고 사지(死地)로 떠나려는 순간, 마침내 조카딸이 침묵을 깨고 말한다. 〈안녕히〉라고. 그의 얼굴에 미소가 피어오른다. 마침내 인간적인 미소가.

베르코르가 「바다의 침묵」을 쓴 의도는 독일군 장교의 입을 통해 나치 이데올로기의 기만성을 고발하고 양심적인 독일인들 역시 그 이데올로기의 희생자라는 점을, 휴머니즘의 이름으로 동시대인들에게 알리는 데 있었던 것으로 보인다. 이러한 의도는, 베르코르가 「바다의 침묵」을 헌정한 대상인 생폴루에 대해 알게 되면 더욱 명백해진다. 생폴루는 술에 취한 독일군이 집으로 난입해 딸을 범하고 하녀를 죽이자 비통함을 이기지 못하고 단 몇 개월 만에 숨을 거둔 시인의 이름이다. 분노를 극복하는 것은 말처럼 쉬운 일이 아니다.

하지만 머지않아 적과의 동거가 더는 가능하지 않게 되는 순간이, 항의조의 도도한 침묵을 지키는 것만으로 충분하지 않게 되는 순간이 온다. 프랑스 영토에서 전쟁이 다시 시작된다. 한쪽은 사보타주와 열차 폭파와 테러로 저항하고, 다른 쪽은 투옥과 고문과 처형과 수탈과 강제 이주로 탄압한다. 비시 정권은 지지 세력을 제외한 모든 정치 세력을 억압하고 유대인을 박해하는 데 앞장섬으로써 민심을 잃고, 프랑스는 거의 내전이나 다름없는 상황에 빠져든다. 어느 누구도 그 상황에서 자유로울 수 없었다. 허위의식과 방관은 더 이상 용납되지 않았다. 적어도 내심으로는 〈부역이냐 저항이냐〉를 놓고 실존적 선택을 해야만 했다. 바로 이 시기부터, 베르코르는 비유와 상징이 동원된 문학적인 성취보다는 읽기 쉽도록 분량이 적고 줄거리가 단순하며 감성적이고 호소력 짙은 직설적인 작품을 쓰는 데 주력한다.

이 시기에 베르코르에게 정신적 외상을 입힌 것은 〈패배〉가 아니라 〈배신〉이었다.

> 이 깊은 상처. 배신이 아니라면 네가 무엇으로 내게 이토록 깊은 상처를 줄 수 있었겠느냐?(215면)

왜냐하면 바로 〈그날Ce Jour-là〉, 모두가 설마설마하던 만행이 자행되었기 때문이다. 1942년 7월의 어느 날, 파리 지역에서만 1만 3천 명에 달하는 유대인이 일시에 검거되어 임시 집단 수용소에 구금되었다가 결국 독일군 손에 넘겨졌다.[5]

그들의 가슴에는 노란 별이 붙어 있었다. 참을 수 없는 배신감, 방드레스의 푸른 눈을 검게 만든 분노(「베르됭 인쇄소」)는 우선 나치에 자발적으로 부역한 배신자들, 나라의 위기를 이용해 개인적인 야망을 이룬 페탱 원수와 그 주변에 득실댔던 파아르스 같은 기회주의자들, 〈땅에 두 발을 단단히 딛고 서서 자신의 이익에 따라 나라의 위대함을 가늠하는 교활한 자들〉에게로 향한다. 또한 그것은 반인륜적 범죄 앞에서 무력하기만 한 문학과 예술, 인간 자체에 대한 환멸로 표현되기도 한다.

「이 모든 게 도대체 뭔가? 다름 아닌 개지랄, 구역질 나는 개지랄! 인간이란 게 뭐냐고? 가장 더러운 피조물! 가장 비열하고, 가장 음험하고, 가장 잔인한! 호랑이? 악어? 그것들은 우리에 비하면 천사나 다름없어! 〔……〕 그런데 이따위 것들을 내 책장에 꽂아 두고 간직하라고? 뭐하게? 저들이 성당에서 여자와 아이들을 산 채로 불태워 죽이는 동안, 아무 일 없었다는 듯이 저녁마다 불가에 앉아 스탕달 씨, 보들레르 씨, 지드 씨, 발레리 씨와 우아하게 대화나 나누기 위해?」(122면)

---

5 총 7만 5천여 명의 유대인이 강제 수용소로 끌려갔는데 그중 3분의 1은 프랑스 태생, 나머지는 「별을 향한 행진」의 토마 뮈리츠처럼 프랑스를 조국으로 〈선택한〉 사람들이었다. 살아 돌아온 사람은 3퍼센트에 지나지 않았고, 어린아이는 단 한 명도 목숨을 건지지 못했다.

하지만 과연 그 모든 것이 배신자들의 탓일까? 역사라는 것이 그 파렴치한 자들의 손아귀에 의해 좌지우지되는 그런 것일까? 그리고 아름다운 예술과 위대한 문학이 없다면 인간이 추구해야 할 바를 무엇으로 가늠하겠는가. 인간이란 우리가 피와 눈물로 쟁취해야 하는 〈어떤〉 긍지가 아닌가. 그래서 더더욱, 지키지 못했다는 자책과 부끄러움이 뒤따른다. 〈맙소사, 내가 어떻게 이럴 수가…… 알고 있었으면서, 뻔히 알고 있었으면서……〉(「그날」 중에서)라는 뇌까림이야말로 그 부끄러움의 실토에 다름 아니다. 그들이 지키지 못한 것? 그것은 독일군 장교를 눈부시게 한 조카딸의 눈빛, 토마 뮈리츠를 인도한 밤하늘의 별빛, 다시 말해 프랑스의 정신과 문화, 자유, 정의, 평등, 박애, 관용 같은 가치들이다. 그 가치들은 하늘에서 뚝 떨어진 것이 아니라 무수한 희생으로 쌓아올린 탑, 두 눈 부릅뜨고 지키지 않으면 언제든 무너질 수 있는 탑과 같은 것이다. 화자가 〈살해당한 사랑〉 토마 뮈리츠를 떠올릴 때마다 수치심에 치를 떨고(「별을 향한 행진」) 좀도둑질을 한 장물처럼 느껴져 감히 책을 펼치지 못하는 것(「무기력」)은, 그 가치들이 우연히 〈빨간 머리 프랑스인〉으로 태어났다고 해서 누릴 수 있는 그런 것이 아니기 때문이다.

그래서 베르코르는 부르짖는다. 연대와 저항을. 그 처절한 호소가 가장 잘 나타나 있는 작품이 바로 「꿈Le Songe」이다. 그는 꿈에서 나치 강제 수용소로 보이는 곳을 방문한다. 유대인들이 겪는 참혹한 고통을 지켜보던 그는 어느새 자신 역시 그들 중 하나라는 사실을 깨닫게 된다. 불의에 저항하지 않으면 〈나〉 또한 언젠가는 그 불의의 희생자가 될 수 있으므로. 그리고 고갈되지 않는 그 고통의 밑바닥에서, 양심이 있는 사람이라면 누구든 가책을 느끼게 만들 탄식을 던진다.

나에게 하나의 생각이, 하나의 감정이 남아 있다면, 그것은 우리처럼 머리와 심장을 가진 많은 세상 사람들이 우리의 존재를, 우리의 비참한 삶을 알고 있다는 것을, 알고 있으면서도 돈을 벌고 사랑을 나누고 식사를 하며 일상을 보내고 있다는 것을, 우리의 고통 따위는 아랑곳 않은 채 매일 세상과 세월 속으로 나아가고 있다는 것을, 그래, 심지어 그런 사람들도, 가끔 우리를 생각하면서 야비한 미소를 짓는 사람들도 있다는 것을 아는 데서 오는 쓰라린 아픔, 창자가 끊어지는 듯한 비통함, 차갑고 황량한 절망이었다(105~106면).

내내 궁금한 것이 하나 있었다. 베르코르는 왜 「별을 향한 행진」 제2부의 제목을 〈인색한 자들의 시대〉라고 붙였을까? 내용과 별 상관이 없어 보이는 그 제목을 말이다. 혹시 그는 그 모든 비극의 원인이 인색한 자들의 특성, 더 가지고자 하는 탐욕과 빼앗기면 어쩌나 하는 공포에 있다고 생각했던 것은 아닐까? 신자유주의의 위기가 지속되고 있는 지금, 다시 인색한 자들의 시대가 도래한 듯한 징후들이 곳곳에서 포착된다. 〈부자 되라〉는 말이 인사가 될 정도로 세상이 염치없어지고, 암울했던 과거의 망령들은 섬뜩하고 우스꽝스러운 모습을 사회 일각에 드러내고 있다. 〈베풀 수 없다면 태양을 소유하는 것으로도 충분하지 않다〉는 교훈을 새겨 〈관용과 나눔〉을 실천하지 않는다면, 머지않아 역사는 또다시 우리의 책임을 추궁할지도 모를 일이다.

2009년 8월
이상해

베르코르 연보

1902년 출생 2월 26일 프랑스 파리에서 태어남. 본명은 장 브륄레르 Jean Bruller.

1914년 12세 7월 제1차 세계 대전이 발발함.

1916년 14세 2월 제1차 세계 대전 중 독일이 프랑스의 베르됭 요새를 공격하여 베르됭 전투가 시작됨. 프랑스군은 장군 페탱의 지휘하에 6월까지 격렬한 공방전을 벌여 마침내 독일군의 공격력을 감퇴시킴. 이 전투로 연합군측이 우위를 확보하였고 결국 독일 패망의 원인으로 이어짐. 전투의 진원지인 베르됭은 1945년 발표한 단편소설 「베르됭 인쇄소L'Imprimerie de Verdun」의 배경이 되며, 작품 속 방드레스의 페탱에 대한 열렬한 지지 또한 이 전투에서 비롯된 것임.

1938년 36세 에콜 브레게École Bréguet에서 전기 기사로 학위를 딴 후, 만화가이자 삽화가로 활동하기 시작함. 9월 영국, 프랑스, 독일, 이탈리아 정상이 뮌헨에 모여 300만여 명의 독일인이 거주하는 체코슬로바키아의 수데텐란트를 독일에 넘겨주기로 합의함(뮌헨 회담). 「베르됭 인쇄소」의 방드레스와 다코스타가 벌이는 설전의 주제로 나타남.

1939년 37세 9월 독일의 폴란드 침공에 대한 영국과 프랑스의 선전

포고로 제2차 세계 대전 발발. 베르코르는 전쟁에 동원되어 남프랑스의 산악 지대인 베르코르 지방의 마을로 보내짐.

1940년 38세 친구 피에르 드 레스퀴르Pierre de Lescure의 권유로 레지스탕스에 투신함. 6월 파리 함락 이후 페탱이 독일과의 휴전 협정에 서명. 7월 페탱이 친(親)독일 정부인 비시 정권을 수립함. 베르코르는 이를 〈끔찍한 배신〉으로 묘사하고 「절망은 죽었다Désespoir est Mort」를 비롯한 자신의 작품 전반에서 강도 높게 비판함.

1941년 39세 피에르 드 레스퀴르와 함께 비합법 지하 출판사 〈심야 총서Les Éditions de Minuit〉를 설립함. 4월 파리 경찰이 유대인 5천여 명을 체포함. 프랑스인에 의한 유대인 체포와 연행은 이후 그의 여러 작품에서 치욕적인 사건으로 묘사됨.

1942년 40세 문예지 『심야 총서』 제1권으로 단편 「바다의 침묵Le Silence de la Mer」을 발표함. 이때부터 그는 남프랑스의 지명이자 그곳에서 활동한 저항 단체의 이름에서 따온 〈베르코르〉라는 필명을 사용하기 시작함. 7월 파리에서 대대적인 검거 작전이 벌어져 유대인 1만 3천여 명이 체포되고, 바르샤바에 억류되어 있던 유대인의 강제 이주가 시작됨. 유대인의 강제 이주는 이듬해 발표되는 「별을 향한 행진La Marche a l'Étoile」의 주인공인 토마 뮈리츠를 놀라게 하는 사건으로 묘사됨.

1943년 41세 『심야 총서』 제2권으로 「별을 향한 행진」 발표. 「꿈Le Songe」 발표. 5월 파리에서 레지스탕스 전국 위원회가 창설되고 위원장 장 물랭Jean Moulin이 체포되어 고문으로 목숨을 잃음.

1944년 42세 소설 「북Le Nord」 발표. 8월 파리 해방. 9월 나치에 부역한 대독 협력자 숙청인 〈프랑스 대숙청〉에 참여함. 처벌 옹호론과 관용론 사이에서 베르코르는 〈작가가 자신의 저작물들로 인하여 목숨을 바칠 만큼 그것들에 대해 책임질 수 있는 것〉이 중요하다며, 〈작가의 명예란 치러야 할 대가와 글을 씀으로써 겪을 위험을 인지하는 것〉이라고 지적함으로써 부역 작가들에 대한 태도를 명확하게 표명함. 또한 돈으로 부역한 자들보다 말과 글로 부역한 자들이 더 엄한 벌을 받아야 하는 이유를 묻는 기자의 질문에 〈기업가와 작가를 비교하는 것은 카인과 악마를 비교하는 것과 같다. 카인의 죄는 아벨에 그치지만 악마의 위험은 무한하다〉라고 응함.

1945년 43세 4월 히틀러 자살. 5월 독일 항복. 8월 일본의 항복으로 제2차 세계 대전 종식. 10월 『절망은 죽었다』에서 페탱에 협력하여 친독일 프랑스를 재건한 인물로 묘사되었던 피에르 라발Pierre Laval이 처형됨. 소설 「베르됭 인쇄소」와 에세이 「우리 나라의 고통Souffrance de Mon Pays」, 「시간의 모래Le Sable du Temps」 발표.

1946년 44세 나치스와 페탱 정부의 비인간성을 희생자의 입장에서 묘사한 1인칭 소설 「밤의 무기Les Armes de la Nuit」 발표.

1948년 46세 소설 「빛의 눈Les Yeux de la Lumière」 발표.

1949년 47세 소설 「그날Ce Jour-là」 발표.

1950년 48세 소설 「그럭저럭 인간Plus ou Moins Homme」 발표.

1951년 49세 소설 「낮의 권능La Puissance du Jour」 발표. 1946년부터 1951년까지 발표한 작품들 속에서 그는, 당시 실존주의에 의해 활기를 얻은 휴머니즘을 논하는 데 주력함.

1952년 50세 상상 속의 인류학적 논쟁을 서스펜스 소설 형식으로 다룬 「인수재판(人獸裁判)Les Animaux Dénaturés」을 발표함. 이 작품을 통해 인간의 본성을 노력과 눈물로 〈쟁취해야 할 긍지〉라고 정의함으로써, 그간 있었던 모든 선험적인 정의를 해묵은 것으로 만들어 놓음.

1956년 54세 10월 부다페스트의 대학생을 중심으로 10만여 명의 시민이 〈반소(反蘇) · 반공〉이라는 기치 아래 봉기했으나 소련 군대의 개입으로 수만 명의 사상자와 20만 명에 이르는 국외 망명자를 낸 채 진압된, 이른바 〈헝가리 사태〉가 일어남. 공산당원이었던 베르코르는 이를 계기로 공산당과 결별을 선언함.

1964년 62세　「인수재판」을 스스로 각색한 연극 「동물원Zoo」 초연.

1991년 89세　말년까지 여러 편의 작품을 발표했으나 명예이자 멍에였던 「바다의 침묵」이 드리우는 그늘이 너무 짙어, 당시 누렸던 독자의 호응을 되찾지 못하고 6월 10일 사망.

열린책들 세계문학 013 바다의 침묵

옮긴이 이상해 1960년 부산에서 태어났다. 한국외국어대학교와 동 대학원 불어과를 졸업하고 프랑스 스트라스부르 대학, 릴 대학에서 박사 과정을 수료했다. 옮긴 책으로는 미셸 우엘벡의 『어느 섬의 가능성』, 아멜리 노통브의 『머큐리』, 에드몽 로스탕의 『시라노』, 알베르 베갱의 『낭만적 영혼과 꿈』, 알랭 로브그리예의 『되풀이』, 크리스토프 바타유의 『지옥 만세』, 파울로 코엘료의 『11분』, 『베로니카, 죽기로 결심하다』, 『악마와 미스 프랭』, 가오싱젠의 『영혼의 산』, 산샤의 『바둑 두는 여자』, 『여황 측천무후』 등이 있다. 『여황 측천무후』로 제2회 한국 출판 문화 대상 번역상을 수상했다.

지은이 베르코르 **옮긴이** 이상해 **발행인** 홍예빈 **발행처** 주식회사 열린책들
주소 경기도 파주시 문발로 253 파주출판도시
전화 031-955-4000 **팩스** 031-955-4004
홈페이지 www.openbooks.co.kr **이메일** literature@openbooks.co.kr
Copyright (C) 주식회사 열린책들, 2009, *Printed in Korea.*
ISBN 978-89-329-0907-3 04860   **ISBN** 978-89-329-1499-2 (세트)
발행일 2009년 11월 10일 세계문학판 1쇄 2024년 11월 30일 세계문학판 3쇄

이 도서의 국립중앙도서관 출판예정도서목록(CIP)은 서지정보유통지원시스템 홈페이지(http://seoji.nl.go.kr)와 국가자료공동목록시스템(http://www.nl.go.kr/kolisnet)에서 이용하실 수 있습니다.(CIP제어번호 : CIP2009002724)

열린책들 세계문학
Open Books World Literature

001 **죄와 벌** 표도르 도스또옙스키 장편소설 | 홍대화 옮김 | 전2권 | 각 408, 504면

003 **최초의 인간** 알베르 카뮈 장편소설 | 김화영 옮김 | 392면

004 **소설** 제임스 미치너 장편소설 | 윤희기 옮김 | 전2권 | 각 280, 368면

006 **개를 데리고 다니는 부인** 안똔 체호프 소설선집 | 오종우 옮김 | 368면

007 **우주 만화** 이탈로 칼비노 단편집 | 김운찬 옮김 | 424면

008 **댈러웨이 부인** 버지니아 울프 장편소설 | 최애리 옮김 | 296면

009 **어머니** 막심 고리끼 장편소설 | 최윤락 옮김 | 544면

010 **변신** 프란츠 카프카 중단편집 | 홍성광 옮김 | 464면

011 **전도서에 바치는 장미** 로저 젤라즈니 중단편집 | 김상훈 옮김 | 432면

012 **대위의 딸** 알렉산드르 뿌쉬낀 장편소설 | 석영중 옮김 | 240면

013 **바다의 침묵** 베르코르 소설선집 | 이상해 옮김 | 256면

014 **원수들, 사랑 이야기** 아이작 싱어 장편소설 | 김진준 옮김 | 320면

015 **백치** 표도르 도스또옙스키 장편소설 | 김근식 옮김 | 전2권 | 각 500, 528면

017 **1984년** 조지 오웰 장편소설 | 박경서 옮김 | 392면

019 **이상한 나라의 앨리스** 루이스 캐럴 환상동화 | 머빈 피크 그림 | 최용준 옮김 | 336면

020 **베네치아에서의 죽음** 토마스 만 중단편집 | 홍성광 옮김 | 432면

021 **그리스인 조르바** 니코스 카잔차키스 장편소설 | 이윤기 옮김 | 488면

022 **벚꽃 동산** 안똔 체호프 희곡선집 | 오종우 옮김 | 336면

023 **연애 소설 읽는 노인** 루이스 세풀베다 장편소설 | 정창 옮김 | 192면

024 **젊은 사자들** 어윈 쇼 장편소설 | 정영문 옮김 | 전2권 | 각 416, 408면

026 **젊은 베르테르의 슬픔** 요한 볼프강 폰 괴테 장편소설 | 김인순 옮김 | 240면

027 **시라노** 에드몽 로스탕 희곡 | 이상해 옮김 | 256면

028 **전망 좋은 방** E. M. 포스터 장편소설 | 고정아 옮김 | 352면

029 **까라마조프 씨네 형제들** 표도르 도스또옙스키 장편소설 | 이대우 옮김 | 전3권 | 각 496, 496, 460면

032 **프랑스 중위의 여자** 존 파울즈 장편소설 | 김석희 옮김 | 전2권 | 각 344면

034 **소립자** 미셸 우엘벡 장편소설 | 이세욱 옮김 | 448면

035 **영혼의 자서전** 니코스 카잔차키스 자서전 | 안정효 옮김 | 전2권 | 각 352, 408면

037 **우리들** 예브게니 자먀찐 장편소설 | 석영중 옮김 | 320면

038 **뉴욕 3부작** 폴 오스터 장편소설 | 황보석 옮김 | 480면

039 **닥터 지바고** 보리스 파스테르나크 장편소설 | 홍대화 옮김 | 전2권 | 각 480, 592면

041 **고리오 영감** 오노레 드 발자크 장편소설 | 임희근 옮김 | 456면

042 **뿌리** 알렉스 헤일리 장편소설 | 안정효 옮김 | 전2권 | 각 400, 448면

044 **백년보다 긴 하루** 친기즈 아이뜨마또프 장편소설 | 황보석 옮김 | 560면

045 **최후의 세계** 크리스토프 란스마이어 장편소설 | 장희권 옮김 | 264면

046 **추운 나라에서 돌아온 스파이** 존 르카레 장편소설 | 김석희 옮김 | 368면

047 **산도칸 – 몸프라쳄의 호랑이** 에밀리오 살가리 장편소설 | 유향란 옮김 | 428면

048 **기적의 시대** 보리슬라프 페키치 장편소설 | 이윤기 옮김 | 560면

049 **그리고 죽음** 짐 크레이스 장편소설 | 김석희 옮김 | 224면

050 **세설** 다니자키 준이치로 장편소설 | 송태욱 옮김 | 전2권 | 각 480면

052 **세상이 끝날 때까지 아직 10억 년** 스뜨루가츠끼 형제 장편소설 | 석영중 옮김 | 224면

053 **동물 농장** 조지 오웰 장편소설 | 박경서 옮김 | 208면

054 **캉디드 혹은 낙관주의** 볼테르 장편소설 | 이봉지 옮김 | 232면

055 **도적 떼** 프리드리히 폰 실러 희곡 | 김인순 옮김 | 264면

056 **플로베르의 앵무새** 줄리언 반스 장편소설 | 신재실 옮김 | 320면

057 **악령** 표도르 도스또옙스끼 장편소설 | 박혜경 옮김 | 전3권 | 각 328, 408, 528면

060 **의심스러운 싸움** 존 스타인벡 장편소설 | 윤희기 옮김 | 340면

061 **몽유병자들** 헤르만 브로흐 장편소설 | 김경연 옮김 | 전2권 | 각 568, 544면

063 **몰타의 매** 대실 해밋 장편소설 | 고정아 옮김 | 304면

064 **마야꼬프스끼 선집** 블라지미르 마야꼬프스끼 선집 | 석영중 옮김 | 320면

065 **드라큘라** 브램 스토커 장편소설 | 이세욱 옮김 | 전2권 | 각 340, 344면

067 **서부 전선 이상 없다** 에리히 마리아 레마르크 장편소설 | 홍성광 옮김 | 336면

068 **적과 흑** 스탕달 장편소설 | 임미경 옮김 | 전2권 | 각 376, 368면

070 **지상에서 영원으로** 제임스 존스 장편소설 | 이종인 옮김 | 전3권 | 각 396, 380, 388면

073 **파우스트** 요한 볼프강 폰 괴테 희곡 | 김인순 옮김 | 568면

074 **쾌걸 조로** 존스턴 매컬리 장편소설 | 김훈 옮김 | 316면

075 **거장과 마르가리따** 미하일 불가꼬프 장편소설 | 홍대화 옮김 | 전2권 | 각 364, 328면

077 **순수의 시대** 이디스 워튼 장편소설 | 고정아 옮김 | 448면

078 **검의 대가** 아르투로 페레스 레베르테 장편소설 | 김수진 옮김 | 376면

079 **예브게니 오네긴** 알렉산드르 뿌쉬낀 운문소설 | 석영중 옮김 | 328면

080 **장미의 이름** 움베르토 에코 장편소설 | 이윤기 옮김 | 전2권 | 각 440, 448면
082 **향수** 파트리크 쥐스킨트 장편소설 | 강명순 옮김 | 384면
083 **여자를 안다는 것** 아모스 오즈 장편소설 | 최창모 옮김 | 280면
084 **나는 고양이로소이다** 나쓰메 소세키 장편소설 | 김난주 옮김 | 544면
085 **웃는 남자** 빅토르 위고 장편소설 | 이형식 옮김 | 전2권 | 각 472, 496면
087 **아웃 오브 아프리카** 카렌 블릭센 장편소설 | 민승남 옮김 | 480면
088 **무엇을 할 것인가** 니꼴라이 체르니셰프스끼 장편소설 | 서정록 옮김 | 전2권 | 각 360, 404면
090 **도나 플로르와 그녀의 두 남편** 조르지 아마두 장편소설 | 오숙은 옮김 | 전2권 | 각 328, 308면
092 **미사고의 숲** 로버트 홀드스톡 장편소설 | 김상훈 옮김 | 416면
093 **신곡** 단테 알리기에리 장편서사시 | 김운찬 옮김 | 전3권 | 각 292, 296, 328면
096 **교수** 샬럿 브론테 장편소설 | 배미영 옮김 | 368면
097 **노름꾼** 표도르 도스토옙스키 장편소설 | 이재필 옮김 | 320면
098 **하워즈 엔드** E. M. 포스터 장편소설 | 고정아 옮김 | 508면
099 **최후의 유혹** 니코스 카잔차키스 장편소설 | 안정효 옮김 | 전2권 | 각 408면
101 **키리냐가** 마이크 레스닉 장편소설 | 최용준 옮김 | 464면
102 **바스커빌가의 개** 아서 코넌 도일 장편소설 | 조영학 옮김 | 264면
103 **버마 시절** 조지 오웰 장편소설 | 박경서 옮김 | 400면
104 **10 1/2장으로 쓴 세계 역사** 줄리언 반스 장편소설 | 신재실 옮김 | 464면
105 **죽음의 집의 기록** 표도르 도스토옙스키 장편소설 | 이덕형 옮김 | 528면
106 **소유** 앤토니어 수전 바이어트 장편소설 | 윤희기 옮김 | 전2권 | 각 440, 480면
108 **미성년** 표도르 도스토옙스키 장편소설 | 이상룡 옮김 | 전2권 | 각 512, 544면
110 **성 앙투안느의 유혹** 귀스타브 플로베르 희곡소설 | 김용은 옮김 | 584면
111 **밤으로의 긴 여로** 유진 오닐 희곡 | 강유나 옮김 | 240면
112 **마법사** 존 파울즈 장편소설 | 정영문 옮김 | 전2권 | 각 512, 552면
114 **스쩨빤치꼬보 마을 사람들** 표도르 도스토옙스키 장편소설 | 변현태 옮김 | 416면
115 **플랑드르 거장의 그림** 아르투로 페레스 레베르테 장편소설 | 정창 옮김 | 512면
116 **분신** 표도르 도스토옙스키 장편소설 | 석영중 옮김 | 288면
117 **가난한 사람들** 표도르 도스토옙스키 장편소설 | 석영중 옮김 | 256면
118 **인형의 집** 헨리크 입센 희곡 | 김창화 옮김 | 272면
119 **영원한 남편** 표도르 도스토옙스키 장편소설 | 정명자 외 옮김 | 448면
120 **알코올** 기욤 아폴리네르 시집 | 황현산 옮김 | 352면

121 **지하로부터의 수기** 표도르 도스토옙스키 장편소설 | 계동준 옮김 | 256면

122 **어느 작가의 오후** 페터 한트케 중편소설 | 홍성광 옮김 | 160면

123 **아저씨의 꿈** 표도르 도스토옙스키 장편소설 | 박종소 옮김 | 304면

124 **네또츠까 네즈바노바** 표도르 도스토옙스키 장편소설 | 박재만 옮김 | 316면

125 **곤두박질** 마이클 프레인 장편소설 | 최용준 옮김 | 528면

126 **백야 외** 표도르 도스토옙스키 소설선집 | 석영중 외 옮김 | 408면

127 **살라미나의 병사들** 하비에르 세르카스 장편소설 | 김창민 옮김 | 296면

128 **뻬쩨르부르그 연대기 외** 표도르 도스토옙스키 소설선집 | 이항재 옮김 | 296면

129 **상처받은 사람들** 표도르 도스토옙스키 장편소설 | 윤우섭 옮김 | 전2권 | 각 296, 392면

131 **악어 외** 표도르 도스토옙스키 소설선집 | 박혜경 외 옮김 | 312면

132 **허클베리 핀의 모험** 마크 트웨인 장편소설 | 윤교찬 옮김 | 416면

133 **부활** 레프 똘스또이 장편소설 | 이대우 옮김 | 전2권 | 각 308, 416면

135 **보물섬** 로버트 루이스 스티븐슨 장편소설 | 머빈 피크 그림 | 최용준 옮김 | 360면

136 **천일야화** 앙투안 갈랑 엮음 | 임호경 옮김 | 전6권 | 각 336, 328, 372, 392, 344, 320면

142 **아버지와 아들** 이반 뚜르게네프 장편소설 | 이상원 옮김 | 328면

143 **오만과 편견** 제인 오스틴 장편소설 | 원유경 옮김 | 480면

144 **천로 역정** 존 버니언 우화소설 | 이동일 옮김 | 432면

145 **대주교에게 죽음이 오다** 윌라 캐더 장편소설 | 윤명옥 옮김 | 352면

146 **권력과 영광** 그레이엄 그린 장편소설 | 김연수 옮김 | 384면

147 **80일간의 세계 일주** 쥘 베른 장편소설 | 고정아 옮김 | 352면

148 **바람과 함께 사라지다** 마거릿 미첼 장편소설 | 안정효 옮김 | 전3권 | 각 616, 640, 640면

151 **기탄잘리** 라빈드라나트 타고르 시집 | 장경렬 옮김 | 224면

152 **도리언 그레이의 초상** 오스카 와일드 장편소설 | 윤희기 옮김 | 384면

153 **레우코와의 대화** 체사레 파베세 희곡소설 | 김운찬 옮김 | 280면

154 **햄릿** 윌리엄 셰익스피어 희곡 | 박우수 옮김 | 256면

155 **맥베스** 윌리엄 셰익스피어 희곡 | 권오숙 옮김 | 176면

156 **아들과 연인** 데이비드 허버트 로런스 장편소설 | 최희섭 옮김 | 전2권 | 464, 432면

158 **그리고 아무 말도 하지 않았다** 하인리히 뵐 장편소설 | 홍성광 옮김 | 272면

159 **미덕의 불운** 싸드 장편소설 | 이형식 옮김 | 248면

160 **프랑켄슈타인** 메리 W. 셸리 장편소설 | 오숙은 옮김 | 320면

161 **위대한 개츠비** 프랜시스 스콧 피츠제럴드 장편소설 | 한애경 옮김 | 280면

162 **아Q정전** 루쉰 중단편집 | 김태성 옮김 | 320면

163 **로빈슨 크루소** 대니얼 디포 장편소설 | 류경희 옮김 | 456면

164 **타임머신** 허버트 조지 웰스 소설선집 | 김석희 옮김 | 304면

165 **제인 에어** 샬럿 브론테 장편소설 | 이미선 옮김 | 전2권 | 각 392, 384면

167 **풀잎** 월트 휘트먼 시집 | 허현숙 옮김 | 280면

168 **표류자들의 집** 기예르모 로살레스 장편소설 | 최유정 옮김 | 216면

169 **배빗** 싱클레어 루이스 장편소설 | 이종인 옮김 | 520면

170 **이토록 긴 편지** 마리아마 바 장편소설 | 백선희 옮김 | 192면

171 **느릅나무 아래 욕망** 유진 오닐 희곡 | 손동호 옮김 | 168면

172 **이방인** 알베르 카뮈 장편소설 | 김예령 옮김 | 208면

173 **미라마르** 나기브 마푸즈 장편소설 | 허진 옮김 | 288면

174 **지킬 박사와 하이드 씨** 로버트 루이스 스티븐슨 소설선집 | 조영학 옮김 | 320면

175 **루진** 이반 뚜르게네프 장편소설 | 이항재 옮김 | 264면

176 **피그말리온** 조지 버나드 쇼 희곡 | 김소임 옮김 | 256면

177 **목로주점** 에밀 졸라 장편소설 | 유기환 옮김 | 전2권 | 각 336면

179 **엠마** 제인 오스틴 장편소설 | 이미애 옮김 | 전2권 | 각 336, 360면

181 **비숍 살인 사건** S. S. 밴 다인 장편소설 | 최인자 옮김 | 464면

182 **우신예찬** 에라스무스 풍자문 | 김남우 옮김 | 296면

183 **하자르 사전** 밀로라드 파비치 장편소설 | 신현철 옮김 | 488면

184 **테스** 토머스 하디 장편소설 | 김문숙 옮김 | 전2권 | 각 392, 336면

186 **투명 인간** 허버트 조지 웰스 장편소설 | 김석희 옮김 | 288면

187 **93년** 빅토르 위고 장편소설 | 이형식 옮김 | 전2권 | 각 288, 360면

189 **젊은 예술가의 초상** 제임스 조이스 장편소설 | 성은애 옮김 | 384면

190 **소네트집** 윌리엄 셰익스피어 연작시집 | 박우수 옮김 | 200면

191 **메뚜기의 날** 너새니얼 웨스트 장편소설 | 김진준 옮김 | 280면

192 **나사의 회전** 헨리 제임스 중편소설 | 이승은 옮김 | 256면

193 **오셀로** 윌리엄 셰익스피어 희곡 | 권오숙 옮김 | 216면

194 **소송** 프란츠 카프카 장편소설 | 김재혁 옮김 | 376면

195 **나의 안토니아** 윌라 캐더 장편소설 | 전경자 옮김 | 368면

196 **자성록** 마르쿠스 아우렐리우스 명상록 | 박민수 옮김 | 240면

197 **오레스테이아** 아이스킬로스 비극 | 두행숙 옮김 | 336면

198 **노인과 바다** 어니스트 헤밍웨이 소설선집 | 이종인 옮김 | 320면

199 **무기여 잘 있거라** 어니스트 헤밍웨이 장편소설 | 이종인 옮김 | 464면

200 **서푼짜리 오페라** 베르톨트 브레히트 희곡선집 | 이은희 옮김 | 320면

201 **리어 왕** 윌리엄 셰익스피어 희곡 | 박우수 옮김 | 224면

202 **주홍 글자** 너새니얼 호손 장편소설 | 곽영미 옮김 | 360면

203 **모히칸족의 최후** 제임스 페니모어 쿠퍼 장편소설 | 이나경 옮김 | 512면

204 **곤충 극장** 카렐 차페크 희곡선집 | 김선형 옮김 | 360면

205 **누구를 위하여 종은 울리나** 어니스트 헤밍웨이 장편소설 | 이종인 옮김 | 전2권 | 각 416, 400면

207 **타르튀프** 몰리에르 희곡선집 | 신은영 옮김 | 416면

208 **유토피아** 토머스 모어 소설 | 전경자 옮김 | 288면

209 **인간과 초인** 조지 버나드 쇼 희곡 | 이후지 옮김 | 320면

210 **페드르와 이폴리트** 장 라신 희곡 | 신정아 옮김 | 200면

211 **말테의 수기** 라이너 마리아 릴케 장편소설 | 안문영 옮김 | 320면

212 **등대로** 버지니아 울프 장편소설 | 최애리 옮김 | 328면

213 **개의 심장** 미하일 불가꼬프 중편소설집 | 정연호 옮김 | 352면

214 **모비 딕** 허먼 멜빌 장편소설 | 강수정 옮김 | 전2권 | 각 464, 488면

216 **더블린 사람들** 제임스 조이스 단편소설집 | 이강훈 옮김 | 336면

217 **마의 산** 토마스 만 장편소설 | 윤순식 옮김 | 전3권 | 각 496, 488, 512면

220 **비극의 탄생** 프리드리히 니체 | 김남우 옮김 | 304면

221 **위대한 유산** 찰스 디킨스 장편소설 | 류경희 옮김 | 전2권 | 각 432, 448면

223 **사람은 무엇으로 사는가** 레프 똘스또이 소설선집 | 윤새라 옮김 | 464면

224 **자살 클럽** 로버트 루이스 스티븐슨 소설선집 | 임종기 옮김 | 272면

225 **채털리 부인의 연인** 데이비드 허버트 로런스 장편소설 | 이미선 옮김 | 전2권 | 각 336, 328면

227 **데미안** 헤르만 헤세 장편소설 | 김인순 옮김 | 272면

228 **두이노의 비가** 라이너 마리아 릴케 시선집 | 손재준 옮김 | 504면

229 **페스트** 알베르 카뮈 장편소설 | 최윤주 옮김 | 432면

230 **여인의 초상** 헨리 제임스 장편소설 | 정상준 옮김 | 전2권 | 각 520, 544면

232 **성** 프란츠 카프카 장편소설 | 이재황 옮김 | 560면

233 **차라투스트라는 이렇게 말했다** 프리드리히 니체 산문시 | 김인순 옮김 | 464면

234 **노래의 책** 하인리히 하이네 시집 | 이재영 옮김 | 384면

235 **변신 이야기** 오비디우스 서사시 | 이종인 옮김 | 632면

236 **안나 카레니나** 레프 톨스토이 장편소설 | 이명현 옮김 | 전2권 | 각 800, 736면
238 **이반 일리치의 죽음·광인의 수기** 레프 톨스토이 중단편집 | 석영중·정지원 옮김 | 232면
239 **수레바퀴 아래서** 헤르만 헤세 장편소설 | 강명순 옮김 | 272면
240 **피터 팬** J. M. 배리 장편소설 | 최용준 옮김 | 272면
241 **정글 북** 러디어드 키플링 중단편집 | 오숙은 옮김 | 272면
242 **한여름 밤의 꿈** 윌리엄 셰익스피어 희곡 | 박우수 옮김 | 160면
243 **좁은 문** 앙드레 지드 장편소설 | 김화영 옮김 | 264면
244 **모리스** E. M. 포스터 장편소설 | 고정아 옮김 | 408면
245 **브라운 신부의 순진** 길버트 키스 체스터턴 단편집 | 이상원 옮김 | 336면
246 **각성** 케이트 쇼팽 장편소설 | 한애경 옮김 | 272면
247 **뷔히너 전집** 게오르크 뷔히너 지음 | 박종대 옮김 | 400면
248 **디미트리오스의 가면** 에릭 앰블러 장편소설 | 최용준 옮김 | 424면
249 **베르가모의 페스트 외** 옌스 페테르 야콥센 중단편 전집 | 박종대 옮김 | 208면
250 **폭풍우** 윌리엄 셰익스피어 희곡 | 박우수 옮김 | 176면
251 **어센든, 영국 정보부 요원** 서머싯 몸 연작 소설집 | 이민아 옮김 | 416면
252 **기나긴 이별** 레이먼드 챈들러 장편소설 | 김진준 옮김 | 600면
253 **인도로 가는 길** E. M. 포스터 장편소설 | 민승남 옮김 | 552면
254 **올랜도** 버지니아 울프 장편소설 | 이미애 옮김 | 376면
255 **시지프 신화** 알베르 카뮈 지음 | 박언주 옮김 | 264면
256 **조지 오웰 산문선** 조지 오웰 지음 | 허진 옮김 | 424면
257 **로미오와 줄리엣** 윌리엄 셰익스피어 희곡 | 도해자 옮김 | 200면
258 **수용소군도** 알렉산드르 솔제니찐 기록문학 | 김학수 옮김 | 전6권 | 각 460면 내외
264 **스웨덴 기사** 레오 페루츠 장편소설 | 강명순 옮김 | 336면
265 **유리 열쇠** 대실 해밋 장편소설 | 홍성영 옮김 | 328면
266 **로드 짐** 조지프 콘래드 장편소설 | 최용준 옮김 | 608면
267 **푸코의 진자** 움베르토 에코 장편소설 | 이윤기 옮김 | 전3권 | 각 392, 384, 416면
270 **공포로의 여행** 에릭 앰블러 장편소설 | 최용준 옮김 | 376면
271 **심판의 날의 거장** 레오 페루츠 장편소설 | 신동화 옮김 | 264면
272 **에드거 앨런 포 단편선** 에드거 앨런 포 지음 | 김석희 옮김 | 392면
273 **수전노 외** 몰리에르 희곡선집 | 신정아 옮김 | 424면
274 **모파상 단편선** 기 드 모파상 지음 | 임미경 옮김 | 400면

275 **평범한 인생** 카렐 차페크 장편소설 | 송순섭 옮김 | 280면
276 **마음** 나쓰메 소세키 장편소설 | 양윤옥 옮김 | 344면
277 **인간 실격·사양** 다자이 오사무 소설집 | 김난주 옮김 | 336면
278 **작은 아씨들** 루이자 메이 올컷 장편소설 | 허진 옮김 | 전2권 | 각 408, 464면
280 **고함과 분노** 윌리엄 포크너 장편소설 | 윤교찬 옮김 | 520면
281 **신화의 시대** 토머스 불핀치 신화집 | 박중서 옮김 | 664면
282 **셜록 홈스의 모험** 아서 코넌 도일 단편집 | 오숙은 옮김 | 456면
283 **자기만의 방** 버지니아 울프 지음 | 공경희 옮김 | 216면
284 **지상의 양식·새 양식** 앙드레 지드 지음 | 최애영 옮김 | 360면
285 **전염병 일지** 대니얼 디포 지음 | 서정은 옮김 | 368면
286 **오이디푸스왕 외** 소포클레스 비극 | 장시은 옮김 | 368면
287 **리처드 2세** 윌리엄 셰익스피어 희곡 | 박우수 옮김 | 208면
288 **아내·세 자매** 안톤 체호프 선집 | 오종우 옮김 | 240면
289 **폭풍의 언덕** 에밀리 브론테 장편소설 | 전승희 옮김 | 592면
290 **조반니의 방** 제임스 볼드윈 장편소설 | 김지현 옮김 | 320면
291 **의무론** 마르쿠스 툴리우스 키케로 지음 | 김남우 옮김 | 312면
292 **밤에 돌다리 밑에서** 레오 페루츠 지음 | 신동화 옮김 | 360면